JEU, SET ET MEURTRE EN PAYS LANDAIS

DU MÊME AUTEUR

L'Affaire du Chapeau Rouge
SO Mystère, 2018

La Veuve de la rue des Remparts
SO Mystère, 2018

Le Mystère du Chai des Farines
SO Mystère, 2019

MARTINE LAFON-BAILLOU

JEU, SET ET MEURTRE EN PAYS LANDAIS

ROMAN

SO noir

Création graphique et travail éditorial : Pierre Moquet
Ce livre a été imprimé par CPI Print
N° ISBN : 978-2-8177-0768-6

1

L'ÉTANG NOIR

La mauvaise volonté de Dubroc n'y changerait rien : malgré la pluie, malgré le vent, la nuit laisserait éclore le jour et l'aube sinistre tiendrait sa promesse. Or, le capitaine détestait l'aurore et l'image de renouveau qu'elle lui mettait sous le nez. On ne la lui faisait pas. Il connaissait la machine humaine et les horreurs qu'elle pondait avec constance.

Mais s'il n'aimait pas l'aube, il préférait malgré tout les cadavres du petit matin à ceux de l'après-midi. Les premiers, posés comme d'inquiétants champignons au pied d'un arbre ou le long de ravins saupoudrés de rosée, n'avaient rien de plaisant, mais leur semblant de fraîcheur les liait encore à ce qu'ils avaient été. Les seconds, en particulier l'été en fin d'après-midi, semblaient s'abandonner au *five o'clock* des bestioles nécrophages. L'enquêteur de la section de recherches n'avait pas besoin de lire l'étiquette pour dater le produit.

— Quand c'est pas frais, c'est pas frais ! disait-il à son adjoint.

La succession des escouades familières aux entomologistes n'avait plus de secret pour lui, et les mouches lui étaient devenues insupportables. Surtout les diptères à l'arbre généalogique long comme le bras qui pondaient leurs œufs – ou déposaient leurs larves – dans les orifices naturels. Il haïssait ces abjections qui se produisaient dès la mort, voire pendant l'agonie…

— C'est de l'abus de confiance ! pestait-il dans le vide.

Paradoxalement, les asticots ne le gênaient pas.

— Au moins, les asticots, c'est pas des tordus.

— Ça se discute… estimait le major, en pêcheur averti.

Pour l'heure, Dubroc, qui était par ailleurs un homme à peu près normal, avait une vraie raison de se réjouir, un motif qu'il savourait à sa juste mesure : il avait pu quitter Bordeaux sans tomber dans les bouchons. À quatre heures du matin, on pouvait encore circuler sur la rocade. Hosanna !

Depuis son départ, il pleuvait et, sur l'A10, l'habituelle cohorte de camions envoyait de violents paquets d'eau balayés par le va-et-vient éprouvant des essuie-glaces. Il se détendit pourtant, et alluma la radio.

— *… près de cinquante hommes furent mobilisés. Leurs efforts restèrent vains. Au cours des manœuvres de descente, un médecin allemand s'étrangla avec sa corde de rappel…*

— C'est gai, rouspéta-t-il.

— *… êtes bien sur France Culture, pour l'affaire du sauvetage des Drus, premier volet…*, poursuivait la voix des grandes ondes.

Il la connaissait, cette histoire. La neige et les glaciers, les naufragés des cimes sauvés de la mort… Et puis le héros ! Dubroc n'aimait pas les héros.

L'apaisant ronron de la radio le berçait toutefois.

— *… devançant l'équipe des secours officiels, c'est lui et son équipe qui sauvèrent les deux grimpeurs allemands, pié-*

gés durant une semaine sur un balcon étroit au-dessus d'un vide de cinq cents mètres...

Pas de balcon, pas de vide pour le capitaine, mais un énorme détour que lui imposait son père. Le vieux despote allait sur ses quatre-vingt-quinze ans, tout de même !

Il monta le chauffage.

Des héros, il y en avait de toutes sortes. Est-ce que le simple fait de se dominer n'était pas un acte héroïque ? Pour lui, c'en était un.

Retour au Dru. Hemming avait opté pour la solution la plus difficile pour atteindre les deux alpinistes : par le bas, via la face ouest. Dubroc aurait fait la même chose. Ne pas céder à la facilité ni aller à l'évidence. Ne pas s'engouffrer dans la voie tracée ni céder aux influences. Débattre, tout envisager, et puis choisir.

— *Il devint alors une sorte de héros national. Avec son visage d'ange, « le beatnik des cimes » fit la une des journaux. Le vagabond céleste semblait tout droit sorti des univers de Jack Kerouac ou Jack London, émacié et pur.*

— Et puis il s'est fait sauter la cervelle au bord d'un lac ! explosa Dubroc.

Hargneux, il éteignit la radio. L'image de son père s'estompait et paraissait bien falote derrière le cortège de macchabées qui défilait maintenant dans son esprit...

Il faisait encore nuit lorsqu'il arriva à Hossegor. Il se gara sur le parking désert des terrains de tennis. Du plafond du club-house, les néons pleuvaient des larmes blanches. La baie vitrée entrouverte laissait passer un courant d'air.

— Mortel... murmura-t-il.

Des tables déjà nappées entouraient l'espace détente et ses deux canapés. Il secoua son imper et s'avança vers le bar. Un choix de sauces mayonnaise, ketchup, moutarde sommeillait dans une corbeille. Sur l'écran de télévision, un écureuil dessiné formait, du bout de sa raquette, le deuxième O de « Hossegor Tennis Club ».

Dubroc contourna la machine à corder qui trônait devant le comptoir, ôta son imperméable et posa ses fesses sur un tabouret. Il tapota d'abord le bar avec impatience, puis tout à coup, se mit à brailler :

— Y a quelqu'un ? Ohé !

Il se leva et saisit le journal de la veille ouvert à la page des sports.

— Tournoi open du TC Hossegor, deuxième semaine d'avril... On s'en fout, pesta-t-il.

Il roula le journal et le fit claquer sur tout ce qui pouvait résonner. Il passa enfin derrière le comptoir et tripota la machine à café.

— Elle est éteinte, cette saleté ! Je boirais bien quelque chose de chaud, moi.

Sous le bar, il ouvrit un petit réfrigérateur.

— Va pour une blonde, à défaut d'un petit noir.

La capsule de la bière vola par-dessus le bar. Tandis qu'il buvait à même le goulot, une femme apparut soudain et claqua la porte derrière elle.

— Faut surtout pas vous gêner ! Vous ne pouviez pas attendre que je vous serve ?

— Je suis pour l'égalité des tâches, chère madame.

— Ça fera cinq euros, pour la bière.

— Vous les mettrez sur ma note.

Furieuse, elle haussa le ton :

— Quelle note ? Je ne vous connais pas ! Elle est bonne celle-là !

— J'aurais préféré un café.

— Vous avez vu l'heure ? L'accès aux courts c'est à 8 heures, et au club-house c'est 9 heures !

— C'est fermé, mais c'était ouvert...

Il déroula le journal à la manière d'un parchemin et claironna :

— Jeunes Seniors, Seniors+, tournoi de tennis homologué FFT organisé par l'Hossegor TC, deuxième semaine d'avril... Dites donc, ça approche !

— Vous voulez vous inscrire ? C'est aujourd'hui, le dernier jour pour le faire.

— Je suis de passage.

— Vous ne venez pas pour ça, alors ?

— Oh non ! J'ai encore de la route à faire. Non, je viens chercher un timbre.

Elle se figea instantanément et le fixa, incrédule.

— Non ! C'est vous, le timbre ? Vous avez quel âge ?

— Je suis majeur, juré craché. Entre quarante et cinquante, ça vous va ?

— Au téléphone, vous m'avez dit quatre-vingt-dix ans ! Si c'est une blague, c'est vraiment idiot !

Dubroc n'aimait pas qu'on le traite d'idiot, surtout de bon matin et à jeun. De plus il commençait à trouver cette femme trop bruyante. Il se raisonna pourtant. En finir avec le timbre et reprendre la route le plus vite possible. Il se méfiait de lui-même, de ses petites crises qui compliquaient ses... relations sociales.

Il reprit plus calmement :

— C'est mon père que vous avez eu. Quatre-vingt-quinze ans, pas quatre-vingt-dix ! Il envoie son rejeton faire ses commissions. Il m'a dit : « Vas-y en passant ! »

— Vous allez où ?

— Je fais Bordeaux-Pau. Vous voyez un peu...

— Je vois… Vous voulez un café ? Je vous montre le timbre tout de suite.

— Vous vous appelez comment ?

— Sybille Martin. Et vous ?

Le capitaine n'était pas indifférent à cette femme dont il avait déjà remarqué les jambes, la poitrine, le cou…

Dubroc songeait avec regret qu'il allait devoir repartir sitôt le timbre en sa possession, et qu'une fois de plus, ce qui aurait pu être possible ne le serait pas. Une fois de plus, car il ne comptait plus les occasions perdues par manque de réactivité ou bien de motivation. Il ne savait pas à quoi attribuer cette vacance qui perdurait. Bien entendu, il rejetait l'idée selon laquelle il vieillissait. Il imaginait parfois la baisse de production de ses précieuses hormones mâles ; son usine personnelle tournant au ralenti ; des grèves peut-être aux différents stades de montage… Non. Pas déjà !

« Faut te botter le cul, Dubroc ! », s'encourageait-il à l'issue de pareils questionnements.

Son téléphone se mit à sonner alors que Sybille Martin branchait la machine à café et lançait les opérations.

— Merde, alors… C'est la boutique ! maugréa-t-il.

Il sortit. La conversation fut brève. Une pluie fine comme de la poussière douchait les courts et les espaces verts.

— C'est loin, l'Étang noir ? demanda-t-il en entrant.

— L'Étang noir ? Non. Dix minutes à peine. Vous allez jusqu'à la mairie de Seignosse et ensuite, direction le stade.

— Il faut que je file.

— Votre café !

— Ah oui. Et je prends le timbre. C'est combien ?

— 250 euros. En espèces. Comme je l'ai précisé à votre père.

— 250 euros ? C'est pas donné !

— C'est le prix. Votre père était d'accord.

— Il ne m'a rien dit. Je suis sans liquide ! Il va falloir que je revienne. De toute façon, j'ai l'impression que je vais m'attarder un peu dans le coin.

— Pour vos affaires ?

— C'est ça.

— Qu'est-ce qu'on fait ? Je vous inscris ?

— Pour quoi ?

— Pour l'open !

— Oh là ! On verra… Je repasserai. Tenez, je ne me suis pas présenté, dit-il en lui mettant son porte-cartes dans les mains.

Elle y posa les yeux et il la vit s'ébahir. Il sourit, enfila son imper à la manche duquel était accroché un brassard marqué « gendarmerie ». Il fit quelques pas, tourna sur lui-même comme un mannequin en bout de podium et s'assit à nouveau sur le tabouret, face à une Sybille médusée.

— Ça jette un froid, je sais.

— Je ne pouvais pas deviner que vous étiez de la police…

— De la gendarmerie ! corrigea-t-il. Capitaine Dubroc, section de recherches de Pau.

— Enchantée ! Vous savez comment je m'appelle. Je m'occupe du club-house. Je prends les réservations, les inscriptions, je fais un peu de cuisine et puis je donne un coup de main, dit-elle en allumant la télévision.

Un match – tribunes combles – remplaça le logo sur l'écran. Sur le bleu de la surface, le mot « Melbourne » s'inscrivait en grosses lettres blanches.

— Une vidéo, précisa Sybille qui paraissait troublée. L'Open d'Australie.

La voix du commentateur plaçait Dubroc dans le grand bain, sur fond de couinement de chaussures sur le sol dur :

— *La seconde demi-finale Messieurs a eu du mal à démarrer, mais elle a pris une tout autre dimension en fin de deuxième set avec deux gestes magnifiques, un contre smashé de l'Allemand Alexandez Zverev et dans la foulée, une volée réflexe de l'Autrichien Dominic Thiem. Les adversaires se rendent coup pour coup.*

Happé par les images, Dubroc assista à cet exploit sans ciller.

— Thiem était favori, reprit Sybille à voix basse. Il a fini par gagner ce match au bout de deux tie-breaks. Il avait dû en gagner trois contre Rafael Nadal pour le sortir en quart de finale.

Dubroc ne s'était pas intéressé à l'Open d'Australie. Il se contentait de regarder Roland-Garros chaque année pour avoir un sujet de conversation avec son père. Il suivait aussi la Coupe Davis, dont la nouvelle formule était un sujet de vives controverses entre eux deux.

Il caressait le comptoir lisse et froid. Sybille rangeait ses papiers, un peu émue par cette soudaine métamorphose d'un homme ordinaire en capitaine de gendarmerie. De son côté, Dubroc passait en revue les caractéristiques principales du visage de son interlocutrice : yeux noisette, teint doré, lèvres fines… une femme pimpante dont le hâle évoquait la proximité de l'océan et la quotidienne bénédiction du soleil.

L'habitude d'étudier les corps ne le quittait jamais. Un mètre soixante, cinquante kilos, une poitrine généreuse, des hanches étroites, des jambes dont il ne pouvait qu'imaginer les détails. « Un corps, c'est un corps », avait-il coutume de dire. Ce qui ne plaisait pas toujours.

— Vous n'aurez pas grand monde aujourd'hui, glissa-t-il en sirotant son café.

— Ils vont arriver. Il n'est même pas sept heures.

— Oui, mais il pleut…

— Ça change vite, ici. Dans le coin, on dit qu'il fait beau plusieurs fois par jour. Et puis, on a des courts couverts. Vous allez vous entraîner ?

— Pour ?

— Le tournoi.

De toute évidence, elle espérait le revoir, et pas seulement pour lui fourguer son timbre…

— Ah ! Oui, c'est possible. Vous avez raison, ce serait peut-être préférable. Ça fait longtemps que je n'ai pas tapé la baballe…

— C'est votre père le champion de la famille, alors ?

Dubroc ouvrit des yeux ronds.

— Il vous a tout raconté, dites donc ! Oui, un fameux joueur, mon paternel. À Primrose. Vous connaissez ?

— Bien sûr. Bordeaux… Et vous ?

— Champion ? Non. Mais j'aurais pu. Il y a longtemps.

Elle s'était adoucie. Lui aussi. Le café peut-être ? Son intérêt pour Dubroc avait éclos. Le charme empoisonné des séries policières, la virilité exacerbée des enquêteurs sous leur apparente indifférence, la violence érigée en superpouvoir, l'irréalité de la mort, les cadavres vite escamotés et privés de deuil, tout cela la propulsait sur une autre scène que celle à laquelle elle était habituée. Elle y était déjà, sur ce plateau de cinéma. Un film de Truc

Bidule avec Sybille Martin dans le rôle principal. Le capitaine Dubroc lui plaisait, la bouleversait même, alors que cinq minutes auparavant, monsieur Tout-le-Monde la laissait de marbre. Il y a de ces mystères...

Dubroc connaissait bien les pouvoirs de la fiction. Peut-être était-ce pour cela qu'il ne s'était jamais marié. Pourtant il aurait pu... La peur du réveil de l'épousée dans les draps de l'homme ordinaire ?

Comme d'autres avant elle, Sybille faisait ses premiers pas dans la fascination militaire. Et là, sous les yeux du capitaine, elle se prenait d'amour pour les breloques, le soupçon de passementerie du brassard, la carte dans le porte-cartes... maigres signes extérieurs de puissance qui cachaient le dur de la panoplie : le flingue !

C'était une maladie qui saisissait les dames et Sybille était en pleine période d'incubation de galonite aiguë. L'innocente, pour l'instant, se voilait la face, se jouait la comédie. Elle aurait juré, la main sur le cœur, que c'était l'argent de ses tempes qui la séduisait ! Les tempes grises... Ces demi-teintes donnaient de la douceur et de la noblesse aux traits du policier, euh... du gendarme, un côté posé et rassurant.

Patati patata.

Avec sa chevelure rejetée en arrière, son visage intelligent, son corps nerveux, il avait plutôt l'air d'un chef d'orchestre. Même s'il n'était pas rasé... et même si sa lèvre inférieure avançait un peu trop.

— Pourquoi pas, reprenait Dubroc. Je pourrais faire équipe avec le major Leliège.

Les mots, évacués, glissaient sur sa lippe comme une coulée de confiture. Et, si ce n'est visuellement, au moins dans l'esprit de son interlocutrice, il en restait la trace alors que le propos était passé. Une trace qu'elle aurait peut-être bien léchée ?

— Bonne idée, dit-elle d'un air gourmand, en enfilant un gilet multicolore.

Dubroc ne détestait pas être admiré par les dames. Mais à cet instant précis, il subissait une commotion cérébrale. Il était, lui aussi, possédé. Peut-être était-ce dû à la fatigue ? Il songeait que dans une vie, tôt ou tard, un jour ou l'autre, l'art vient à soi. Il pensait à ça, à l'art qui venait d'entrer dans sa vie. Il se disait qu'il fallait accepter la gifle sans se formaliser. La prendre comme une préparation aux suivantes.

— Il est original, votre pull, dit-il d'une voix blanche.

— C'est moi qui l'ai tricoté !

Le capitaine palois faisait connaissance avec le génie de la laine à tricoter. Deux tiers d'angora, de soie, de coton, un tiers de plumes, de strass, le tout pétant de couleurs et de motifs alambiqués. Le gendarme ignorait tout des heures passées à feuilleter le catalogue, le prix exorbitant de chaque pelote, qui variait selon l'épaisseur de la fibre, sa brillance, selon que les fils soient lisses, enroulés sur eux-mêmes, tissés, selon que les brins soient hirsutes, poilus, enrichis de duvets, de morceaux de soie, de satin, de strass, de perles, de boules… Non, Dubroc ne savait rien des soirées passées à s'user les yeux, à s'irriter la gorge avec les particules qui se détachaient et virevoltaient sous le nez de la tricoteuse. Non, épargné par son statut de célibataire, il ne voyait que l'exotique luxuriance qui flattait la poitrine de Sybille.

— Je vous prêterai des raquettes.

Comme il ne répondait pas, empêtré dans la jungle des lianes tortueuses du gilet, elle ajouta :

— Si vous voulez, je vous trouverai quelqu'un pour vous remettre à niveau ?

— À niveau ?

Dubroc était ailleurs. La preuve : pris dans le camaïeu des couleurs et sa mouvance aquatique, il survolait des fonds marins tapissés de galets qui prenaient la forme des seins de Sybille.

— Je vous inscris tous les deux, Dubroc et… ?

— Leliège, dit-il dans un souffle.

La pensée de Leliège l'importunait au milieu de ses rêveries érotiques.

— Il est classé, Leliège ?

— Aucune idée…

— Il vous faudra des cours, alors.

*

Le capitaine baignait encore dans des nuances d'huîtres et d'algues lorsqu'il s'installa au volant de sa voiture. Tout en conduisant, il nageait, barbotait dans un bien-être amniotique, primal, loin, bien loin de ce qui l'attendait au bord de ce lac noir.

Il retrouva Leliège vers les terrains de tennis de Seignosse-Bourg.

— On prend ma voiture, patron. Je connais la route, assura le major.

— Il est où, le lac noir ?

— L'Étang noir. Juste ici. Tout en longueur.

L'air lui faisait du bien. La pluie avait cessé. Il désigna une impasse à son adjoint :

— Allez-y, prenez ici pour que je voie, que je sente, que je m'imprègne.

— Y a rien à sentir de ce côté-ci de l'Étang noir, le cadavre est dans un bois de pin, de l'autre côté de la route.

Toutefois, Leliège, docile, s'était enfoncé dans l'impasse. Tout au bout, il y avait l'eau. Noire dans l'obscurité qui se dissipait peu à peu, et environnée d'une végétation tout aussi sombre. Un sentier fuyait à gauche et à droite. Ils mirent pied à terre.

— Mouais... Un coin pour la pêche et les rendez-vous, estima Dubroc.

— C'est un site protégé, une réserve naturelle.

— Ah. C'est pour ça qu'on n'y jette pas les corps, sans doute. Pour ne pas polluer. Un cadre rêvé, pourtant. Sinistre à souhait ! On peut faire le tour par ce petit chemin ?

— Sur le guide, ils indiquent un circuit pédagogique. Est-ce qu'il fait le tour, je ne sais pas. Le bouquin est dans ma boîte à gants.

— Bon. On va le voir, ce bois, ou on prend racine dans la vase ?

Ils remontèrent en voiture. La petite route que suivait Leliège serpentait dans la forêt. Le capitaine ouvrit la boîte à gants.

— Il est là-dedans votre guide ? Je peux fouiller ?

— Allez-y.

— Vous bouffez toujours vos cochonneries à la couenne de porc ! s'exclama Dubroc en extirpant deux sacs de bonbons multicolores. Vous ne m'aviez pas dit que vous étiez devenu allergique ?

— C'est pas ça : quand j'en mange trop, j'ai mal à la tête, c'est tout.

— Je ne vois pas ce que vous leur trouvez.

— L'addiction, ça ne s'explique pas.

— En attendant, ils encombrent l'espace. Il y a votre arme de service, au fond… mais pas votre fameux guide. Tant pis. Elle va où cette petite route ?

— À l'Étang blanc, si on continue par là.

— Blanc, ce coup-ci ! Vous avez d'autres couleurs en magasin ?

— Celui-là est plein de sel. C'est pour ça qu'il est blanc, tandis que l'Étang noir est plein de vase, avec des arbres tout le long de ses rives qui cachent la lumière. Les ruisseaux qui l'alimentent passent par des zones de forêts marécageuses.

— Ça doit grouiller de bêtes, grinça Dubroc.

— Des espèces protégées : loutre, vison d'Europe, et… et… zut… j'ai un trou.

— Il ne doit pas y avoir foule, en cette saison. C'est curieux tout de même : deux étangs, et l'autre qui nous expose son cadavre sous les pins. Je trouve ça bizarre, pas vous ?

Leliège se gara au bord de la route derrière d'autres véhicules de gendarmerie.

— … et la cistude d'Europe ! s'écria-t-il tout à coup.

— Connais pas. Leliège, dans votre guide, si vous nous trouviez une bonne table pour midi ?

— C'est une tortue !

2

JESSICA

Il faut que je trouve un appart ici. Ou même une coloc. J'ai commencé à travailler à Capbreton, à la résidence, depuis une semaine. Pour l'instant, je suis en formation. Aucun problème. Il faut juste mémoriser des trucs. Je prends des notes. Les patrons, ça va… Ils ne me mettent pas la pression, ils disent que j'apprendrai en cours de route, une fois que je serai dans le bain. Je serai avec une collègue le jour de l'ouverture. Elle est là depuis le début. Elle m'aidera.

Les Marchand sont assez cool. Lui, c'est plutôt un bon type, il s'appelle Didier. Elle, Claudine, trop belle ! Il fait tout ce qu'elle veut. Elle lui envoie des vannes sur son gros ventre. Ça le fait marrer. Depuis une semaine que j'y suis, je ne vois pas quoi dire de mal sur eux. Ils vont m'aider à trouver un appart. Forcément, ils connaissent tout le monde !

Pour moi, le boulot de réceptionniste, c'est une passion. Accueillir, conseiller, rendre service… En plus, ici on n'a pas besoin d'être en tailleur, genre hôtesse de l'air. Ça me change de Tours ! Oh là là ! J'irai faire un tour dans Capbreton dès que je pourrai. Et puis à Hossegor, et à Pédebert aussi. Claudine m'a dit que bientôt, il y aurait les marchés saisonniers et que je trouverais plein de trucs pas chers.

Pour l'instant, la résidence est vide. Je vois juste les ouvriers qui percent et qui clouent. On est dans un de ces chantiers!

La résidence Le Gouf *est en plein sur la Promenade du front de mer… ce qui veut dire que dès que j'aurai une minute… à moi la plage! Vivement qu'il fasse beau. Je vais m'acheter un maillot. Je sais exactement ce que je veux.*

J'ai coupé les ponts avec Maurine et Lisiane. Pour l'instant. Elles ne peuvent pas comprendre ce que je vis. Facebook, ça fait longtemps que je n'y vais plus. Sur Insta, je poste des photos d'ici. Océan, surfeurs, couchers de soleil, hashtag surf, tapas, bière! Bref, je suis occupée.

Je cherche un scooter d'occase. Blablacar c'est sympa, mais je veux être autonome. Dax, ça me fait trop loin, j'aurais pas cru.

Et puis, j'aimerais bien un piercing. Dès que j'aurai ma première paye. Et aussi un tatouage, un truc discret que personne ne voit. Sauf… le mec de ma vie! Bon, je ne l'ai pas encore, mais à mon avis, ça va pas traîner!

Je veux une vraie vie de femme. Comme Claudine. Ça se voit qu'ils s'entendent bien, ces deux-là. Ils font du business et en même temps, ils déconnent ensemble. Quand je vois la vie de ma mère… De galère en galère. Franchement, je me demande pourquoi elle a quitté mon père. Il est tellement adorable. Bof. Faut pas chercher. Mais moi, j'en avais trop marre de m'occuper de mes demi-frères et demi-sœurs. J'existe, moi aussi! Claudine et Didier n'ont pas d'enfants. Elle m'a dit: « Ça ne nous intéresse pas. Chacun doit faire selon ses désirs profonds. » Alors là, ça m'a ouvert les yeux!

Je réfléchis à ça: c'est quoi mes désirs profonds?

J'ai fait une liste dans ma tête. D'abord, vivre en osmose avec la nature. Et puis, je voudrais devenir vegan. On n'est plus des hommes des cavernes! On a évolué! Mais avant tout, je veux trouver l'homme de ma vie. Je dis « homme » parce qu'un petit jeune, ça ne m'intéresse pas. Je veux quelqu'un qui me corresponde, avec des projets intelligents, etc.

Je trouve que j'ai changé. En bien.

Quand je regarde les dernières années, depuis mes vingt ans par exemple, je me dis que tout a été nécessaire pour que je devienne celle que je suis aujourd'hui. Je sais qu'il faudra encore quelques années pour que je devienne une vraie femme, comme Claudine. Elle est tellement bien dans sa peau… Elle m'a raconté comment elle s'est mise en couple avec Didier. Elle m'a dit qu'il faut saisir les opportunités quand elles se présentent. Alors là, c'est pas tombé dans l'oreille d'une sourde !

Les Marchand, le seul truc qui est parfois pénible avec eux, c'est qu'ils ont un débit comme j'ai jamais vu ! Ils parlent, parlent, parlent… Didier m'a dit que quand on est dans le commerce, si on n'aime pas parler, il vaut mieux changer de métier. C'est sûr que c'est fatigant, parce que je les ai sur le dos toute la journée. Quand j'arrive chez moi, je suis vannée. Plus par leur blabla que par le taf ! Mais tout le monde a ses défauts, comme dit mon père. Il faudra que je l'appelle un de ces quatre pour lui raconter ce que je fais. Lui, il n'a pas le temps, et puis le téléphone c'est pas son truc. Ça le rassurera, même si c'est pas son genre de se faire du souci pour sa grande fille, comme il dit. J'aurais bien aimé avoir des parents comme Didier et Claudine.

Elle voulait qu'on aille au cinéma ensemble ce soir. C'est sympa, je trouve. Mais voilà, euh… comment dire… Non merci ! C'est pas le bon soir, Claudine ! J'ai autre chose de prévu…

Je l'ai rencontré sur Happn. J'ai téléchargé l'appli et c'est vraiment top. En plus c'est français. Le rayon, c'est moins de deux cent cinquante mètres pour qu'on se géolocalise. Du coup, pour moi, ça a été la meilleure façon de trouver quelqu'un. J'ai mis mes préférences et voilà. Sur le fil d'actualité, on voit l'historique des personnes qu'on a rencontrées. Quand on passe à côté d'une personne inscrite, son profil apparaît sur l'appli quelques secondes plus tard. On peut voir combien de fois on l'a croisée, où et à quelle heure. Géant, non ?

Il m'avait mis un « Hello ! » Bref, on s'est liké et bien sûr, il y a eu un Crush. Après on a discuté dans l'appli et puis on a échangé nos zéro-six. Et ce soir c'est LA rencontre !

C'est mieux que Tinder, qui m'a fait perdre du temps, finalement. Et puis moi, un plan Q, ça ne m'intéresse pas. J'ai trouvé la bonne personne pour échanger, je crois. J'espère qu'il n'a pas un gros défaut caché ! Genre pied bot ou un truc comme ça… Mais non ! Il est beau… Il est super intelligent. Je lui dis tout, c'est dingue, je le connais à peine depuis trois jours. Ce qui est bien, c'est qu'il me comprend. À vingt-cinq ans, il a traversé une crise, lui aussi. Il s'est fait plaquer. Ça a déclenché une remise en question totale et l'a obligé à définir ses priorités. Il m'a dit que ça s'appelle la crise du quart de vie ou le blues des vingt-cinq ans. J'en revenais pas. Je savais même pas que ça existait ! Du coup, je me suis sentie normale. Ça m'a filé la pêche. Il est tellement mûr, c'est dingue.

Donc on s'est parlé, beaucoup. J'aime sa voix. Il me dit que je suis super. Il n'a jamais connu quelqu'un d'aussi fin et sensible. Il adore mes cheveux. On a échangé plein de photos. Lui n'en a pas beaucoup. Je préfère, ça me rassure. J'aime pas trop que les mecs se prennent sous toutes les coutures, ça fait trop pitié. Vingt-cinq ans, il m'a dit que c'est un moment hyper difficile parce qu'on n'est plus des ados et pas encore des adultes. C'est tellement vrai. Je lui ai dit que je suis seule alors que partout autour de moi, les gens se pacsent, et même parfois ils ont des gosses. Jusqu'ici je consommais, sans me soucier de l'avenir. Mais l'an dernier, c'était l'année de la lose. Je déprimais grave. Je ne savais plus où j'en étais. Pas jeune et pas vieille. Je me détestais. Je détestais mes demi-frères et sœurs. Toute ma famille. C'est pour ça que j'ai décidé de quitter Tours. J'ai un master, mais je veux partir sur la côte pour vivre libre. Être en CDI. Les autres avancent et moi, je faisais du sur place.

Il faut que je me prépare. Il m'attend à côté du Parc Rosny à Hossegor. Il est commerçant. Je ne connais pas le nom de sa boutique. On a tellement de choses à se dire. Si on s'entend, peut-être que je pourrais bosser avec lui ? On aura une maison avec piscine. J'aimerais bien.

Je mets une robe, la bleue qui me va super bien. Il m'a demandé de laisser mes cheveux libres. Il est très nature. Je crois que le maquillage, c'est pas trop son kif… Je ne demande qu'une chose : lui faire plaisir !

Jessica, la vie te tend les bras !

3

ÉTANG NOIR

L'aube jetait son fanal sur la scène du crime. Le mensonge des cieux neufs ne dissimulait pas longtemps les martyres démantibulés. Les collègues de la CIC[1] étaient déjà au boulot.

— Vous voyez ça, Leliège ?

— Je vois ça, patron.

De temps à autre, une voiture passait sur la route, à cent mètres de là. En fond sonore, les caquetages des canards rappelaient aux témoins la réalité de ce qu'ils voyaient. Oh, rien de spectaculaire : juste le corps d'une jeune femme qui gisait à même le sol, avec simplicité – c'est ce qui venait à l'esprit –, dans un linceul blanc détrempé. La tête n'était pas couverte. Pas une seule trace de sang. L'esprit cherchait une explication. Il n'en trouvait pas. Avait-on voulu l'enterrer avant de se raviser ? Que penser de ce tissu épais, de ces pieds nus, exposés comme le visage, puisque le cadavre ne portait pas de chaussures ? Et ces cheveux hirsutes, qu'on aurait dits coupés au couteau, au cutter, voire à la serpette ?

Un grand panneau indiquait qu'à peu de distance se trouvait un village de vacances vertes.

1. Cellule d'Investigation Criminelle.

— C'est mortel, par ici, lança Dubroc au major. Dites donc, au fait, vous êtes arrivé bien vite…

— J'étais chez des amis, à Soustons.

— Un sacré bol…

— C'est pas moi qui ai fait le coup. Et vous, patron ?

— J'étais de passage à Hossegor. Et c'est pas moi non plus.

Le major se retint de poser les questions qui le démangeaient. Que fichait Dubroc dans le secteur ? Il paraissait tout à fait éveillé malgré l'heure matinale, levé depuis longtemps, et son haleine était chargée de café. Tout ça ne sentait pas la précipitation… Il avait visiblement pris son temps et pourtant, il arrivait en même temps que lui, Leliège, qui s'était habillé à l'arrache et n'avait pas pris de petit-déjeuner. Avait-il eu des infos dans la nuit ?

— Je vous connais, Leliège. Allez-y. ça vous brûle les lèvres !

— Vu qu'il est à peine sept heures, que vous êtes sur place, et bien ficelé, et que vous avez déjà pris votre café…

— Si je me mets à table, vous me foutez la paix ? Comme ça, vous serez à cent pour cent sur l'enquête au lieu de chercher du poil aux œufs… Je suis parti à quatre heures du matin de Bordeaux. J'avais rendez-vous chez une personne qui bricole au club de tennis d'Hossegor avant l'arrivée du public, d'après ce que j'ai compris. Pourquoi ? Parce que mon vieux père m'a harcelé pour que j'aille lui chercher un super timbre de collection. 250 euros, Leliège !

— C'est pas donné ! C'est quoi comme timbre ?

— Wallis et Futuna. Pour le cinquantenaire de Roland-Garros.

— Je comprends mieux, patron.

— M'appelez pas « patron »! Ça me donne des gaz.

— C'est juste une façon de parler. Ça me stimule.

Dubroc envoya quelques tapes à Leliège.

— Fichu fainéant! Trouduc! Suceur de roue!

— Chut! Pas si fort, patron. On pourrait nous entendre.

— Ah! Ça vous dérange ça, hein?

— C'est que j'ai presque fini, moi.

— Vous voyez Leliège, ce qui nous différencie tient dans cette phrase.

— Comment ça?

— Le mot le plus important pour vous c'est « fini », alors que pour moi c'est « presque ». Vous avez presque fini, mais vous n'avez pas fini!

— Je suis usé, fatigué.

— Ça va, ça va! Toujours dans la plainte! C'est stimulant, pour moi! Vous devriez faire du sport, ça vous ferait du bien, ça vous redonnerait la pêche. Vous aimez le tennis?

Soudain, ils n'eurent plus envie de plaisanter. Les subterfuges pour tenir l'horreur à distance ne duraient pas au pied des morts. Les gendarmes carburaient, déjà sur les dents. Ils se penchèrent sur le corps bizarrement emmailloté, fronçant les sourcils. Ils frottaient leurs joues rêches, si vite arrachées à la tendresse de l'oreiller. Il était trop tôt pour les vivants, trop tard pour la morte. La laideur du petit jour les unissait pourtant, les vivants aussi blêmes que le cadavre, tous pris dans une sorte de climat faisandé.

Dès le départ, cette affaire leur déplaisait. Certes, les cadavres ne sont pas gais… mais certains, solidifiés en pleine action, offrent au premier coup d'œil une lumière absolue sur les vérités de leur mort et de leur existence. Ils sont au bon endroit au bon moment. Du pain bénit. L'enquêteur n'avait qu'à tracer tout droit, confiant, il savait que cette viande-là ne s'effilocherait pas dans ses mains, qu'elle ne lui pourrirait pas la vie pendant des semaines, voire des mois.

Tandis que là, dans ce bois de pins tout près de la route et de cet étang noir – fort bien nommé pour ce que Dubroc et Leliège avaient pu en voir –, ce cadavre propret ne leur parlait pas. Il n'était pas logique. Et ce linceul blanc mentait autant que ces pieds nus et ces cheveux coupés.

— Une mise en scène faite pour égarer, pour distraire et retarder la découverte du viol.

— Je suis d'accord. C'est plus que probable, patron.

Un viol, c'était toujours dégueulasse, mais jamais surprenant. Même ici, dans ce secteur à la fois touristique et rural, tantôt désert et tantôt surpeuplé, où les mœurs changeaient du tout au tout d'un mois sur l'autre. Un coin qui ne sentait pas la racaille, mais plutôt la résine et le confit de canard. Que dire de cette dichotomie ?

Ces messieurs de la police n'aimaient pas ce parfum-là, un parfum de tordu. L'odeur de la merde. Ils la reconnaissaient. Et voilà qu'ils la respiraient à plein nez avant qu'on la leur mette dans les bottes. Il y aurait des complications, des lenteurs, et peut-être même donneraient-ils du collier le long de fausses pistes, pour se cogner tout au bout à une vérité dont la laideur ferait frémir longtemps dans les foyers.

— Alors ? Vos déductions ? demanda Dubroc à la femme médecin légiste, occupée à faire des relevés avec une pince.

— On peut dire que la victime a été étranglée.

Les techniciens avaient, pour leur part, relevé des traces sur le sol.

— Elles prouvent qu'on a traîné le corps. Probablement depuis le chemin de terre, ou plutôt de sable, qui s'arrête là. Hélas, il a plu aussitôt après, et une bonne partie de la nuit.

— L'heure de la mort ?

— Vers 23 heures, répondit la légiste. Présence d'hématomes sur le visage. Pour ce qui est du viol, je vous préciserai ça.

— Pourquoi ce drap ? Votre avis, demanda Dubroc aux techniciens.

— Bizarre. Ce n'est pas un drap. Le tissu est assez épais. Gorgé de pluie.

— Pas de papiers d'identité ? Un téléphone ? Des tatouages ?

— Pas d'après les premières constatations.

— Quel âge ?

— Vingt-cinq ans, à peu près.

— Les cheveux ? Elle était coiffée comme ça ?

— On dirait qu'ils ont été coupés à la va-vite…

— Bon. On va commencer l'enquête avec ce qu'on a en attendant vos conclusions. Sa disparition a peut-être été signalée. Je me demande pourquoi on l'a laissée là, alors qu'il suffisait de la balancer dans un des lacs, puisque lacs il y a.

— Vous avez vu l'Étang blanc ?

— Pas encore, on ira tout à l'heure. Leliège, ça dit quoi les traces de pneus ? demanda Dubroc discrètement.

— Rien. Il y en a trop. C'est un coin fréquenté. Sinon, le témoin vous attend, patron. C'est une joggeuse.

— Elle est tombée du lit ! Qu'est-ce qu'elle faisait dans le bois ? Elle courait sur le chemin ?

— Non, sur la route. C'est une envie pressante qui l'aurait poussée par ici.

Ils se dirigèrent vers une jeune femme en tenue de sport, accroupie, tête basse, dans l'attitude typiquement prostrée du premier témoin.

Ils la surplombaient, leurs pieds au ras des siens. L'interrogatoire ne donnerait pas grand-chose, mais un peu de sécheresse ne ferait pas de mal sous la bruine matinale.

— Vous l'avez trouvée comme ça ?

— Oui.

— Vous n'avez rien touché ?

— Non.

— C'est vous qui avez appelé ? Avec quoi ?

— Oui c'est moi. Avec mon portable.

— Faites voir. Qu'est-ce que vous faisiez là ?

— Une envie pressante.

— Non, je veux dire : sur cette route.

— Je courais !

— De bon matin… Pourquoi est-ce que vous courez si tôt ?

— Je suis infirmière. Après je travaille, je n'ai plus le temps.

— Vous n'y voyez rien et on ne vous voit pas.

— J'ai une lampe frontale.

— Faites voir. Vous venez par là souvent ?

— Deux ou trois fois par semaine.

— Cette fille, vous la connaissiez ?

— Je ne crois pas.

Dubroc prit la mouche.

— Eh ! Finassez pas, hein ! Vous la connaissiez ou vous ne la connaissiez pas ?

Apeurée, la jeune femme eut un mouvement de recul.

— Je ne la connais pas. C'est un cauchemar ? Je vais me réveiller ?

Elle se mit à pleurer.

— Ils disent tous ça, patron.

— Quoi donc ?

— « C'est un cauchemar… »

— Normal. C'est parce qu'il leur faut du temps. Ils apprivoisent le mal. Ils le tiennent d'abord loin d'eux. Il faut une certaine distance, Leliège.

— C'est pas comme nous. Nous, on se prend tout dans la gueule. Pas d'histoires de cauchemar, patron.

— Le métier, Leliège. Vous avez une fille à peu près de cet âge, non ? Elle fait de la course à pied ?

— Marie. Dix-huit ans. Non, elle n'est pas sportive. Je préfère qu'elle traîne en ville avec ses copines.

— Les enfants de vieux ont plus de liberté que les autres… Ça me donne une idée, Leliège. Comme quoi, il faut toujours parler. Vous vous occuperez de la famille de la victime. Il faut que je voie le proc', moi.

— Oh ! J'aime pas ça.

— Moi non plus. Mais vous avez le temps de vous préparer. Bon. On a fini ?

— Oui patron.

— Alors, emballez tout.

— Son portable ?

— Rendez-le lui.

— On y va alors, patron ?

— Évidemment ! Vous préférez faire un sit-in sous les pins pour vous cochonner les braies ?

Les deux hommes remontèrent en voiture.

— Je connais une bonne adresse pour déjeuner, patron. Au bord de l'Étang blanc. Vue imprenable.

— Bien. Vous voyez quand on vous secoue, il finit par tomber quelque chose ! En attendant, on va aller se chercher un dodo pour ce soir.

— Hôtel ?

— Prenons des renseignements, d'abord. Cap sur le club de tennis d'Hossegor, Sybille nous tuyautera.

4

PROGRAMME

— J'ai ce qu'il vous faut, s'exclama Sybille en sortant un plan de sous le comptoir. Entrée, séjour-salle à manger avec cheminée, le tout qui ouvre sur une pergola et une terrasse. Il y a aussi une piscine, mais vous ne pourrez pas vous en servir… c'est encore trop tôt.

— Vous habitez où, vous ? s'enquit Dubroc.

— Dans le bourg de Seignosse.

Elle avait pris les choses en main, au grand soulagement du capitaine qui n'aimait pas les questions de logistique. Quant à Leliège, il détaillait le plan de la villa.

— La cuisine est minuscule, remarqua-t-il.

— Vous n'allez pas cuisiner ! argumenta Sybille. Il y a ce qu'il faut en ville et partout autour. Vous avez deux chambres avec salle d'eau, chacun chez soi.

— Il n'y a pas de garage ?

— Mais si, Leliège ! Là, regardez, au sous-sol !

— On y accède par une pente douce. Vous n'avez pas de vis-à-vis et à cette période de l'année, le quartier est encore presque désert.

— Il n'y a pas de chauffage, peut-être ? s'enquit le major.

— Des radiateurs électriques. Très performants !

Dubroc décida que la question était réglée. Ils firent ensuite le tour des installations du club et admirèrent les courts bien entretenus. Un jardinier réparait les méfaits de la pluie sur les plantes qui s'épanouissaient le long des allées bordées de toutes sortes d'espèces – surtout des hortensias. La terre battue avait séché, déjà. Les joueurs, tout en allégresse dans l'air matinal, semblaient à peine sortis d'une grande lessive dans leurs tenues irréprochables. Les balles claquaient aimablement dans la limpidité du ciel. Au loin, le clocher de l'église toute blanche se détachait sur l'azur impeccable.

— Ça donne envie, hein, Leliège ?

Il faisait presque chaud maintenant. On avait sorti des chaises et une table en plastique sur la terrasse devant la baie vitrée. Le parfum de la terre battue montait du court n° 1.

— J'imagine qu'avec ce meurtre horrible, vous allez devoir rester ici, fit Sybille.

— Déjà au courant ? Je me demande toujours comment les nouvelles se propagent.

— Je connais la directrice du village de vacances vertes, sur la route de l'Étang blanc. Elle est membre du club. Elle était aux premières loges, avec tout le ramdam de ce matin... Qu'est-ce que je vous sers ? Je vais chercher mon ordinateur pour vous inscrire.

Elle essuyait la table à grands coups de chiffon.

— Tenez, voilà déjà la clé de la maison.

Dubroc prit la clé en songeant qu'il avait aussi ses faiblesses. Quelle énergie chez cette femme ! Les deux hommes en avaient le tournis.

— Faites bien attention, patron, cette femme est motivée et rapide.

— Occupez-vous donc de votre revers. Regardez ce jeune comme il tient bien sa raquette. La prise de grip, c'est capital. Et le placement ! Tout est là. Pas la peine de se fatiguer, il suffit d'être au bon endroit au bon moment.

— Ben voyons.

Les inscriptions faites, Sybille sortit un classeur dans lequel s'alignaient des timbres. La mission de Dubroc se rappelait à lui.

— Je ne suis pas un spécialiste, crut-il bon de préciser.

— Moi, si. Tenez, le voilà ! Regardez. Wallis et Futuna. Un beau timbre édité pour le cinquantenaire de Roland-Garros. Vous voyez, cinq personnages sont gravés là dont Mademoiselle Broquedis, William Johnston, René Lacoste ou peut-être Yvon Petra, on ne sait pas, là c'est Evonne Goolagong, et celui qui est de dos, aucune idée. Peut-être que votre père saura, lui.

— Il a l'air en bon état.

— J'en ai un autre qui pourrait intéresser votre père. Je lui en ai parlé.

— Il ne m'a rien dit. Je vais déjà prendre celui-ci. Ah, mais zut, je n'ai pas retiré d'argent ! Gardez-le moi, surtout.

— Vous pouvez y compter. Ah, j'oubliais… Je vous ai trouvé quelqu'un pour votre remise à niveau : Samy. Il n'est pas vraiment coach, mais il pourrait.

— Il n'est pas prof ?

— Non, il est commerçant. Il ne devrait pas tarder. Comme ça, ce sera fait ! Vous pourrez caler les cours ensemble.

Une jeune et jolie fille s'avança vers leur trio.

— Ah, voilà Laurine. C'est l'amie de Samy. Tiens assieds-toi là !

Sybille tourna les talons sans leur laisser le temps de réagir et Laurine se trouva dans l'obligation de s'asseoir avec eux.

— Alors, vous jouez au tennis, aussi? demanda Dubroc.

— Non. Moi, je fais de l'athlétisme, depuis l'âge de onze ans.

— Et vous travaillez avec Samy?

— Pas du tout, je travaille à Tarnos.

Leliège ne faisait aucun effort pour alimenter la conversation. Heureusement, Laurine se leva tout à coup:

— Je vais voir Sybille…

Les deux hommes la regardèrent s'éloigner. Une sportive à n'en pas douter, charpentée, solide bien que fine, cheveux longs.

— Ça va trop vite, patron, conclut le major.

Dubroc allait répondre, mais son téléphone sonna et Leliège bondit de sa chaise.

— Il y a du nouveau, je parie!

— Exact! On va à Capbreton, major! Mais d'abord, allons jeter un coup d'œil à notre nid d'amour…

Ils partirent sans donner d'explication. Sybille devrait s'y faire. Ils verraient leur coach une autre fois.

*

Les maisons du tour du lac, pour la plupart, ne s'ouvraient qu'aux beaux jours. Le cadre restait pourtant enchanteur en toutes saisons. C'était une maison rouge et blanche de plain-pied, dans le style basco-landais typique de la région, posée au milieu d'un jardin sous les pins, les arbousiers, les chênes-lièges. Depuis la rue, on voyait bien que les extérieurs avaient besoin d'un bon coup de râteau. Le portillon grillagé, dont la poignée resta dans la main de Leliège, se bloqua complètement, pris dans un amas d'aiguilles de pin et de terre sableuse. Le major, qui tirait une tête de six pieds, prononça d'une voix sentencieuse :

— Il est aux trois quarts fermé. On ne pourra pas rentrer les voitures.

— Toujours le verre vide ! C'est un réflexe chez vous. Je le vois ouvert, votre portillon. Et si vous en mettez un coup, il le sera entièrement très bientôt.

Dubroc caressait les arbres.

— Ça vous plaît Leliège ? susurra-t-il en effleurant la carapace d'un chêne.

Mais le major n'entendit pas. Il ouvrait les portes les unes après les autres et scrutait les murs et les plinthes.

— En été c'est peut-être agréable. Fin mars, c'est carrément humide. Très mauvais pour l'arthrose. Et puis ça sent le moisi, patron. Il doit y avoir des termites.

— Ouvrez donc les volets, qu'on puisse se faire une idée sur du tangible. Elles me renversent, vos estimations à vue de nez. Moi, je trouve que c'est charmant.

Pendant que Leliège, à contrecœur, s'exécutait, Dubroc allait de pièce en pièce. Il organisait leur petite communauté :

— Ici, c'est ma chambre. Là, c'est la vôtre.

— Vous prenez la vue sur la piscine ? s'insurgea le major.

— Oui. Ne vous plaignez pas, vous donnez sur le délicieux jardinet à l'arrière.

— Une friche qui pue le renard. Tenez, sentez !

— D'ici deux jours, avec ce beau soleil, tout sera fleuri. Imaginez un peu ce que ce sera. Projetez-vous. Et puis vous serez au calme, vous qui avez le sommeil fragile.

— Uniquement quand vous ronflez.

— Je respire fort, nuance. Ici, dans ce coin de la salle à manger, ce sera notre QG.

— Il y a du réseau, au moins ?

Les deux hommes sortirent leurs téléphones.

— C'est bon, affirma Dubroc.

— Pas partout. Regardez, vers là ça ne passe pas.

— Merde ! explosa Dubroc. Monsieur a décidé de m'emmerder ! Allez donc à l'hôtel, espèce de ramolli !

— Un peu de confort n'a jamais fait de mal à personne… Au contraire, ça peut favoriser la réflexion.

— Pour ce que vous vous en servez, de votre ciboulot ! Et puis on verra, quand vous serez sur le court, si vos mauvaises habitudes de confort ne vous ont pas affaibli !

— Justement, à ce sujet, je trouve qu'on s'est un peu précipité…

Mais le téléphone de Dubroc sonna et il répondit en tournant le dos au major :

— Bonjour papa ! Oui, j'y suis allé… Non, pas encore… Tu ne m'avais pas dit… Je n'avais pas d'espèces… Ben non, je n'ai pas 250 euros sur moi… Oui, bien sûr, mais toi… J'y retourne… Oui… Ne t'inquiète pas, ça m'étonnerait qu'elle le vende dans la journée… C'est ça, je te tiens au courant. Au revoir, papa.

— À 250 euros, moi aussi ça m'étonnerait ! s'esclaffa Leliège. Il faudrait vérifier la cote.

— Bonne idée. Tant qu'on n'a rien de plus sur la fille de l'Étang noir, occupez-vous donc de ça, Leliège.

— Avant ou après avoir déblayé le portillon ?

Leur visite terminée, et diversement enthousiasmés par leur pied-à-terre, ils partirent pour Capbreton. En voiture, Leliège livra ce que Dubroc considérait comme les tréfonds de son odieuse pensée :

— Je ne le sens pas du tout, ce tournoi. Tant mieux si on n'a pas le temps de jouer.

— Mais on est inscrits, tudieu ! hurla Dubroc. Vous vous êtes engagé ! Parole de gendarme !

— Bof. C'est juste du tennis.

— Vous voulez que je vous dise ? Vous n'êtes pas fiable, major.

— Faux ! J'ai réservé une table dans un restaurant qui vous plaira. J'y suis déjà allé, c'est très bien. Simple, mais très bon. Avec vue sur l'étang et une terrasse en prime. Où on peut fumer.

— Parfait. Après avoir cuisiné les gérants de la résidence, c'est ce qu'il nous faudra. Ils s'appellent comment, d'ailleurs ?

— Marchand. Didier et Claudine.

— Bon. Voilà le topo : la fille de l'Étang noir, Jessica Letourneur, travaillait là depuis à peine une semaine. Elle était en formation pour être réceptionniste dès l'ouverture. Originaire de Tours, où vit sa famille, elle habitait Dax, s'entendait bien avec tout le monde. Pas de problèmes majeurs à signaler.

— On est dedans… Personne ne la connaît – même pas ses patrons – et elle ne connaît personne, conclut Leliège.

— Ouais. On est dedans. La proie idéale. Mais vous ne m'enlèverez pas de l'esprit que le procédé manque de logique. Pourquoi ne pas l'avoir jetée à l'eau au lieu de la laisser dans la forêt, près d'un chemin, non loin d'une route ? Il la viole, il la tue, il l'emballe, la charge dans sa voiture, et là... il la dépose sous un arbre. Ça ne tient pas debout.

— Y en a qui ne sont pas futés. Il aura été dérangé. Quelqu'un l'aura surpris au moment où il manœuvrait sur la route.

— On aura peut-être un témoin qui l'aura vue entrer dans le chemin. En marche arrière, si elle était dans le coffre...

— Et les cheveux, patron ?

— J'y ai réfléchi, aux cheveux...

— Alors ?

— Je n'ai pas dit que j'avais trouvé quoi que ce soit ! Soit on les lui a coupés, soit elle avait l'habitude de se coiffer comme ça.

— Impossible. Vous avez vu sa tête ? Une réceptionniste avec une coiffure pareille ?

— Ce n'est pas faux ce que vous dites, Leliège, mais vous connaissez mes principes. Et le premier d'entre tous est le plus difficile à respecter.

— Débattre contre soi-même, je sais.

La résidence *Le Gouf* s'ouvrait sur la Promenade du front de mer. Odeurs de peinture et vociférations de perceuses accueillirent les enquêteurs, en même temps que le gérant tendait les mains vers eux comme s'il était plongé dans l'Étang noir et suppliait qu'on le tire de là. Il avait bonne mine, pas de trace de fatigue excessive, pas de fébrilité apparente, un ventre proéminent, une alliance et une montre dorée à faire peur.

— Didier Marchand, enchanté.

— Nous voudrions voir le bureau de Jessica, pour commencer.

— Oui, bien sûr… C'est-à-dire que c'est un comptoir. Il n'y a pas de bureau au sens où vous pouvez l'entendre.

— Eh bien, montrez-nous le comptoir, alors.

— Disons plutôt la réception, on l'appelle comme ça.

— Allons-y.

— Suivez-moi, mais faites attention aux fils électriques, il ne faudrait pas vous empêtrer. Un accident est vite arrivé. Ce serait moche. On ouvre pour Pâques. On va y être vite. Tout est urgent. Avec ce qui est arrivé à Jessica, et les travaux… Dire qu'il va falloir former quelqu'un d'autre ! Enfin, c'est pas tellement ça le problème, mais il faut trouver ! Des filles bien et qui veulent travailler, ça ne court pas les rues. Avec les charges et puis les primes… Parce qu'il faut les payer, sinon elles s'en vont du jour au lendemain, et alors là c'est la panade totale. Et qui est-ce qui s'y colle à la réception ? C'est bibi. Si vous pensez que j'ai que ça à faire… Les clients sont de plus en plus exigeants. Et puis, c'est tout et tout de suite ! Et voleurs, de plus en plus souvent ! Faut voir comme le rapport a changé, avant c'était différent. Moi, par exemple, je gérais un complexe thermal à Dax, mes plus belles années. Les clients ? Des amours. On allait même au casino ensemble. Et le personnel ne mouftait pas, hein ! Quand il y en avait un ou une qui me demandait une augmentation, je lui disais sans m'énerver : « Tu vois la porte ? Elle est grande ouverte. » Je n'ai jamais eu de problème avec les filles à la réception. Jamais. Je ne prenais que des filles. C'est plus facile à gérer, à mon avis. Pourtant j'en ai eu pas mal qui venaient en renfort au plus gros de la saison, mais jamais je n'ai été embêté comme aujourd'hui par exemple avec cette histoire. Que voulez-vous, et je l'ai dit au comptable pas plus tard que tout à l'heure, on ne sait pas qui on recrute. Prenez Jessica, elle habitait Dax. Pour moi, c'était suffisant. Une référence. Qu'est-ce que j'apprends aujourd'hui : elle était originaire de Tours ! C'est pas clair. Déjà, là, il y a un truc qui n'est pas clean. Si j'étais vous, je gratterais un peu son passé, à cette fille.

Dubroc tentait de défaire le col de sa chemise pour respirer un peu mieux.

— Voilà, on y est. C'est la réception, annonça l'homme.

— Leliège, regardez si vous trouvez quelque chose sous le comptoir et dans les tiroirs. Vous avez son CV avec sa photo, je suppose ?

— Je vous apporte ça tout de suite. Ma femme va arriver, c'est elle qui formait Jessica. Elle vous en dira plus. Même s'il n'y a pas grand-chose à raconter, en fait.

— Je vois... Jessica avait quelqu'un dans sa vie ? demanda Dubroc.

— Aucune idée.

— Pas à votre connaissance ?

— J'ai bien dit : « aucune idée. » Elle pouvait avoir un copain sans qu'on le sache, ou bien ne pas en avoir sans qu'on le sache aussi.

— Non plus, corrigea Leliège.

— Comment ça ? demanda le gérant.

— Laissez major, interrompit Dubroc. C'est déjà suffisamment compliqué.

— Moi, si j'étais vous, je chercherais du côté de Tours... insista l'homme. Ah ! Voilà ma femme, Claudine Marchand.

La gérante souriait aux enquêteurs en leur tendant une main ferme. Dubroc nota ses yeux très maquillés de noir, son rouge à lèvres, ses formes agréables à l'œil, sanglées dans un slim noir enduit, son blouson en simili haut de gamme, ses bracelets épais.

— Elle est cash, reprit Didier Marchand. Elle va vous dire tout ce qu'elle sait, on est pareil, elle et moi.

— Dans ces conditions, Leliège, je vous laisse bavarder avec madame ! Tout nous intéresse. Je vous fais confiance. C'est moi qui vais fouiller le comptoir. Vous jetterez un coup d'œil sur la photo de Jessica tout à l'heure.

La gérante semblait décidée à déballer tout ce qu'elle savait et d'ailleurs, elle entreprit sans tarder de lister les qualités de la résidence *le Gouf*, exposé dont Leliège eut du mal à couper le fil.

— Les réceptionnistes ont un rôle capital. Elles sont le premier contact du client avec le lieu, que ce soit au téléphone ou bien de visu. Elles doivent être irréprochables des pieds à la tête et je dois dire que c'est le plus difficile à trouver, à l'heure actuelle. Beaucoup sont tatouées et percées.

— Jessic…

— Non, pas à ce que je sache. Ni piercing ni tatouage. Elle était toujours bien habillée et maquillée. Oh, on ne demande pas aux filles de se pomponner à l'ancienne ! C'est une station balnéaire, on n'est pas en ville, il faut du naturel, mais attention : le naturel n'est pas le négligé ! Ici, nous avons soixante appartements, tous loués en saison. Vous multipliez par deux ou trois personnes et ça vous donne la population de la résidence. Pendant les quelques jours où j'ai formé Jessica, elle m'a paru intelligente et équilibrée. Elle était agréable, ni familière ni froide. Je me suis bien entendue avec elle. D'ailleurs, je lui avais proposé d'aller au cinéma hier soir, mais elle m'a dit qu'elle ne pouvait pas. Comme elle habitait Dax, j'ai compris qu'elle avait sa vie là-bas. C'est normal, quand on est jeune. Ici, elle n'a jamais eu de visites personnelles. Je ne comprends pas ce qui a pu lui arriver. Un accident de voiture, encore, j'aurais compris. Mais elle n'en avait pas. Elle prenait les transports en commun. On n'en sait pas plus sur cette affaire ? Elle est morte comment ? On ne m'a rien dit. Je sais qu'elle est morte, c'est tout.

Leliège sortit très fatigué et aperçut Dubroc qui prenait le soleil sur le parapet de la promenade.

— Vous avez appris quelque chose ?

— À quel sujet ? répondit le major d'un air mauvais.

— Bien reçu ! ricana le capitaine.

— Juste qu'elle n'a pas voulu aller au cinéma hier soir avec la gérante.

— Échangistes, ces deux-là, à votre avis ?

— On pourrait le penser. On creuse cette piste ?

— Oui. Creusez ! Tenez, c'est la photo de Jessica.

— Jolie...

— Bon, on lève le camp. Il faut chercher ailleurs qui a rencontré Jessica et où. Je vais demander que les bandes des caméras soient visionnées partout dans le secteur, il se peut que Jessica apparaisse dessus, et peut-être accompagnée.

— Jusqu'à Dax ?

— Oui. Et j'ai bien envie de retourner sur les lieux. Au grand jour, il se peut qu'ils parlent. On va aller croquer dans votre restaurant et puis ce soir, on pourrait sortir ? Un verre sur le port ?

— Je ne dis pas non.

— On l'a bien mérité, Leliège, il me semble. Si vous saviez comme j'ai eu chaud au soleil en vous attendant !

*

L'Étang blanc offrait à l'œil l'étendue reposante d'une nappe de cérémonie. Des roseaux en abondance bordaient la terrasse sur laquelle les enquêteurs avaient pris place. Ils étaient seuls.

— Je boirais bien quelque chose de fort, attaqua Leliège.

— Faites-vous plaisir. Ce n'est pas quand on aura attaqué les entraînements que vous pourrez vous permettre des fantaisies. Vous les paierez cash. Les jambes lourdes, ça ne pardonne pas, au tennis.

— J'ai vu en entrant qu'ils avaient de l'Aberlour... Du Casg Annamh, précisa Leliège. Ce qui signifie « rare cask » en gaélique, parce qu'il a vieilli dans trois sortes de fûts : un de xérès et deux fûts différents de chêne américain. C'est excellent.

— Je vous fais confiance. Je prendrai de l'eau gazeuse.

— C'est un coup bas !

— Je vais me gêner. Et sur un court, je suis sans pitié !

— Bon. C'est vous qui voyez... vous l'aurez voulu.

Leliège alla commander à l'intérieur, puis il revint s'asseoir, loin de Dubroc.

— Allons, ne soyez pas ridicule ! Vous savez bien que je plaisante.

— Pas moi, dit Leliège qui sortit d'un étui un gros cigare. Je ne vous demande pas si je peux... Un Partagas. Vous n'en voulez pas, je suppose...

— Et maintenant le souffle !

— En 1789, la liberté n'a pas été donnée à nos ancêtres, ils l'ont prise, répondit Leliège.

Il exagéra ses gestes pour décapiter le cigare avec une guillotine de poche à monture de plastique.

— Dites donc, vous pourriez vous faire offrir quelque chose de plus élégant, non ? En acier, en or, en argent…

— Avec une double lame, oui, pourquoi pas ?

Leliège maintenait le cigare à l'horizontale au bord de la flamme et le faisait pivoter sur lui-même. Puis il porta le barreau de tabac à ses lèvres et tira une bouffée tout en le faisant tourner entre ses doigts.

— Il faut surtout veiller à ce qu'il ne s'enflamme pas, commenta le major en soufflant doucement sur la braise pour s'assurer qu'elle était bien répartie. Le tabac ne doit pas se consumer plus vite d'un côté que de l'autre. Il faut prendre son temps. C'est comme pour tout. Le cigare se fume lentement.

L'épaisse fumée se répandait dans l'air, en écharpe. Elle ne se mariait pas à l'odeur de l'eau et des herbes en décomposition. Leurs mondes ne se mélangeaient pas.

— Tout ce qui est à la carte vient du marché ! C'est écrit, indiqua le capitaine.

— À la campagne, c'est important, le marché.

— J'irai demain. On pourrait louer des vélos. Ce serait bon pour nos guiboles.

Ils parlaient un peu fort en raison de leur éloignement.

— La fumée ne vous gêne pas ? demanda Leliège.

— Si.

— Tant mieux.

Ils déjeunèrent de bon appétit dans la paix et la plus parfaite communion d'esprit. La conversation oscillait entre l'assassinat de Jessica et leur participation à l'open de tennis.

— J'ai bien envie d'interroger la serveuse, lança Leliège.

— Bonne idée. Tenez, voilà la photo. Ah, fit-il alors que son téléphone émettait un bip, j'ai reçu les conclusions du médecin légiste !

Elles étaient assez simples et confirmaient leurs craintes. Jessica avait été frappée et violée avant d'être étranglée avec un lien. La nature de ce lien n'était pas encore définie. Il pouvait s'agir de fil de pêche au gros, tressé peut-être. Le linceul qui l'enveloppait n'était pas un coton fin de type drap, mais une toile bien tissée et résistante. Le lieu de sa fabrication restait encore à déterminer. Elle s'était débattue. Des fragments de cheveux bruns qui n'étaient pas les siens avaient été retrouvés sous ses ongles, dont plusieurs étaient cassés. Sous les ongles de ses orteils, on relevait la présence de fibres d'une autre sorte de toile encore plus épaisse que celle du drap. Rien de plus.

— On va le coincer.

— Sûr. On a ses cheveux. C'est comme si c'était fait.

— Venez Leliège, on va refaire un environnement…

*

Ils se rendirent dans le bois de pins où l'assassin avait déposé le corps de la jeune fille. Dubroc examina les traces de pneus, surtout celles qui s'enfonçaient dans le sol meuble. Ils passèrent plusieurs fois au peigne fin la zone où avait stagné le corps.

— Les techniciens de Mont-de-Marsan nous donneront leurs infos d'ici ce soir. Ils ont peut-être fait des moulages des empreintes de roues. Enfin, ça m'étonnerait.

— Tout est brouillé.

— Ne désespérons pas, ils ont peut-être quelque chose.

— C'est déjà arrivé, patron…

Ils circulèrent dans le bourg de Seignosse, passèrent à la gendarmerie pour une prise de contact plus cordiale, puis se séparèrent pour interroger les commerçants, photos à la main. Ils firent de même au Penon, à Hossegor et Soorts, et enfin à Capbreton. Personne n'avait vu Jessica.

— Et au marché ? Il faudrait peut-être faire pareil, patron.

— Renseignez-vous sur les horaires et les jours. On se partagera le travail comme aujourd'hui. Pour l'instant, on a fini. Notre home nous attend. D'autant plus que Sybille devait faire arranger nos piaules, mettre le chauffage, etc.

— Une vraie fée… grogna Leliège.

— Eh ouais !

Au fond du lac, la maison rouge et blanche était bien plus avenante que le matin. Le portillon ne fermait plus, mais il avait été dégagé et l'intérieur s'était un peu réchauffé.

— Elle a fait les lits.

— Les a fait faire, corrigea Dubroc.

— Ça va coûter aussi cher que l'hôtel si ça se trouve…

— Vous êtes trop matérialiste !

Le téléphone du capitaine se manifesta.

— Un texto. Devinez qui ?

— Sybille.

— C'est vous qui lui avez donné mon numéro ?

— Pour qui me prenez-vous ?

— Elle l'a eu comment, alors ?

— Qu'est-ce qu'elle veut ?

— « Samy, votre coach, peut vous retrouver au bar *L'Estacade* vers 19 heures. Qu'est-ce que vous en dites ? »

C'est parfait ! On avait décidé de sortir ! Je réponds qu'on est partant.

— On va voir ce qu'il nous propose. Je n'ai pas joué depuis des lustres. J'avoue que je ne suis pas serein.

— Ne vous inquiétez pas. Le coach sait ce qu'il faut à son élève.

— Si vous le dites…

L'Estacade était plein comme un œuf, mais un jeune homme grand et athlétique leur fit signe à peine étaient-ils entrés. Ils attaquèrent d'emblée le vif du sujet.

— Pour reprendre le tennis, il faut travailler en priorité la condition physique. Sans ça, vous allez au massacre.

— Je le savais ! marmonna Leliège.

— On court régulièrement tous les deux, on ne part pas de zéro quand même ! protesta Dubroc.

— Le footing ne vous sera d'aucune utilité au tennis.

— Ah bon ? Pas de footing ?

— Non. Ce que nous allons travailler, et à mort, c'est votre capacité à mobiliser beaucoup de puissance en très peu de temps.

— À mort ! répéta Leliège.

— Ah ah ! C'est une façon de parler, répondit Samy en éclatant de rire. Pour commencer, je vais vous faire un programme léger.

— Pas trop léger quand même, parce que le tournoi approche… insista Dubroc.

— Ah oui, c'est pour l'open !

— Ça fait trop court ? demanda Leliège.

— Absolument pas. Nous allons nous adapter. Ce qui est bien, c'est de faire des pompes, des séries rapprochées et à grande vitesse. Pourquoi ?

— Pour acquérir de la force !

— La force c'est utile, bien sûr, mais surtout vous devez pouvoir vous déplacer très vite, vous devez acquérir de l'explosivité.

— Ah d'accord…

— Mais aussi de la souplesse. Vous devez être réactifs et souples.

— La souplesse, ça va, se vanta Dubroc, j'arrive à poser mes jambes pliées l'une sur l'autre. Vous y arrivez, vous Leliège ?

— À votre avis ?

— Le travail des membres inférieurs sera primordial poursuivait Samy, grisé par le challenge. Je vais vous faire votre programme. J'ai du papier et un crayon.

— Vous ne voulez pas qu'on prenne un verre avant ?

Samy commanda une eau gazeuse, Dubroc fit de même, et Leliège demanda un gin tonic.

— On n'a pas encore commencé, dit-il en souriant.

Samy le regarda avec compassion et s'adressa surtout à lui lorsqu'il détailla ses exercices.

— Position squat, vos pieds alignés sur la largeur de vos épaules, vos fesses en arrière, vos mains au niveau de votre visage doigts vers le ciel, vous me suivez ?

— Oui.

— Vous faites, disons quatre petits squats, puis un saut en poussant sur vos jambes le plus fort possible. Vous me suivez toujours ? Il faut monter les genoux le plus haut possible et claquer vos mains dessus. Vous faites ça quatre fois. Ensuite vous enchaînez avec un sprint sur cinquante mètres. Le plus rapide possible. Quatre fois aussi. Ça va ?

— Ça va, affirma Dubroc.

— Vous avez une bonne condition physique tous les deux. Sybille m'a dit que vous étiez militaires.

— On s'entretient…

— Super. J'ai réservé un court pour nous demain matin à 10 heures. Je verrai votre niveau. Ça vous va 10 heures ?

— Très bien pour nous, mais vous ? Vous êtes commerçant ?

— Pas de souci. J'ai mon planning. Demain, c'est bon pour moi.

— Il y a un problème… Je n'ai pas mes affaires, dit Leliège.

— Sybille m'a dit qu'elle avait tout ce qu'il vous fallait. Elle se démène pour vous ! Vous pourrez la remercier. On va faire de vous des champions !

— On dîne ensemble ? proposa Dubroc.

— Je ne peux pas, Laurine m'attend. Son père la dépose et je la ramène.

— Elle ne conduit pas ?

— Si, mais elle n'a pas encore de voiture. C'est bien dommage. Son père est une vraie mère poule ! J'y vais. À demain !

Il les quitta non sans les avoir félicités pour leur motivation, casque à la main, avec toute l'assurance que lui conféraient sa jeunesse et son physique de sportif accompli. Leliège oscillait entre deux états d'esprit : le fatalisme et l'inquiétude. Il commanda un autre gin et le fatalisme l'emporta.

Les enquêteurs finirent leurs verres et sortirent. Un tour sur le port, puis dans Hossegor où, à part les bars et leurs terrasses, tout était calme. La journée avait été bien remplie ; d'un commun accord, ils regagnèrent leurs pénates.

Quelque part, non loin d'eux, l'assassin de Jessica respirait ce même air chargé du parfum de l'iode et des aiguilles de pin… Leliège savourait ce qu'il considérait comme ses derniers moments de bien-être. Il redoutait les douleurs qui ne manqueraient pas d'entraver ses mouvements et se demandait comment il pourrait faire preuve d'explosivité avec les muscles endoloris.

Dubroc, pour sa part, pensait à Sybille… à ses jambes, à ses seins sous son pull fantasmagorique, à son énergie déconcertante. Une personnalité, un tempérament. Pourraient-ils s'entendre ?

5

REPRISE

— Vous savez ce qu'on dit ? Si vous vous voulez maîtriser les faux rebonds, entraînez-vous avec des balles ovales !

Samy était décidément un jeune homme sympathique. Il savait mettre à l'aise d'un bon mot, d'un geste.

À peine arrivés, Sybille leur avait prêté des raquettes. D'un placard, elle avait sorti des tee-shirts et des bermudas encore emballés.

— Le compas dans l'œil, Sybille, avait marmonné Leliège. Elle a été légiste dans une autre vie, patron ?

Dans les vestiaires, ils s'étaient complimentés sur leur allure, et Leliège avait rappelé à Dubroc :

— Vous vous souvenez de la fois où vous m'avez obligé à me produire dans un cabaret à Pau, alors que je n'avais pas touché un piano depuis plus de dix ans ?

— Obligé, obligé… Vous auriez pu refuser ! Et puis, vous ne vous en êtes pas trop mal sorti, il me semble !

— On voit que vous n'avez pas l'oreille musicale… Heureusement que le reste de l'orchestre m'a aidé !

— Votre devoir est de tout mettre en œuvre pour faire avancer les enquêtes.

— Je ne vois pas en quoi participer à ce tournoi pourrait être utile à notre enquête…

— Nous y voilà ! Vous faites de l'effort votre ennemi personnel. Mais je suis navré, tout est bon pour s'immerger et passer inaperçu. On en apprend bien plus comme ça qu'en allant interroger les gens. Regardez. Hier, à part le couple de gérants de la résidence, les autres se méfiaient, se contractaient, se crispaient…

— On a trouvé le corps de Jessica à Seignosse, elle travaillait à Capbreton, vivait à Dax et nous sommes en train de faire notre trou à Hossegor !

— Non, on ne fait pas notre trou à Hossegor.

— Si ! La totale ! Loisirs, hébergement, bientôt une idylle, et…

— Oh, ça va Leliège ! Parlons plutôt de vos squats. Vous en êtes où ?

— Au même point que vous, patron. Nos exercices de ce matin sur la plage Blanche me suffisent ! On fera comment pour monter les escaliers, s'asseoir et se lever avec les courbatures qu'on va se payer demain ?

— D'une part, je n'ai pas mal. D'autre part, sachez que ce ne sont que des microdéchirures dans les tissus musculaires et conjonctifs. C'est scientifiquement prouvé : la douleur est un résultat du processus de guérison.

— On en reparlera.

— Vous verrez, ce sera tout bénéfice si ces entraînements développent notre potentiel d'explosivité et réactivité.

— C'est pas gagné, patron.

*

Samy les attendait sur le court n° 1 – un court de terre battue réservé par Sybille qui pouvait ainsi, vu sa proximité, veiller sur ses protégés depuis l'accueil du club-house. Il les plaça côte à côte et leur lança des balles à tour de rôle.

— C'est pour évaluer votre niveau.

Les enquêteurs renvoyaient ces balles qui leur venaient obligeamment dessus, même si, en retour, ils forçaient parfois Samy à effectuer de grands déplacements.

— Pas mal, disait ce dernier. Replacez-vous ! Tenez votre grip !

Il envoyait les balles tantôt sur l'un tantôt sur l'autre, puis tout à coup, il se mit à les distribuer de manière aléatoire.

— Vous n'étiez pas prêt, Leliège ! remarqua Dubroc.

Leliège ne répondit pas.

— On ramasse les balles ! annonça Samy.

Ils se dispersèrent pour leur cueillette. Dubroc cherchait à éviter de se baisser et se servait de sa raquette contre son pied. Il ne manquait pas de style dans cet exercice-là. Leliège quant à lui, faisait converger les balles vers le filet en les poussant du pied ou de la raquette d'un air boudeur.

— Il y en a une là-bas tout à fait au coin, lui fit remarquer Dubroc quand ils eurent fini.

— C'est une des vôtres, répondit le major en lui tournant le dos.

Samy s'avançait vers eux, souriant.

— Franchement, c'est pas mal. Vous allez faire un petit match, ça me permettra de voir vos défauts. C'est comment vos prénoms ?

— Hervé, répondit Leliège de mauvaise grâce.

Il entendait montrer que ces familiarités ne lui plaisaient pas.

— Et lui, c'est Stéphane.

— Je ne vais pas vous appeler par vos noms de famille, ça craint, se justifia Samy qui avait perçu le malaise.

— Bien sûr, aucune importance, balaya Dubroc d'un revers impérial. Dans le sport, on se tutoie !

— Samy comment ? demanda Leliège.

— Lesguignes. Les présentations sont faites ? Alors mettez-vous chacun d'un côté, ordonna Samy en montant sur la chaise d'arbitre.

Le court n° 1 offrait tout ce que pouvait espérer un joueur pour s'adonner à sa passion. Malheureusement, Leliège se trouva – sans doute par hasard – du côté le plus exposé, avec le soleil dans les yeux…

— Je suis gêné par le soleil, dit-il.

— Il est pourtant assez haut, répondit Dubroc depuis le côté opposé.

— C'est pas grave, Hervé, de toute façon vous tournerez, arbitra Samy.

Puis il reprit :

— Stéphane, tu sers. Tu fais comme tu le sens, à la cuillère ou à la volée. Du moment que ça passe !

Dubroc opta pour la volée. Il semblait soupeser la petite balle jaune qu'il envoyait verticalement en hauteur de sa main gauche, de plus en plus haut… Il levait le bras droit en même temps.

— Ça vient ? s'impatienta Leliège que ces démonstrations agaçaient.

— Chut, Hervé ! intervint Samy. C'est la reprise de contact avec la balle…

De toute façon, Dubroc n'entendait plus rien. Une émotion intense le saisissait au moment de taper cette première balle. Des bonheurs anciens, vécus sur les courts, lui revenaient en foule. Suscités par la quiétude ambiante, il ne s'agissait que de vagues impressions, mais qui le prenaient au cœur. Le soleil printanier illuminait la terre battue ; les grandes figures des pins comme des sentinelles au-dessus de la ville ; les massifs de fleurs ; les joueurs disséminés sur les autres courts dont les ahanements leur parvenaient ; le son creux et mat des balles contre les cordages, ces *floc*, à la fois doux et fermes ; et surtout, il sentait son corps. Privé à longueur d'année de contact avec l'extérieur, constamment maintenu à l'abri des vêtements, ce corps tenu à distance reprenait vie, lui semblait neuf, avec sa peau caressée par une fine brise. Oui, tout lui rappelait d'intenses moments, et la nostalgie de sa jeunesse sportive à Primrose vint lui tordre l'estomac.

Le jeu, il n'y avait finalement que ça de bon dans la vie. Pourquoi cessait-on de jouer ? Pourquoi avait-il arrêté le tennis ? Mais il savait bien pourquoi… et chassa la question de son esprit pour se concentrer. Il refit les gestes, jadis bien souvent éprouvés, pour son service à la volée. Puis, au bout d'une routine qu'il avait mise au point tant d'années auparavant, il claqua une balle parfaitement propre en direction de Leliège.

— Yessss ! dit Samy en serrant les poings.

Hélas, cette perfection ne connut pas la réception qu'elle méritait. Le major n'était pas prêt. Il s'était suffisamment ennuyé pendant les préparatifs de Dubroc pour se démobiliser tout à fait.

— Hervé, tu n'étais pas placé, lui dit Samy. La balle va tomber là, dans le carré de service, ne l'oublie pas.

— Comme si je ne le savais pas, siffla Leliège entre ses dents.

— Place-toi ! Et surtout reste un peu fléchi sur tes jambes, hein ! Souple, arme ton bras, prêt à frapper la balle !

Docile, Leliège se décala un peu et jugea sa position satisfaisante. Il se pencha en avant et se mit à tourner le manche de sa raquette de ses deux mains.

— Pourquoi est-ce que tu ne plies pas tes genoux, Hervé ? interrogea Samy.

— Je les plierai quand Dubroc armera. J'ai le temps. Il est tellement long à servir ! En plus, j'ai le soleil dans les yeux.

— Vous allez permuter, t'inquiète. Il est bien ton service, Stéphane, mais ne te relève pas trop vers l'arrière. Tu perds en puissance. Vas-y remets une balle. On ne compte pas les points aujourd'hui. Hervé, tiens-toi prêt.

Dubroc refit la même balle au terme d'une préparation moins longue. Leliège trouvait sans doute ridicule de garder le bras levé et il ne s'attendait pas à ce qu'elle soit aussi bien frappée…

— Hervé se trouva fort dépourvu lorsque la balle fut venue ! chantonna Samy en riant.

Mais d'un geste réflexe, il la frappa par en dessous. Par miracle, elle franchit le filet et rebondit dans un hoquet, juste derrière, sous les yeux d'un Dubroc impuissant.

— Bien joué, ça ! Stéphane, tu prends racine ? Plie les jambes ! Ça vaut pour tous les deux.

— Non, mais je ne m'attendais pas à… Leliège, c'est quoi cet amorti de derrière les fagots ?

— Des réminiscences… Allez-y, remettez donc une balle. Je sens que ça revient, répondit le major.

— Tiens ton grip, Hervé ! Stéphane, il est bien ton service, mais ne te penche pas trop vers l'arrière !

L'échange fut assez intense. Leliège avait bien réceptionné la première balle de Dubroc et immédiatement pris le dessus. Dubroc courait de droite à gauche et de gauche à droite. Dans un sursaut de lucidité, il tenta de reprendre l'avantage. La balle s'écrasa à quelques centimètres de la ligne.

— Out ! cria Samy. Bon, arrêtez. Venez là.

Il descendit de la chaise et ils se retrouvèrent tous les trois au filet.

— Stéphane. Qu'est-ce que tu as fichu ?

— J'ai renvoyé !

— Tu t'es laissé ma-ni-pu-ler ! Tu as tout renvoyé, oui, mais sur lui. Il faut réfléchir, bon sang !

— Ça allait trop vite !

— C'est là que je veux en venir… dit Samy en baissant la voix. Pensez : réactivité, explosivité. Faites vos exercices. Donnez tout ! Et n'oubliez pas de boire beaucoup d'eau. Vous savez jouer. Vous pouvez aller assez loin dans le tournoi. Il faudra étudier le jeu de vos adversaires. Repérer tout de suite leur meilleur coup, celui qui vous met en danger, et trouver la parade.

Dubroc vit Sybille qui lui faisait un petit signe admiratif depuis la terrasse du club-house. Laurine était assise et, de temps en temps, les deux femmes échangeaient quelques paroles. Elles paraissaient bien se connaître. La jeune fille était certes très jolie, fraîche, avec ses longs cheveux, mais Sybille paraissait éclairée de l'intérieur. Elle rayonnait. Le capitaine restait sous le charme de cette beauté-là.

Leur premier cours de remise à niveau s'achevait.

— Je vais faire des balles avec vous, l'un après l'autre. Hervé, mets-toi là, soleil dans le dos.

Samy jouait tout en souplesse. Dubroc, qui s'était hissé sur la chaise d'arbitre, admirait sans réserve leur jeune coach. Il lui ressemblait tant, au même âge ! Comme tout était simple, alors… Il ignorait ce que lui réservait la vie.

Leliège se débrouillait plutôt bien. Et même, il paraissait prendre plaisir à faire des balles avec Samy. Le capitaine en était heureux. Ils pourraient jouer en double. Leliège traînerait des pieds, bien sûr, mais il le ferait quand même. Comme d'habitude.

*

Samy embrassa Laurine qui bavardait avec Sybille et il reprit son scooter. Les deux enquêteurs se retirèrent dans le vestiaire pour y récupérer leurs affaires. Puis, mus par leur seconde nature, celle d'écouter aux portes, ils profitèrent de la conversation des deux femmes.

— Katy m'a demandé de travailler demain alors que je devais prendre ma journée, se plaignait Laurine. Elle m'a dit qu'elle n'y était pour rien, que c'était la direction qui donnait les ordres et qu'elle transmettait. Ça fait deux fois de suite ! En ce moment, mon père donne un coup de main à Samy. Ils posent des étagères au garage. J'aurais préféré être avec eux…

— C'est le boulot ! Tu n'y peux rien. Laisse donc les hommes bricoler leur étagères, ils n'ont pas besoin de toi. De toute façon, tu n'as pas le choix !

— Mon père n'est pas bien, en ce moment. J'essaie de l'aider…

— Il faut peut-être lui lâcher un peu la main. Il doit refaire sa vie, c'est tout. Heureusement que tu travailles. Garde ton job, c'est ce que je te conseille.

— C'est vrai qu'il n'y a pas tellement d'emplois à l'année, par ici.

— Le tout, c'est de prendre ton mal en patience. L'affaire de Samy va bien finir par marcher… et alors il pourra t'embaucher.

— Bof. C'est même pas sûr qu'il le ferait… Et puis, je ne sais pas si mon père serait d'accord.

— Tu es majeure, il me semble.

— Ce n'est pas si simple. Il n'a que moi.

— Je sais bien, mais il faut que tu penses à ta vie avec Samy.

Le major l'avait souligné très justement : ils avaient fait leur trou à Hossegor. Le puzzle de leur environnement se formait peu à peu.

*

La maison du fond du lac n'était qu'à cinq minutes du club ; pour le retour, ils firent le trajet vitres ouvertes, bouteilles d'eau à la main. Comme de vrais sportifs !

— Ça fait du bien, on ne peut pas dire le contraire, admit Leliège.

— Vous n'êtes pas mauvais…

— J'ai joué… comme tout le monde, pas plus.

— Et cette balle amortie, que vous m'avez faite ? C'était vicieux. Et vous m'avez baladé. C'était pas joli non plus, je trouve.

— Je suis moins physique que vous, patron. Alors je ruse.

— Ça pourra nous être utile en double.

— Qu'est-ce que c'est que cette histoire ? On va jouer en double ?

— Bien sûr ! Comme si vous ne le saviez pas…

— Ben non, je ne le savais pas. Et je ne jouerai pas en double avec vous.

— Oh si ! Nous sommes inscrits, Leliège. Engagés. Plus moyen de faire machine arrière.

— Écoutez, patron, je ne…

Mais le téléphone de Dubroc se mit à sonner et il décrocha avec un soupir.

6

AMANDINE

Le food truck, ça me va bien. J'ai l'impression de vivre en caravane. Au fond, je suis une marginale. Je me sens dans mon élément. Après le taf, je fais ce que je veux. Je sens que ma vie commence. Tellement loin de ce que mes parents voulaient pour moi !

Après, c'est vrai que le sport commence à me manquer. Il faut que je prenne mes marques. Une semaine, c'est court pour avoir des habitudes. Après, à la base, ce que je voulais, c'était travailler à Hossegor. J'irai m'inscrire à l'école de surf. Je changerai de boulot avant l'été. Maintenant que je suis sur place, ce sera plus facile de trouver quelque chose. Pareil pour mon studio. Tosse c'est bien, mais je veux être plus près de l'océan. À voir. J'aimerais rester là cet automne. Surtout, ne pas revenir à Nancy. C'est fou. Nancy me paraît très très loin… Ici, c'est un spot de surf mythique avec des vagues magnifiques. Il paraît qu'il vaut mieux une longue planche. Je compte bien m'équiper.

Pile poil ce qu'il me faut. Ce que je veux, c'est m'éclater !

J'ai repéré un mec canon sur Tinder. Il a des abdos, une bouche sensuelle et des yeux… des yeux… Un avion de chasse. Impec pour un date. Ça va le faire. Il a uploadé quatre photos. J'ai liké. J'en suis plus à mes premiers matchs sur Tinder ! J'ai fait quelques erreurs au début. Les mecs qui ont des lunettes de soleil sur toutes leurs photos, c'est même pas la peine. Les lunettes, ça change tout. La puissance, c'est là qu'elle est : au fond des yeux. Eh ouais ! Et puis, avec les photos, on ne me la fait plus ! J'en veux des vraies, avec des imperfections, comme on dit !

Je trie. Il y a du déchet, normal. L'avenir avec Mathieu, vingt-sept ans, informaticien, ça ne m'intéresse pas. En revanche, cinq à sept (du matin bien sûr !) avec Vincent, plagiste, c'est ok. J'ai pas de temps à perdre en discussions stériles. Vite et bien, c'est mon dicton. Quand je m'ennuie, je switche comme une folle vers la gauche. Parfois j'en vire un qui aurait pu convenir… trop tard, j'ai dégagé une bombe atomique qui pratique l'aïkido et qui recherche « un moment d'échange pour se faire du bien ». Voilà pour les aléas sur Tinder.

J'ai accepté un rencart pour ce soir. Je ne sais pratiquement rien de lui. J'aime bien être surprise. Les catas, il n'y en a pas vraiment, à part quand on n'a rien à se dire, ou alors quand on est carrément d'accord sur rien. Mais je m'en fous complet. Il peut rester muet s'il veut. Je ne m'étends pas non plus sur ce que je fais ni sur ce que je pense. L'essentiel, c'est ce qui se dégage des corps. L'attraction.

Je suis bien décidée à me faire plaisir cet été (et à commencer dès maintenant d'ailleurs), loin de mes deux Big Brothers de parents. C'est pas possible d'être aussi étouffants.

C'est pas seulement à cause d'eux que je me sens mal. C'est un bad générationnel, j'en suis sûre. Je ne sais pas bien ce que je veux. Je cherche. Je prends mon temps. Ce que je ne veux pas c'est avoir des enfants et les empêcher de vivre leur vie. J'ai vingt-trois ans ! Qu'ils me lâchent.

Je n'arrive pas à m'imaginer un jour avec un emploi fixe ou une famille. De toute façon, je ne suis pas faite pour travailler dans un bureau en ville. J'ai besoin d'air.

Ici, je vais me plaire. On respire. Tom, le propriétaire du food truck, est trop cool. Sa copine s'appelle Amber. Ils sont vegan. Tout est équitable, bio, fait maison, etc. Elle marche bien, leur affaire. Le seul truc, c'est qu'il n'y a pas assez de tables et de chaises, les clients râlent. C'est à moi de gérer. Ils achèteront du matériel avant l'été. Je serai plus tranquille, si je suis encore chez eux.

Après le service, je pue la bouffe… Ouille mes cheveux ! Ils s'en prennent des odeurs !

Pour ce soir, je les ai lavés avec un nouveau shampooing à l'huile d'argan et parfum pamplemousse. Divin.

J'ai fait quelques pompes pour m'entretenir. Je reprendrai certainement le judo. J'adore. Mais y a pas le feu. D'abord, le surf.

Pour ce soir, on a l'air bien raccord. Il va me faire découvrir la plage des nudistes au coucher du soleil. C'est à tomber, il paraît. Il est surfeur et il a un commerce. Il a l'air prêt pour ce que je veux, sans tabou et bien dans son corps. Il est tellement libre… Il fait ce qu'il veut. Il se fiche de tout. Ça va me reposer la tête.

Je suis prête pour le feu d'artifice… pas plus loin que le bout de la nuit ! Je lui plais, aucun doute là-dessus. Il est fou de mes cheveux longs. Il a envie des mêmes choses que moi, apparemment. Allez, Amandine, la nuit est à toi !

7

CHIPIRONS

— Ne vous arrêtez pas au fond du lac, indiqua Dubroc. On va à la plage. Direction les culs-nuls.

— La plage naturiste ? Je vois où elle est. Qu'est-ce qu'on a, là-bas ?

— Exactement la même qu'à l'Étang noir.

— La même ? Le linceul ? Étranglée ?

— Cheveux coupés, pieds nus. Ça se corse, Leliège. On a affaire à un tueur en série.

Ils abandonnèrent la voiture au pied de la dune, à côté des autres.

— Tout le monde est là, maugréa Leliège.

— Il paraît qu'on a essayé de nous joindre il y a une demi-heure.

— Zut.

Déjà fourbus à 11 heures du matin, ils peinèrent pour escalader la dune. Leurs pieds s'enfonçaient dans le sable.

— On aurait pu prendre le chemin de planches un peu plus loin.

— Non, on m'a dit qu'il fallait passer par là. On va tomber pile dessus.

Le vent ralentissait leur progression. Ils auraient pu se croire dans le désert, avec pour seule compagnie les oyats dont les touffes enracinées très profondément résistaient à tout, aussi bien au soleil et au vent qu'au manque d'eau.

— Drôles de plantes, fit Leliège. L'instabilité des dunes leur convient parfaitement, et c'est même leur osmose avec ces montagnes de sable qui permet à ces dernières de se fixer.

— Ça vous botte, hein, la faune et la flore !

— Ménagez votre souffle, patron.

Finalement, ils débouchèrent sur la crête. La vue stupéfiante de l'océan écumant sur des dizaines de kilomètres de sable fin était gâtée par un groupe d'uniformes. Parmi eux, ils reconnurent les membres de la cellule d'investigation criminelle de Mont-de-Marsan et le procureur de Dax… Tout le monde était là.

Ils n'avaient plus besoin de se présenter les uns aux autres…

— La même chose ? demanda Dubroc à la vue d'un corps emmailloté dans une toile blanche.

— Oui. Même procédé, elle est morte étranglée.

— Il n'y aura pas d'indices, avec ce vent !

— Le sable les aura recouverts, compléta Leliège. L'heure de la mort ?

— Je dirais vers 22 heures, répondit la légiste. Je vais vous redire ce que j'ai déjà constaté sur l'autre corps : présence d'hématomes sur le visage. Viol probable. C'est le même tissu que l'autre.

— Âge ?

— Vingt-cinq ans, à peu près.

— Les cheveux ?

— Pareil. Sur l'autre, j'en ai déduit qu'il s'agissait d'un couteau et que ça avait été fait *ante mortem* : des bleus sur le crâne témoignent de la violence avec laquelle on les a coupés.

— Des tatouages ?

— Pas d'après les premières constatations.

— C'est qui, ce type avec l'appareil photo ? demanda le capitaine à un gendarme. Un ornithologue ? Dites-lui donc que la mouette mélanocéphale est repartie !

— C'est le correspondant du journal *Sud Ouest*, mon capitaine.

— Je vois… pour l'interview du cadavre.

— Oh non, mon capitaine. Il attend de pouvoir parler au procureur.

Leliège rejoignit Dubroc.

— Y en a qui n'ont pas deux balles d'humour.

— C'est-à-dire qu'on ne vous suit pas toujours… À part ça, pas de papiers, pas de téléphone.

— Le même procédé ! Ce n'est pas très fréquenté par ici, mais enfin, il n'a rien fait pour la cacher, elle non plus.

— Tenez, mon capitaine, c'est une note à propos de Jessica, la victime de l'Étang noir. On a retrouvé son téléphone.

— Du neuf ?

— Oui. Elle aurait envoyé un SMS à sa mère, la nuit de sa mort, à 1 h 37.

— Impossible ! D'après la légiste, elle est morte à 23 heures ! Ça veut dire qu'il s'est servi de son portable.

— Qu'est-ce que vous en pensez ?

— Comme vous. Je commence à croire qu'il est très rusé. On n'en a pas fini avec ce type. Qui a trouvé le corps ?

— Ce couple, là-bas. Ils ont l'habitude de se promener sur la plage le matin de bonne heure. Ils sont sous le choc. Toujours le même refrain : « C'est pas possible, c'est un cauchemar… », etc.

— Bon. J'y vais quand même.

Arrivé près du couple prostré sur le sable, Dubroc voulut s'accroupir. Hélas, ses muscles devenus douloureux par les efforts auxquels il les avait soumis la veille (en cachette de Leliège) lui firent comprendre qu'il n'en était pas question. Il ne put réprimer une petite plainte.

Fichues courbatures qui, heureusement, ne s'étaient pas manifestées pendant le cours de Samy ! L'organisme de Dubroc regimbait. Ses muscles se trouvaient dérangés dans leurs habitudes. Il connaissait ce processus et ses mystères.

— Vous l'avez trouvée dans cet état ? interrogea-t-il néanmoins.

— Oui.

— Vous n'avez rien touché ?

— Non.

— C'est vous qui avez appelé ? Avec quoi ?

— Oui, avec mon portable, dit l'homme.

— Faites voir. Qu'est-ce que vous faisiez là ?

— On se promenait.

— Vous habitez loin ?

— Dans une rue qui débouche en face de la dune. On marchait, et puis on a vu une tache claire, alors on s'est approché… et là… on a vu que c'était…

— Affreux, horrible. Un vrai cauchemar ! Je ne veux plus vivre ici, plus jamais, on va déménager, hein, on va déménager ?

Dubroc soupira, puis reprit :

— Vous n'avez rien remarqué de particulier ?

— Non, rien. C'est calme par ici.

— La preuve…

Le téléphone de Dubroc sonna alors qu'ils regagnaient leur voiture.

— Un texto de Sybille. Samy nous propose une sortie en mer un de ces jours avec des marins de Capbreton.

— Ça ne me dit rien du tout, soupira Leliège. J'ai le mal de mer. En plus on a suffisamment à faire par ici, patron. Non ?

Dubroc tapa une réponse et l'envoya.

— C'est bon, j'ai dit oui. L'immersion, Leliège ! L'immersion ! Y a que ça de vrai pour nos enquêtes. Et je vous signale qu'on en a deux sur les bras.

— Mais un seul assassin.

— Je voudrais pouvoir vous contredire, mais je pense comme vous. C'est le même salopard. Il faut lui mettre le grappin dessus avant qu'il ne fasse d'autres victimes.

Si Dubroc n'avait pas la moindre affection pour ce qu'il appelait le meurtrier occasionnel, il le traquait *a minima*, sans haine. Il en allait autrement avec le tueur en série qui remettait en question ses compétences, le narguait et finissait par le vexer.

— Vous ne débattez pas contre vous-même ce coup-ci, patron ?

— Je ne vois pas ce qu'il y a à débattre, Leliège.

— Vous dites « il ». C'est peut-être « elle ».

— Ah ! Là, je dois dire que vous frappez un grand coup. Elle ? Pourquoi pas ? Il va falloir chercher une lanceuse de marteau ou une haltérophile ? Il faut une sacrée force pour étrangler une femme normalement constituée.

— Bon, j'ai rien dit.

— Vous pensiez à Sybille, c'est ça ? Je sais, vous l'avez dans le nez depuis le début !

— Je la trouve envahissante.

— Elle est serviable, c'est pas pareil. Et sans doute intéressée par ma personne. Mais ça, c'est quelque chose que vous n'avez jamais supporté.

— Il faut voir où ça nous entraîne à chaque fois...

— Nulle part !

— Mais avant d'en arriver à « nulle part », on en voit de toutes les couleurs... Bref, moi, votre Sybille, patron, je ne la sens pas.

— Arrêtez de m'appeler « patron ». Ça me gonfle.

— Je ne le fais jamais en public.

— Encore heureux ! À part ça, là où je vous suis, c'est qu'elle est bruyante, Sybille. Or, chacun sait que les lanceurs de marteau et les haltérophiles sont des adeptes du cri sportif.

— Ah ! Qu'est-ce que je disais !

Dubroc envoya une salve de claques à son adjoint qui conduisait.

— Foutu trouduc !

Leliège se rebella à sa manière :

— On pourrait déjeuner au bord du lac d'Hossegor ? J'ai repéré une terrasse bien au calme avec les pieds dans l'eau.

— Puisque vous avez repéré...

— Regardez, c'est là ! Je me gare ?

Installé au bord du lac, Dubroc savourait la pureté de l'instant. Surgi de l'oubli, un parfum ancien de grandes vacances lui venait aux narines. Il sentait une sorte d'apaisement des sens. Dans l'air, les sensations ensevelies s'éveillaient et le ramenaient à son enfance. D'ordinaire, il chassait ces souvenirs qui ne lui étaient jamais très agréables. Or, à cet instant précis, ils n'étaient que douceur.

Le capitaine s'étonnait de ces réminiscences convoquées, il le supposait, par l'atmosphère d'insularité qui se dégageait de ces lieux, l'illusion de se trouver entre deux mondes : l'un, immobile et limité, celui de la ville, et l'autre, mouvant et insondable, l'océan. Il imagina l'endroit au plus fort de la chaleur, huma l'odeur des aiguilles de pin surchauffées, celle du pétrichor. Il revit sa mère en robe légère, la stricte discipline à laquelle s'astreignait son père. Le retour de la plage, le sable omniprésent, le sel et ses dessins, les marques vertes des doigts sur le feu douloureux de la peau. Ils étaient venus ici, parfois. Il se souvenait des repas chez *Lamoliatte*. Les plateaux de fruits de mer, les poissons délicats. Le sommeil qui le prenait et l'emportait sans un rêve jusqu'au lendemain tout neuf.

Et à nouveau, les projets et les rires. Les baignades épuisantes dans les vagues. Les goûters faramineux, les siestes sous les chênes-lièges…

— Je viens de recevoir le rapport de la légiste, dit Leliège qui consultait son téléphone. Vous devez l'avoir aussi.

— Il arrive plus vite que pour Jessica. Alors ?

— Rien.

— Je me sens tout à fait impuissant pour l'instant.

— Tant que la nature exacte du tissu et des fibres sous les ongles des orteils ne sont pas connues…

— L'ADN de l'assassin va bientôt parler. Et s'il est fiché, il est cuit.

Le téléphone de Dubroc sonna.

— Le vôtre ne sonne jamais, fit-il remarquer au major.

— Il est sur vibreur. Je n'aime pas déranger.

Le capitaine haussa les épaules.

— Allô ! Ah, bonjour papa… Oui. C'est fait. Oui, je l'ai. Non, je ne sais pas encore quand je viendrai à Bordeaux. Je te l'envoie par la poste, si tu veux ? Ah bon, bon… d'accord. Tu veux que je vienne ? Oui. Bientôt. Non, je ne peux pas te le dire pour l'instant. Bien sûr… Je vais faire au mieux. Ne t'inquiète pas… Demain, je ne pense pas que ce soit poss… Bon. Je vais voir… Entendu. Au revoir papa.

Dubroc paraissait tout à coup très vieilli. Son visage se contracta lorsqu'il s'assit. Mais ne s'était-il pas aussi crispé lorsqu'il s'était levé ?

— Vous avez mal quelque part ?

— Non, pourquoi ? C'est juste mon père qui veut son timbre…

— À ce propos, la cote n'est pas bonne, je me suis renseigné.

— Elle est très en dessous ?

— À peine…

— Allez-y.

— Elle le vend 250 euros, il en vaut vingt-cinq à tout casser ! Si ce n'est moins…

— Quoi ? Vous voulez dire qu'elle volerait mon vieux père ? Sciemment ? C'est pas possible.

— De la part d'une lanceuse de poids qui pratique le cri sportif et zigouille des jeunes filles après leur avoir rasé la boule ? Oh non, c'est impossible.

— Je fais peut-être fausse route, reconnut le capitaine.

Son téléphone sonna à nouveau. Il lut :

— Sybille… Sortie pêche aux chipirons, demain matin. Rendez-vous à 6 heures devant la capitainerie. Le marin aura un pull rouge. Ah, et un artisan passera un de ces jours réparer le portillon. Il n'aura pas besoin de nous, apparemment. C'est sympa de sa part, de s'occuper de notre confort, hein, Leliège ?

— Ça bouge, la pêche aux chipirons ? Parce que moi, quand le bateau s'arrête, je vous préviens tout de suite, je suis malade. En plus, il paraît que cette passe est très dangereuse.

— On sera avec un marin ! Un vieux de la vieille ! Un type qui a fait ça toute sa vie ! Vous préférez vos squats et vos sprints sur la plage ?

Le major avait oublié l'entraînement ! Après tout, une sortie en mer les changerait de leur quotidien morbide. De plus, depuis la mer, ils auraient l'occasion de voir la plage où l'assassin avait déposé sa nouvelle victime. Changer de point de vue sur la scène de crime ne leur ferait pas de mal… à défaut de leur faire du bien.

Dubroc songeait à Sybille. Devait-il intervenir ? S'il ne s'était agi de son père, il aurait été enclin à laisser s'exprimer les lois du commerce : un produit, une offre et une demande, une négociation et un accord. Mais à quatre-vingt-quinze ans, son père n'était-il pas victime d'un abus de faiblesse ? Il devait s'en assurer.

— Je pense faire un aller-retour à Bordeaux après-demain. Vous tiendrez la baraque ? Et surtout, je compte sur vous pour ne pas lâcher l'entraînement…

— L'entraînement… Laissez-nous déjà revenir de cette partie de pêche ! Je viens de regarder les prévisions météo.

— Et ?

— Elles ne sont pas bonnes. Mais alors, pas bonnes du tout !

— Dites voir…

Leliège prononça son bulletin prévisionnel d'une voix d'outre-tombe :

— *Un coup de vent de secteur ouest prédomine sur l'ensemble du Bassin. Passages nuageux fréquents et denses. Fortes averses. Vent d'ouest vers 10 heures temporairement ouest-nord-ouest vers 11 heures Force 5. Rafales atteignant 30 nœuds à la mi-journée. Mer forte. Houle modérée et longue de nord-ouest vers 13 heures temporairement d'ouest vers 14 heures.*

Dubroc réfléchissait. Il irait peut-être à Bordeaux dès le lendemain, finalement. Les circonstances pouvaient le guider, parfois. Leliège suivait le cours des pensées du capitaine ; il commençait à mieux respirer, le spectre de leur sortie en mer s'éloignait. Ouf.

— Ce n'est pas vous qui vouliez que ça bouge ? lui demanda Dubroc. Il faudra vous accrocher, c'est tout !

*

Le lendemain, sur le port, devant la capitainerie, le marin n'avait pas de pull rouge. Le nez, oui.

— Pour le chipiron, il vaut mieux pas, expliqua-t-il aux enquêteurs lorsqu'ils furent installés à bord.

— On va loin ? s'enquit Leliège.

— Là-bas, fit l'homme qui s'échinait à faire démarrer le moteur. Je m'appelle Peyo.

Les trois hommes avaient réparti leur poids sur le bateau qui ne répondait pas, mais portait le nom de *Marmar*.

— Il est alcoolique, glissa Leliège à Dubroc dans l'obscurité.

— Mon cher, en mer c'est comme dans les airs, il vaut mieux un pilote plein qu'un réservoir vide.

— Vous n'avez jamais eu de problèmes pour sortir ou rentrer au port ? s'enquit Leliège. Il n'est pas très gros, ce bateau.

— Oh, c'est sûr, il y a un risque ! Des accidents, il y en a tous les ans. Le mien c'est un Beneteau, comme vous voyez. Il fait 4,85 m. On monte à deux, grand maximum à trois. Il est très lourd.

— On sera plus vite au fond, plaisanta Dubroc sans faire rire Leliège.

— Le moteur, c'est un 15 CV Honda. Il les faut !

— Pourquoi ce nom, *Marmar* ?

— C'est sentimental, répondit le marin au cœur sensible, en crachant sur le côté.

Ils remontèrent le chenal. Au niveau du Casino, ils se dirigèrent vers la droite pour longer la digue Nord à partir de la statue de la Vierge et de la plage nord d'Hossegor. Leliège souffla. Il ne s'était pas senti en danger.

— La passe est difficile, oui, expliqua le marin. Il faut la connaître et surtout se méfier. Quand on rentre, il ne faut pas arriver trop vite. Vous comprendrez tout à l'heure. Une vague peut toujours vous surprendre. Là, on part au large, et ensuite on ira devant Hossegor, vous verrez la côte. Ça intéresse les touristes.

L'aventure commençait. Tant pis si le bonhomme les traitait de touristes. D'ailleurs, avant d'embarquer, il leur avait donné quelques conseils élémentaires, comme de laisser leurs téléphones dans leur voiture…

Il faisait nuit encore. Le vent les cinglait. Des gouttes d'eau les détrempaient peu à peu.

— On va être comme des soupes, se plaignit Leliège.

— Non, corrigea le pêcheur, on les mange à la plancha. C'est très bon avec de l'ail et de l'huile d'olive.

Le bateau prenait bien les vagues, dont le major guettait toutefois les assauts avec inquiétude. Sur tribord, les lumières de la côte paraissaient désormais bien loin. Aucune chance de parvenir sur la grève à la nage.

Dubroc savourait la balade. Il ne regrettait pas d'être là. De l'air, de l'eau, cette vue incroyable depuis l'océan… Les faibles dimensions du bateau donnaient l'impression d'être à même les vagues.

— Ça vous dirait d'essayer le surf, Leliège ?

— Je pêche le chipiron et aussi la bonite, ça dépend des poissons qu'il y a, commenta le marin qui arrêtait son moteur. Aujourd'hui, c'est le chipiron. Mais c'est vrai que ça remue vraiment…

En effet, l'embarcation était sans cesse secouée, tandis que des paquets d'eau passaient par-dessus bord.

— Regardez, on est seuls ! Il n'y a pas d'autres bateaux. Parfois, on est quatre ou cinq !

Il jeta l'ancre et Leliège tenta de calculer la profondeur. Il renonça toutefois, rapidement démoralisé. Imperturbable, Peyo plaisantait :

— On dit qu'on jette l'ancre… Mais les chipirons, vous allez voir, eux aussi ils jettent l'encre !

Dubroc admirait cet homme qui bravait les éléments, ainsi que son expérience et son savoir-faire.

— Je pêche à la turlutte, indiqua-t-il en montrant une sorte d'hameçon en forme de tube ovoïde. Ça imite les anchois. Il y a les turlutes molles, les dures, les flottantes…

Dubroc éclata de rire.

— Ça fait toujours rire les touristes, constata Peyo.

— Vous les mettez au bout du fil ? Comme ça ? Sans canne, rien ?

— Pas la peine. Il faut juste remuer un peu le fil, et puis on ne bouge plus. Le chipiron attaque ce qu'il prend pour un anchois.

Dubroc observait les gestes du pêcheur.

— On pourra pêcher, nous aussi ?

— Bien sûr, c'est pas compliqué !

Le jour peinait à se lever, les nuages retardaient la lumière du matin. Leliège ne se sentait pas très bien depuis que le moteur était à l'arrêt. Il tentait de penser à autre chose qu'au roulis de l'embarcation qui lui soulevait le cœur.

— Il est malade, remarqua le marin.

Il fouilla son sac et en sortit deux petites bouteilles d'eau minérale. Il tendit une tablette de petits cachets au major.

— Allez-y, j'ai l'habitude. C'est contre le mal de mer.

Leliège ne se fit pas prier et avala un comprimé.

— J'ai des chocolatines, aussi. Il faut manger, ça ira mieux après !

Leliège engloutit précipitamment la viennoiserie tandis que Dubroc le contemplait d'un air inquiet.

— Il faut le faire cracher, expliquait Peyo qui venait de sortir de l'eau son premier chipiron.

Le céphalopode tournait en effet sur lui-même, à la manière d'un jet d'arrosage. Leliège, au même moment, se leva comme un possédé, porta ses mains à son estomac, se rassit et rendit tripes et boyaux par-dessus bord.

— Il appâte, commenta joyeusement le pêcheur.

— Ça va pas, Leliège ?

— Si, si. Beaucoup mieux, murmura le major dont le teint livide affirmait le contraire.

— Bon, c'était juste pour vous montrer la pêche au chipiron, reprit Peyo. On va rentrer, c'est vrai que la mer est mauvaise. J'ai pas trop fait attention à la météo.

— Attendez ! Je veux pêcher, moi ! protesta Dubroc.

— Ah, alors allez-y.

Le fil entre les mains, le capitaine se concentrait. Il le laissa glisser entre ses doigts, puis il le retint lorsque le pêcheur lui fit signe.

— Agitez-le.

— Je l'ai !

— Il est pris ?

— Oui, je le sens.

— Il faut tirer régulièrement. Ne laissez pas de mou, mais ne donnez pas non plus d'à-coups, sinon il va se décrocher.

— Je l'ai ! Je l'ai !

— Attention quand vous le sortirez ! Il va cracher. Mais ça arrive aussi qu'il recrache quand il est hors de l'eau.

Dubroc captura avec délice plusieurs chipirons, et ce malgré les vagues qui chahutaient leur navire. La côte s'étalait sous ses yeux, au loin. Il se sentait l'âme d'un pêcheur de baleine. L'encre tachait ses vêtements, elle barbouillait aussi son visage et ses mains. Il était follement heureux.

Pendant ce temps, Leliège poursuivait son grand nettoyage intérieur.

— On rentre ? demanda le pêcheur.

— Major, vous tiendrez le coup jusqu'à la terre ferme ou on vous balance par-dessus bord tout de suite ? plaisanta le capitaine.

Ivre d'embruns, Dubroc ne sentait plus sa force. Il aurait volontiers ramé jusqu'au port. Le pêcheur remit le moteur en route et ils repartirent en sens inverse tandis que la pluie s'abattait sur l'océan.

— On n'y voit plus grand-chose, commenta le marin. Heureusement que j'ai l'habitude...

Ils arrivaient en vue de la passe. Toute l'expérience de Peyo allait être mise à contribution.

— Il ne faut pas trop serrer la digue nord, expliqua le pêcheur. Attention à bâbord !

Les enquêteurs comprirent tout à coup où était le danger. Dubroc se cramponnait.

— Leliège, tenez-vous, bon sang ! lui cria-t-il.

Il avait raison. Une vague les prit en traître et l'embarcation fusa comme une planche de surf, droit sur la digue. Peyo donna un coup de barre pour éviter le crash, mais le petit bateau se cabra et Leliège fut propulsé par-dessus bord.

— Nooon ! hurla Dubroc qui se rua sur une bouée et la lança à son adjoint.

Dans le même geste, il attrapa une autre bouée et se jeta à l'eau. Ils disparurent tous les deux dans l'écume.

Aucun témoin n'avait assisté à l'accident. Peyo parvint à ramener son bateau et donna l'alerte un quart d'heure après. Malgré le mauvais temps, la vedette et l'hélicoptère de la gendarmerie fouillèrent la zone pour tenter de retrouver les deux officiers. En vain.

À midi, les recherches s'arrêtèrent. Dubroc et Leliège, la houle ayant forci, avaient probablement été roulés et attirés vers les fonds, puis au large.

8

PARAMIDE

Dubroc avait-il été quelqu'un de mauvais? Qu'aurait répondu Leliège à cette question? Il se serait sans doute contenté de raconter une histoire un peu ancienne...

Les deux gendarmes de la section de recherches de Pau enquêtaient alors sur les agissements d'un homme de quarante-trois ans, passé maître dans l'art du chantage, du braquage et des violences en tout genre. Dax lui offrait un terrain de chasse idéal avec ses soixante-seize mille curistes par an, seuls ou en couples. Il avait sa technique propre qui avait fait pas mal de victimes, mais aucune n'avait jamais porté plainte. Sauf la dernière. Et pour cause...

Il jetait son dévolu sur des personnes en détresse affective, logées dans les complexes thermaux les plus chers. À la faveur d'après-midi dansants, il s'arrangeait pour lier connaissance. Ses proies le trouvaient par la suite sans cesse sur leur chemin, peignoir sur le bras, cheveux humides, tout droit sorti d'un bain de boue ou d'un massage sous pression d'eau thermale. Il comparait ses douleurs à celles de ses nouveaux amis: genoux, main, hanches, dos et cou... Par souci de réalisme, il se parfumait d'un léger voile de térébenthine avant de sortir.

La première semaine, il était omniprésent, on le voyait partout, il se pliait en quatre, jamais envahissant, toujours disponible. Puis il disparaissait en deuxième semaine. Envolé ! Évaporé serait plus juste… La cure durait vingt-huit jours, il avait le temps. Il réapparaissait alors la troisième semaine, comme par magie. Il avait arrêté la cure, car les soins ne lui convenaient pas… Il reprendrait peut-être, mais comptait bien profiter de son séjour à Dax pour faire des excursions, danser, dîner au restaurant. Hélas, il était seul ! Ses nouveaux amis s'empressaient de proposer leur compagnie. La machine se mettait en marche. Plus rien ne l'arrêterait.

La mission de Dubroc et Leliège était de le coincer. Pour cela, le capitaine avait choisi les grands moyens.

— L'immersion, Leliège ! Il n'y a que ça qui marche…

Leliège avait eu beau protester, Dubroc avait fini par emporter le morceau. Comme d'habitude. Ils suivraient une cure !

L'appartement de vingt-huit mètres carrés qu'ils avaient loué disposait d'une terrasse, depuis laquelle Leliège, avec ses cigares, empestait le voisinage. Un paravent récupéré chez Emmaüs séparait les lits jumeaux dans la pièce principale, qui faisait office de chambre, de salle à manger et de QG. Le major avait déployé tout son sens pratique pour agrémenter leur sweet home. Toutefois, le caractère du capitaine s'aigrissait au fil des jours. Sa carrure accrochait toutes les portes, ses membres emportaient les meubles à chaque mouvement. La salle de bains, surtout, le mettait en fureur. Il refusait d'en ouvrir la porte.

— Je prends suffisamment de bains et de douches chaque matin aux thermes ! Je vous laisse la complète jouissance des lieux ! Je me raserai dans la cuisine.

Pour échapper à la cure thermale, Leliège avait fait valoir une allergie validée par un certificat médical du docteur Jacques Leliège, son oncle… Dubroc fulminait, mais il avait bien dû se résigner.

Le major payait cher sa rébellion. Le réveil du capitaine sonnait à cinq heures et, tandis que Leliège se tournait vers le mur pour échapper à la lumière du plafonnier, le capitaine se levait tel un pachyderme en pleine brousse. Il barrissait et s'étirait sans aucun égard pour le major, agitait sans raison la vaisselle et ouvrait grand volets et baie vitrée. Suivait une série de réflexions sur le temps, le programme de leur journée et la question qui mettait Leliège hors de lui :

— Vous avez bien dormi ?

Puis, le capitaine finissait par s'en aller en claquant la porte et en criant depuis le couloir :

— J'ai oublié ma clef !

Chaque fois, il laissait le plafonnier allumé.

Le curiste revenu, le major sortait faire un tour en ville. Ils se retrouvaient l'après-midi, lorsque la sieste de Dubroc l'avait ramené à de plus agréables manières.

Plusieurs possibilités s'offraient à eux : les excursions ou les thés dansants.

— Pas question de se taper cinq heures de car pour acheter du whisky et du jambon.

— Vous oubliez le repas dans une cidrerie… faisait valoir Leliège.

— On ira danser.

— J'en ai marre, moi, de danser.

— Et moi ? Vous croyez que c'est drôle de rester sur une chaise en vous regardant virevolter avec ces dames ?

— Eh bien, dansez, vous aussi !

— Et mes rhumatismes ?

— Jusqu'à notre arrivée ici, j'ignorais que vous aviez de l'arthrose…

— Je sais souffrir en silence.

— Je crois plutôt que vous n'avez pas envie de vous dépenser…

— Croyez ce que vous voulez, je m'en fous. Chacun sa croix. Je fais la cure, c'est ma part. Vous, c'est le paso doble, le tango, le cha-cha-cha… Et puis, ça nous évitera de passer pour des homos.

— On passe quand même pour des homos.

— Vous croyez ? s'exclama le capitaine, interloqué.

— J'en suis sûr.

— Je ne connais personne ici. Alors je m'en fous.

— Forcément, pour vous c'est plutôt flatteur, mais pour moi…

— Qu'est-ce que vous voulez dire par là ?

— Rien, rien… C'est juste qu'on m'a toujours trouvé beau garçon.

— Ah bon ? Parce que moi je suis de la merde en branche, peut-être ?

— J'ai pas dit ça !

— Votre gueule, major !

— À vos ordres, mon capitaine.

Ce n'est qu'à leur troisième sortie dansante qu'ils repérèrent leur gibier. L'escroc portait beau et attirait les regards des dames. Dubroc s'installa à une table voisine et n'hésita pas à lier connaissance. Leur semblable solitude expliquait ce rapprochement. Ce premier contact ne fut pas long, mais le capitaine sut trouver les mots justes pour présenter leur séjour à Dax sous un jour intéressant pour le voyou. Leliège enchaîna les danses et se fit même remarquer par une prestation de rock acrobatique qui faillit mal se terminer pour sa partenaire.

De retour à leur QG, ils firent le point.

— Il m'a dit s'appeler Paramide.

— Un nom de médicament.

— Baptiste Paramide. Je crois que j'ai réussi à endormir sa méfiance.

— Comment avez-vous fait ?

— J'ai joué les braves abrutis, disponibles et confiants.

— Un rôle de composition ? demanda le major d'un air candide.

— Dites-donc, si j'étais vous, j'irais mollo sur ce terrain, Leliège…

— Je voulais simplement dire que ça n'a pas dû être facile.

— C'est ça, c'est ça. Et vous, ce triple axel ?

— Elle avait les mains moites. Elle m'a échappé…

— Elle a bien failli s'écraser sur le bar, oui ! Vous imaginez dans quels draps vous nous mettiez ? Modérez un peu vos envies de briller.

— De briller ? Moi ?

— Ne faites pas l'innocent. Ceci dit, votre exploit a contribué à nous faire passer pour de gentils zozos.

— De gentils zozos…

— Oui. Donc je ne vous en tiens pas rigueur. Mais faites attention à l'avenir. Ménagez vos effets.

Dubroc pavoisait. Il s'était fait un copain. Ils se voyaient tous les jours et Leliège avait pour consigne de se faire rare. Petit à petit, Paramide s'enhardit. Un jour, il emprunta cinquante euros à Dubroc ! Le capitaine se réjouissait de cette avancée significative.

— Je lui ai dit que ça ne pressait pas. Il voulait me les rendre demain !

— C'est bon signe ! Il est ferré.

— Je lui ai dit que je cherchais une maison à acheter pour y passer ma retraite. Il m'a parlé d'une affaire. Très confidentielle, bien entendu. Il est agent immobilier à ses heures perdues. Il a des contacts un peu partout grâce à un réseau extraordinaire. Je n'ai pas posé de questions.

— On approche du but. Je vous avoue que j'en ai marre de danser. Elles m'ont repéré.

— Qui ça ?

— Les rombières. Elles m'attendent.

— Ne flanchez pas, major. Votre rôle est capital, dois-je vous le rappeler ?

— Il y en a deux qui m'ont suivi hier.

— Suivi ? Jusqu'où ?

— Jusqu'ici, patron.

— Ah mais c'est embêtant, ça ! Vous vous êtes sans doute montré trop familier. Elles se seront fait des idées...

— Mais pas du tout !

— Je vous connais... Bon. N'y allez pas demain, ni après-demain. D'ailleurs, vous allez m'accompagner pour voir la fameuse affaire que Paramide veut me proposer. Vous donnerez votre avis, qui sera enthousiaste. Vous pousserez les choses. Comme je suis très influençable, Paramide m'extorquera sûrement une jolie somme.

— Je serai enthousiaste et vous, vous serez le naïf de service. Quelle paire !

— N'est-ce pas ? Mais nous nous vengerons ! Ne perdez pas ça de vue, Leliège.

*

Paramide les attendait sur le parking du restaurant *Le Moulin de Poustagnacq*. Grand et musclé, il était vêtu avec soin, et son large sourire suscitait la sympathie.

Il serra cordialement la main des deux gendarmes et se montra enchanté de rencontrer Leliège.

— Je me souviens de vous. Vous dansiez trop bien pour vos partenaires, lui dit-il aimablement.

Le major regretta que d'aussi bonnes paroles viennent d'un malfrat.

— On y va ? proposa Dubroc.

— Prenons ma voiture ! proposa Paramide. Je connais le chemin et pas vous.

Le capitaine prit place à l'avant tandis que Leliège s'installait à l'arrière.

Ils avaient emporté leurs armes de service, et le major avait des bonbons plein les poches.

— Il a déjà été violent. Restons prudents, toujours hors de portée d'un mauvais coup. Tenez-vous à l'opposé de moi, au cas où il tenterait quelque chose sur l'un d'entre nous, avait rappelé Dubroc.

Au volant, Paramide jacassait. Il alignait des chiffres, présentait la propriété, sa superficie, les éventuels travaux à effectuer.

— Vous pensez faire un prêt ? demanda-t-il d'un ton léger.

— Non, répondit le capitaine. J'ai le budget.

— Tant mieux, ce sera plus vite fait. Avec les banques ça traîne toujours !

— Et les notaires, n'en parlons pas…

— Exact! D'ailleurs si vous n'en avez pas ici, je peux vous présenter le mien qui est très bien. Et rapide!

— Pourquoi pas. Si ça peut faire avancer les choses plus vite… Je vous avoue que j'aimerais pouvoir emménager cet été. Je n'y pensais pas, mais puisque la providence vous envoie…

— Ça me paraît faisable! J'appellerai mon notaire si la maison vous plaît.

La propriété ne pouvait laisser personne indifférent. Au bout d'un petit chemin, non loin d'une pisciculture, en pleine campagne, la maison restait cachée derrière une chênaie jusqu'au dernier moment. On apercevait tout à coup la bâtisse au milieu d'un U composé de box pour les chevaux. Un ancien haras.

— Il y a quelques chevaux derrière, dans le bois… Les propriétaires viennent les soigner le matin et le soir. Ils les rentrent dans les box pour la nuit, par cette porte en bois qui reste fermée le reste du temps. Attention, n'y touchez pas! Bien entendu, les chevaux n'y seront plus quand les acquéreurs emménageront. Vous ne verrez jamais personne: ce sont des commerçants, ils sont très occupés.

Comment Paramide avait-il eu les clés? Il paraissait très bien connaître les lieux.

— La propriété est en vente depuis longtemps? demanda Dubroc.

— Non, et elle ne va pas le rester beaucoup plus! Comme elle est assez isolée, les propriétaires ne veulent pas d'un ballet de visiteurs. C'est une vente confidentielle. On procède de cette façon quand il s'agit de biens rares. Vous la trouvez comment?

— Elle me plaît ! Et vous Leliège ? Vous la trouvez comment ? J'ai confiance dans votre avis, vous connaissez ma femme et mes gosses.

— Formidable ! C'est exactement ce qu'il vous faut ! Vous pourrez mettre vos deux voitures, tout le monde aura sa chambre… Et puis, il y a la piscine ! Sans compter que vous n'aurez aucune nuisance sonore. Si j'étais vous, je n'hésiterais pas. Enfin, ce n'est que mon avis…

— Je suis d'accord avec vous ! Mais il faut quand même que je réfléchisse. Je vais en parler à ma femme, bien sûr. Il faut que ça lui plaise. Je vais prendre des photos…

— Ne vous embêtez pas avec ça ! Je vous en ferai passer ce soir.

Au retour, ils s'arrêtèrent prendre un verre pour sceller leur entente. Grand seigneur, Paramide régla l'addition et rendit les cinquante euros qu'il devait au capitaine.

— Les bons comptes font les bons amis ! dit-il d'un air satisfait.

— Ça ne pressait pas ! De toute façon, maintenant, nous sommes liés par les affaires… répondit Dubroc d'un ton bonhomme. Je vous donnerai ma réponse demain.

— Parfait ! Juste un détail… Il faudra prévoir un petit dessous de table.

— Ah bon ?

— Oui, mais ne vous inquiétez pas, ce n'est qu'une formalité. Tout le monde fait ça. Vous aurez un reçu. Tout sera fait dans les règles. Cette somme sera déduite du prix d'achat.

— Il faut donner combien ?

— Le plus possible ! C'est votre intérêt.

— Ah bon, soupira Dubroc d'un air accablé.

Leliège vola à son secours.

— Je vais voir de combien je peux disposer, vous me rembourserez plus tard !

Le capitaine fit des manières et puis accepta.

— C'est très aimable à vous, Leliège, merci. De mon côté, je dois pouvoir réunir cinquante mille euros pour le pot-de-vin, mais il me faudra bien dix jours…

— De combien disposez-vous tout de suite ? s'enquit Paramide. Il est primordial de réserver le bien en faisant une avance sérieuse.

— Une avance… Eh bien… Disons… cinq mille euros. Ça ira ?

— Ce sera juste, mais je vais m'arranger.

— Et moi je peux mettre cinq mille aussi, proposa Leliège.

— Eh bien, avec dix mille euros, les propriétaires seront rassurés. Mais il faut aller vite. Vous les aurez quand ?

— Est-ce que… demain ?

— Parfait ! Eh bien topons là, messieurs !

Ils se quittèrent en se tapant sur les épaules et les biceps. De viriles claques destinées à enfoncer leur hypocrite accord…

Le soir, au dîner, le capitaine reçut une vingtaine de photos de la propriété.

— On le tient, Leliège. Demain, vous l'appellerez. Vous lui direz que je suis allé aux soins le matin mais que j'ai eu un malaise. De quoi lui faire peur et hâter la manœuvre. Vous lui direz aussi que je vous ai demandé de vérifier les dimensions du garage et l'état de la toiture depuis le grenier. Quand vous serez sur place, ne restez pas à l'intérieur : il faut que nous puissions vous voir. Sortez et discutez devant la porte d'entrée. Donnez-lui l'enveloppe à ce moment-là. Au téléphone, vous lui direz que je vous ai donné tout ce que nous avions d'espèces pour réserver le bien en attendant le sous-seing, c'est-à-dire dix mille euros à nous deux.

— Est-ce que je découpe des journaux ?

— Oui, comme d'hab'. On ne va pas lui remettre de vrais billets à ce cochon ! Tenez, voici une enveloppe.

— Je l'appelle demain matin, d'accord. Et il va me dire d'y aller ?

— Et vous irez ! Avec l'enveloppe.

— Mais il va l'ouvrir, forcément ! Et me casser la gueule !

— Il ne l'ouvrira pas.

— Vous croyez ?

— J'en suis sûr.

— C'est quand même incertain.

— Non, c'est certain.

— Vous la tirez d'où, cette certitude ?

— Ce serait indélicat de sa part. Il veut qu'on le croie honnête, non ?

— Oui.

— Donc il nous fait confiance parce qu'il veut que nous lui fassions confiance !

— Ah ! Et vous serez où, vous, mon capitaine ?

— Pas loin, major. Je serai juste à côté, dans le bois où il y a les chevaux, avec des renforts. On ne sait jamais, si ça tourne au vinaigre…

*

Le lendemain matin, Dubroc savoura sa première grasse matinée depuis le début de sa cure. Leliège, pour sa part, se leva de bonne heure. Non seulement il était inquiet du déroulement de sa matinée, mais le capitaine ronflait si fort qu'il lui mettait les nerfs à vif. Il eut beau allumer le plafonnier, agiter la vaisselle, rien n'y fit.

— Vous avez bien dormi ? finit-il par lui demander à mi-voix.

De guerre lasse, il sortit chercher le journal en emportant sa clé.

Lorsqu'il revint, Dubroc préparait le café. Il sifflotait à tue-tête.

— Si vous saviez comme je suis heureux d'en avoir terminé avec cette cure !

— Elle n'a pas pu vous faire de mal… Vous lui trouverez un bénéfice plus tard, si ça se trouve. Peut-être cet hiver ?

— Je n'ai mal nulle part, de quels bénéfices me parlez-vous ? C'est stupide, comme réflexion.

— Votre père va bien ?

— Quel rapport ?

— Aucun.

— Je trouve vraiment déplaisante votre manière de me jeter mon père à la figure au moment où je m'y attends le moins. Ça m'agace au plus haut point.

— Ah… Excusez-moi. Vous voulez le journal ?

— Passez-moi donc les pages sports !

— Je vois Paramide à 10 heures, glissa le major.

— Ne traînez pas, alors…

Leliège prit son arme de service, l'enveloppe garnie de papier journal, ses clés de voiture, puis il se tourna vers Dubroc.

— Donc, à tout de suite ?

— C'est ça. Euh… Leliège ! Tenez-vous sur vos gardes, on ne sait jamais avec ces types-là.

Le capitaine tenait son journal déployé et le major ne put voir son visage. Était-il inquiet ?

Dubroc prit les affaires qu'il avait préparées en l'absence de Leliège et sortit presque sur ses talons. La mission pouvait se révéler dangereuse. Il laissa le major prendre de l'avance et bifurqua vers le petit bois où se trouvaient les chevaux et les renforts de gendarmerie. Tout ce petit monde se tenait coi. Les chevaux, qui s'étaient éloignés, revenaient avec l'espoir d'obtenir un surplus de nourriture de la part de ces étranges soigneurs… Dubroc surveillait l'entrée de la demeure par les interstices de la porte en bois. Il vit Leliège et Paramide plaisanter et entrer dans la maison. Il les imaginait en train de monter à l'étage pour inspecter la toiture…

— Qu'est-ce qu'ils foutent ? pesta-t-il au bout d'un moment.

Il regardait sa montre avec une inquiétude croissante.

— Ils devraient être redescendus !

Tout à coup, ils virent une épaisse fumée s'échapper du toit, puis des flammes gigantesques.

— Leliège ! cria Dubroc qui voulut se précipiter dans la cour.

Hélas, il ne put ouvrir la porte.

— Qu'est-ce qui bloque ? hurla-t-il.

— Laissez-nous faire, intervint un gendarme en le poussant de côté.

Dubroc courut autour des box et réussit à enjamber une clôture qu'il tordit à la force de ses mains. Alors qu'il débouchait enfin dans la cour, il vit Paramide s'enfuir vers les voitures.

Au même moment, les gendarmes enfonçaient la porte.

— Attrapez-moi ce salopard ! leur cria Dubroc.

La maison flambait à une vitesse incroyable. Le capitaine montait l'escalier qui menait à l'étage. Il luttait contre la fumée et l'intense chaleur qui régnait déjà partout. Leliège était introuvable. Le grenier…

Hélas, le grenier n'était qu'un gigantesque brasier et le craquement du bois dévoré par le feu emplissait tout l'espace. Dubroc ne parvenait plus à réfléchir. Il vit un espace préservé et s'y engouffra. C'était un autre escalier, ménagé contre un mur de pierre – un mur porteur…

Sa tête lui paraissait prête à éclater, ses cheveux brûlaient probablement, mais il cherchait toujours le major. Il ne renoncerait pas. Il ramènerait cet homme irremplaçable sans lequel il ne pourrait plus jamais travailler. Ou bien il mourrait comme lui, ce compagnon de tous les dangers, qui ne reculait jamais devant les obstacles et qui acceptait les risques que lui, Dubroc lui faisait prendre. Leliège croyait en lui et ça, ça n'avait pas de prix ! Ou plutôt si ; c'était le prix de l'amitié. La vraie. Celle qui ne se nomme pas. Celle qui se passe de blabla, qui se contente d'impressions, de projets, de souvenirs, celle qui n'autorise rien mais pardonne tout. Ils se vouvoyaient. Et alors ? Dubroc rudoyait Leliège. Et alors ? Le major se vengeait à sa manière, par petites touches vicieuses, un vrai bonheur de trouduc.

Il le trouverait et le ramènerait, ils reprendraient leur vie. Cette coexistence bancale, qui s'équilibrait toutefois parce qu'ils étaient différents, certes, mais égaux. Dubroc estimait leur paire d'enquêteurs plus que parfaite. Et voilà que Leliège allait peut-être disparaître par sa faute… À force de le pousser… Si par miracle ils en réchappaient, Dubroc s'engageait à ne plus jamais l'obliger à rien. Il se le promettait solennellement. Il le promettait aux puissances obscures en lesquelles il ne croyait pas le moins du monde, mais quand la fin est là, et qu'il n'y a plus rien…

— Je te sortirai de là, hurlait le capitaine sans ouvrir la bouche.

Ses lèvres cuites paraissaient s'être jointes à jamais.

Parmi les flammes et les bois qui s'effondraient, il vit le corps de son adjoint affalé, face contre le sol. Il rampa, la peau collée à sa chemise. Il ne sentait plus rien.

Enfin, il agrippa le major et le tira jusqu'à l'escalier sans savoir s'il était mort ou vivant. Ils glissèrent jusqu'au rez-de-chaussée où des gendarmes les récupérèrent. Les pompiers arrivèrent et emportèrent leurs deux corps pelés, rougis, grillés.

Paramide avait malheureusement voulu vérifier le contenu de l'enveloppe. Il avait envoyé un gnon à Leliège qui s'était âprement défendu, mais sans faire l'usage de son arme. L'escroc avait compris qu'il s'agissait d'un piège et que sa carrière de malfrat était terminée. Sa seule chance était de se débarrasser de Leliège, ce qui lui laisserait le temps de disparaître. Il savait se battre et mit rapidement le major KO. Le grenier était plein de vieux cartons très secs, de tapis qui gisaient là depuis des années. Paramide n'avait eu qu'à allumer son briquet et tout avait flambé immédiatement.

Cette aventure renforça le tandem des enquêteurs. Ils avaient à la fois une dette et un crédit l'un envers l'autre…

Dubroc était-il un mauvais homme ? Qu'aurait répondu Leliège à cette question ?

— Non.

9

JE NE SUIS PAS UN HÉROS

— La juste récompense d'un acte de sauvetage, le sauveteur se la décerne lui-même. Lui seul peut évaluer la qualité de son acte, même si on lui attribue le fait d'avoir dépassé ce qu'on était en droit d'attendre de lui. Entendez-moi bien : le sauveteur est seul apte à mesurer la part de l'instinct et celle du vrai courage qui l'a animé dans l'acte de bravoure. Celui qui élève le curseur du devoir en toute connaissance de cause est le héros, le vrai ! Il est animé par une conscience qui n'est pas qu'individuelle…

Des voix s'élevèrent.

— Bravo !

— Tandis que celui qui se jette dans le danger, même le danger de mort, par instinct, n'est pas un héros. Il n'est pas responsable de son acte. Et c'est mon cas !

Un remous courut dans la salle et Dubroc reprit :

— Je ne suis pas un héros. J'ai agi par instinct, sans réfléchir…

Il y eut quelques éclats de voix.

— Pour terminer, je voudrais dire que le héros, quel qu'il soit, ne doit pas être lesté, surchargé, accablé de distinctions pour une soi-disant exemplarité. Je vous en supplie, ne faites pas de moi un albatros qui, alourdi, entravé, ne pourrait plus voler !

Une salve d'applaudissements jaillit et des hourras s'élevèrent pour saluer le discours du capitaine.

La gendarmerie résonnait des accents de la cérémonie donnée en l'honneur de Dubroc et Leliège, les rescapés de l'accident de pêche de Capbreton.

Grâce à leurs bouées, ils avaient pu se rejoindre dans les vagues puis se tenir l'un à l'autre. Ils s'étaient laissé dériver longtemps pour finalement aboutir sur la plage des culs-nuls. Transis, ils avaient ensuite gagné la route où un automobiliste charitable, et peu regardant sur l'état à venir de ses sièges, les avait pris en charge, trempés et épuisés.

Dans un sursaut d'énergie, Leliège avait fait remarquer au bon samaritain que sa voiture était toujours garée sur le port. Il pensait au réconfort que lui procureraient ses précieux bonbons… Il prétexta la présence de leurs portables dans la boîte à gants. Mais ce ne fut pas suffisant pour leur chauffeur :

— Je vous prête le mien pour prévenir vos familles ! Vous allez attraper une pneumonie. Changez-vous, vous irez plus tard !

Dubroc avait poliment insisté :

— Mais dites, vous nous emmerdez, mon bon monsieur ! Capitaine Dubroc, section de recherches de Pau, et voici le major Leliège. Faites demi-tour, puisqu'on vous dit qu'on va au port !

Plusieurs nouvelles les attendaient sur leurs téléphones. L'ADN trouvé sur Jessica ne correspondait à aucun profil fiché. En revanche, le même ADN avait été trouvé sur la deuxième jeune fille. Celle-ci s'appelait Amandine Verlingue, avait vingt-trois ans et travaillait dans un food truck à Soustons. Pas de problème particulier. Son profil était le même que celui de Jessica : une gamine un peu seule, qui venait d'arriver pour la saison. Elle aussi avait été battue et violée. Et le même lien avait permis de l'étrangler au terme d'une lutte farouche, qui devait avoir laissé des traces sur le corps de l'assassin. Le corps avait été traîné jusqu'à l'endroit où le couple de promeneurs l'avait découvert. Le véhicule pouvait être monté jusqu'au sommet de la dune, puis le corps tiré – sur une bâche par exemple – et les traces effacées ensuite. Le vent faisant le reste du boulot jusqu'au petit matin. Pour Jessica, il en avait été de même, sauf que la manœuvre avait sans doute été plus facile.

*

Au QG de la maison rouge et blanche du fond du lac, les enquêteurs passaient en revue ces informations et organisaient leur enquête. Ils se gardaient bien d'évoquer leur partie de pêche. Il s'en était fallu de peu qu'ils y restent tous les deux. Leliège, surtout, était mal à l'aise. Il fut surpris d'entendre le capitaine revenir à leur dramatique matinée :

— Quand je pêchais le chipiron, une idée m'a traversé l'esprit. Ensuite je n'y ai plus pensé.

— Je vous écoute, l'encouragea le major, prêt à tout entendre.

— J'avais dans les mains ce fil très fin… Il pourrait bien ressembler à celui qui a étranglé ces filles.

— Du fil de pêche… C'est trop fin pour étrangler quelqu'un, non ? Mais il aura pu être triplé ou quadruplé. Tressé ?

— J'appellerai la légiste tout à l'heure.

Le téléphone de Dubroc sonna.

— C'est Sybille qui prend des nouvelles… Elle dit que Samy est désolé. Il paraît que c'est son frère qui lui a conseillé ce pêcheur… Bref, il espère nous voir demain pour l'entraînement. Je ne savais pas qu'il avait un frère !

— Moi non plus. Je crois que j'ai chopé un rhume… J'ai deux mots à lui dire à son frère !

— Buvez-le chaud ! répondit Dubroc en désignant le grog fumant posé devant le major. Et n'oubliez pas qu'il faut bouger pour chasser les microbes ! Ce garçon a besoin d'être rassuré. Il n'est pour rien dans notre accident, c'est le marin qui a fait preuve d'une totale inconscience !

— Un alcoolique. Je l'avais bien dit !

— Et moi, je vous avais bien dit de vous tenir…

— Je me tiens si je veux. Et puis d'abord, rien ne vous obligeait à vous jeter à l'eau !

— Il me semblait avoir été clair : c'était instinctif ! Si j'avais réfléchi, je ne l'aurais certainement pas fait.

— Ben voyons… Essayez donc de vous en persuader. Moi, je vous connais. La fois où vous m'avez tiré de l'incendie des…

— Stop ! Fermez donc votre gueule, Leliège ! s'emporta Dubroc, en se levant brusquement. L'incendie, c'était pareil. Je n'ai pas réfléchi. Je hais l'héroïsme ! Et vous le savez bien. Je hais le manichéisme. Le bien le mal ; le noir le blanc ; le fort le faible ; le gentil le méchant. Alors, foutez-moi la paix avec ces conneries !

— Mais…

— Un héros, ça finit au bout d'une corde ou avec une balle dans la tête ! C'est ça que vous voulez ? Comment je dois vous le dire ? Je ne veux pas être un héros !

Leliège porta le bol à ses lèvres et demanda :

— Et Bordeaux, alors ? Vous y allez quand, avec tout ça ?

Le capitaine sembla sortir d'un rêve et saisit son téléphone d'un geste rageur.

— Allô, papa ! fit-il d'un ton très adouci. C'est moi. Oui, bonjour... Oui, je l'ai... Bien sûr, je te l'ai dit. Oui, si tu veux... À demain.

Il s'assit en grimaçant.

— Vous n'avez pas mal aux jambes, vous, Leliège ?

— Non. J'ai mal à la mâchoire... Vous n'y êtes pas allé de main morte !

— Je n'avais pas le choix. Vous êtes facilement exaspérant.

— Dans l'eau glacée, claqué par les vagues, je pensais avoir le droit de m'exprimer.

— N'en parlons plus. Vous n'aurez qu'à mettre de la glace. Vous en voulez ?

— Non, merci. Ce n'était pas pour me plaindre, je répondais juste à votre question.

Ils s'étaient installés sur la terrasse et un rayon de soleil éclairait la table où s'amoncelaient des papiers. Il y en avait sur les ordinateurs portables et les téléphones, parmi les bols et les miettes de pain, les cartons de pizzas, et de pâtisseries. La maison rouge et blanche dont le jardin avait été nettoyé semblait sourire à cette belle saison qui commençait.

— Il faudrait faire réparer le portillon. Vous avez vu ? Il est dégondé.

— Sybille m'a dit qu'elle s'en occupait. On peut lui faire confiance…

Tout à coup, un rugissement se fit entendre.

— Qu'est-ce que c'est ?

— On dirait un lion.

— Plusieurs, même !

— Impossible.

Mais les rugissements reprirent de plus belle.

— C'est tout près d'ici, s'inquiéta Leliège.

— Ça vient de là-bas, indiqua Dubroc en désignant une maison dont le parc jouxtait leur jardinet.

— Un cirque ?

— Dans un quartier résidentiel comme celui-ci, ça m'étonnerait.

— Ils se sont échappés, peut-être.

— À coup sûr. Il vaut mieux rentrer. Dépêchons, ordonna Dubroc. Je commence à trouver la région franchement hostile !

Leliège insista pour prévenir la brigade de Seignosse.

— Alors ? interrogea Dubroc quand son adjoint eut raccroché.

— Tout va bien ! C'est de notoriété publique : il y a en effet deux lions qui vivent chez le voisin, dans un vaste enclos grillagé. Il n'y a jamais eu de problème. Personne ne s'est plaint. Les gens signalent des rugissements, ils sont surpris, mais ça ne va pas plus loin.

— Vous fermerez les baies vitrées cette nuit. Mieux vaut être prudents. Drôle de pays.

Ils poursuivirent leur débrief à l'intérieur, malgré la plaidoirie de Leliège qui ne voyait rien de risqué à la proximité des fauves.

— On reste dedans ! ordonna Dubroc.

— Avec ce beau temps ! Je l'avais dit : « Mieux vaut une chambre à l'hôtel ! » Mais voilà... Sybille ! Elle vous domine.

Dubroc eut un regard mauvais vers Leliège qui poursuivait :

— Demain, après l'entraînement, j'irai voir le patron du food truck à Soustons. Il a peut-être des détails qui nous intéresseraient. Amandine lui a peut-être dit qui elle voyait. Qu'est-ce qu'on a d'autre ?

— Pas grand-chose, répondit Dubroc. Elle avait pris un studio à Tosse. Elle arrivait de Nancy pour la saison, et plus si affinités.

— La côte, ça fait rêver les jeunes. Le surf et tout le toutim... J'irai voir son studio. On fera le point ensemble ce soir.

— Les réseaux sociaux ont été épluchés pour Jessica. Depuis son arrivée, elle n'alimentait plus ses comptes. Sa page Facebook s'arrête le jour où elle commence à travailler à la résidence des Marchand. À partir de là, elle se contente d'envoyer un selfie par-ci par-là, sur lesquels elle affiche toujours le même bonheur... Elle n'échange que des banalités sur WhatsApp avec sa famille.

— Alors, ils sont échangistes, les Marchand, finalement ?

— Non. Ils mènent une vie tout ce qu'il y a de plan-plan. Boulot boulot...

— Bon. Donc rien de neuf pour Jessica sur les réseaux sociaux...

— Ça peut s'expliquer par le manque de temps... Elle bosse. Le couple Marchand est sur son dos toute la journée avec ses bavardages incessants. Le soir, elle doit en avoir plein le dos !

— Allez donc les revoir, ces deux travailleurs infatigables… C'est comment déjà leurs prénoms ?

— Didier et Claudine.

— Une visite, juste pour renifler…

— Je verrai vite s'ils sont à l'aise, souffla Leliège, le nez dans son grog.

10

INGRID

Betty Boop, *c'est une boutique de confection et d'accessoires pour homme. Ça pourrait paraître bizarre qu'ils aient pris une vendeuse, mais pas du tout. Ils disent que ça équilibre. Les patrons ont choisi de vivre sans faire gaffe au regard des autres. Ça me plaît. Je veux être comme ça. Je veux me libérer complètement de ce que les gens peuvent penser. Mes parents ont toujours été compréhensifs et ils ne m'ont jamais donné de conseils sur ce que je devais faire plus tard. « Fais-toi plaisir, sois heureuse ! » Ils m'ont laissée libre.*

Du coup, j'ai arrêté mes études à dix-neuf ans. Je m'ennuyais. Je me suis mise en couple. Je me suis ennuyée. On travaillait tous les deux dans la même entreprise de transport, en CDI. On vivait un peu en bourgeois, trop tôt. J'avais l'impression qu'on était déjà un vieux couple… Et puis voilà, l'automne dernier, j'ai tout envoyé péter. Je me suis séparée de mon copain avec qui j'étais depuis tout ce temps et qui a été malheureux. Maintenant, je fuis la stabilité. En octobre, je suis partie faire le tour de la Corse avec mon sac à dos et une copine. Ça m'a changée de Clermont-Ferrand.

Autour de moi, il y a de tout. C'est le moment où les diplômés commencent leur vie active. Et le travail, ce n'est pas du tout ce qu'on leur avait promis… Moi, je ne sais pas ce que je veux faire. On verra à la fin de la saison. J'y verrai plus clair. En attendant, cet été, j'ai décidé de me laisser porter.

Lâcher prise…

J'ai eu très tôt la conviction que je ne serais jamais heureuse à Clermont-Ferrand! Ici, je ne sais pas encore. Peut-être que oui. Parfois, je me dis que je ne suis pas faite pour être heureuse. Et puis qu'est-ce que c'est, être heureuse?

Bon. Faut pas que je tombe dans le spleen.

Provisoirement, et grâce à Armand et Odilon, j'habite une maison occupée seulement l'été, avenue des Fauvettes, entre lac et mer. Il faut que je me trouve autre chose: elle est louée pour Pâques et ensuite, pour tout l'été. Dommage, parce que j'aimais bien avoir une maison pour moi toute seule!

Encore grâce à la boutique, j'ai commencé à faire des connaissances… Disons que j'ai surtout des vues sur un mec. Premiers contacts sur Tinder, très positifs. Je le vois ce soir. Je dis que c'est grâce à la boutique Betty Boop *parce qu'il connaît bien les patrons, d'après ce qu'il m'a dit. Il tient d'ailleurs à ce que je reste discrète. À mon avis, il a dû avoir une histoire de cœur avec la sœur ou bien la nièce de l'un des deux! Je promets tout ce qu'il veut. Je ne connais personne d'autre pour l'instant, à part « bonjour-bonsoir » aux boutiques d'à côté, alors…*

On doit se voir dans la zone Pédebert, pas loin de chez Rip Curl. Comme ça je suis tranquille: s'il ne me plaît pas, je reprends ma voiture et je me casse.

Si on a envie de poursuivre, il propose de m'emmener dans un coin très nature et complètement inattendu, les Barthes. Je ne connais pas. Ça peut être marrant. Je m'ennuie tellement que tout m'intéresse, finalement…

Je mets quoi ? Une jupe me paraît plus indiquée qu'un pantalon. Ah oui… Il m'a dit qu'il adorait les cheveux longs libres dans le vent. Je ne vois pas pourquoi je le priverais de ce plaisir.

Ingrid en mode lâcher-prise…

11

LES BARTHES

Dubroc et Leliège longèrent les cabanes à huîtres où s'affairaient déjà les producteurs.

— Une douzaine d'huîtres, un de ces soirs, patron ?

— Pourquoi pas. On est à deux pas de la maison. Beau cadre, on a le lac sous les yeux, en plus.

— Il paraît que quand on voit les Pyrénées, c'est signe de pluie.

— Je ne les vois pas.

— Qu'est-ce qu'il vous faut ! C'est quoi, ce blanc tout au fond, d'après vous ?

— Ça s'appelle des nuages de beau temps. Et même si c'étaient les Pyrénées, Leliège, votre problème, c'est que vous ne voyez que le mauvais côté des choses. Au lieu d'apprécier ce lieu idyllique, de respirer cet air pur, vous vous chagrinez de ce qu'il pourrait pleuvoir demain ou après-demain.

— Je dirais plutôt dans une heure…

Ils se dirigeaient vers la plage Blanche où ils avaient choisi de faire leurs exercices. Les muscles de Dubroc se rappelaient moins à son souvenir et Leliège se mouchait raisonnablement.

Alors qu'ils posaient leurs sacs sur le sable et s'apprêtaient à commencer leur échauffement, un coup de klaxon leur fit tourner la tête en direction du parking.

— Oh oh !

— Samy !

Leur coach, casque à la main, descendit de son scooter et s'avança vers eux.

— Bravo ! Vous êtes hyper sérieux. Échauffement ! Je ne savais pas si vous seriez là ce matin avec ce qu'il vous est arrivé. Mais il fallait que je vous voie. Je suis tellement désolé ! Je me sens fautif.

— Ah, l'accident… C'est oublié ! On en a vu d'autres, n'est-ce pas Leliège ?

— C'est incompréhensible qu'il ait pris la mer ! La météo n'était pas bonne… reprit Samy, piteux.

— Et son bateau bien petit ! ponctua Leliège.

— Petit, mais assez puissant pour la passe en temps normal, nota Samy. Il est peut-être arrivé trop vite. Je ne l'ai pas revu. Il doit se terrer chez lui ! Quand je le coincerai, il va m'entendre ! Il n'est pas près d'amener d'autres touristes en balade.

— J'ai appris à pêcher le chipiron, ça m'a beaucoup plu, tempéra Dubroc.

— Et toi, Hervé ?

— Moi ? J'ai…

— Il a appâté ! coupa Dubroc.

— Formidable ! fit Samy sans arrière-pensée.

— Tu viens pour nous coacher ?

— Non, je passais.

— Tu habites où ?

— Par là, répondit le jeune homme en désignant du menton la colline de verdure derrière lui. Entre lac et mer.

— On est voisins, alors !

— Vous êtes au fond du lac, m'a dit Sybille. Bien installés ? Besoin de quelque chose ? Des vélos peut-être, pour vous déplacer en vous entraînant ?

— Bonne idée ! Hein, Leliège ?

— Je vais vous trouver ça ! s'exclama Samy. Ça vous changera la vie !

— J'aimais bien l'ancienne... maugréa le major.

— À tout à l'heure, leur dit Samy, il faut que je rentre. On aménage notre garage. J'espère qu'il ne va pas pleuvoir...

Il remonta sur son scooter et s'en alla, libre et beau, dans la douceur de l'air. Dubroc se mit à l'écart et commença ses squats. Il enchaînait ses sprints et exécutait son programme sans se soucier du major qui prenait exagérément son temps pour renouer ses lacets.

Leliège finit même par s'asseoir. Bloc-notes à la main, il écrivait.

— Capitaine, votre téléphone sonne ! cria-t-il.

— Prenez !

— Major Leliège... Il est occupé... Oui... on arrive.

Il raccrocha et annonça d'une voix lugubre :

— Un macchabée de plus, patron. Dans le Bouret, c'est un ruisseau près du golf.

*

L'avenue du Golf, bordée de pins, sinuait d'un côté le long du parcours, et suivait de l'autre des villas anciennes au luxe discret, dont les jardins donnaient sur le ruisseau.

Les golfeurs intrigués par l'attroupement ralentissaient sur la passerelle qui leur permettait de franchir le Bouret. Les enquêteurs repérèrent facilement la tente dressée pour abriter les investigations.

— Il n'y a pas de bâche autour du corps, mais elle a très bien pu se défaire alors que le corps dérivait, leur expliqua la légiste.

— Il aura fini par en mettre un à l'eau, on dirait…

— Le cadavre paraît avoir séjourné assez longtemps dans le ruisseau. Peut-être qu'il est resté bloqué quelque part pour ensuite être entraîné à nouveau par les marées.

— L'heure du décès, à peu près ?

— Le jour, vous voulez dire…

— C'est ancien ? s'inquiéta Dubroc.

— Je dirais qu'elle est morte avant-hier. Les analyses le préciseront. À part ça, elle a eu les cheveux coupés, le viol est presque certain, et elle a reçu un seul coup. Pas d'ongles cassés, elle ne s'est pas vraiment défendue. Elle a pu être assommée dès le premier choc. Même âge que les deux autres. Espérons que c'est la dernière…

— On fait tout pour, n'est-ce pas ? répondit Dubroc sèchement.

Il n'y croyait pas. Il se sentait plus démuni que jamais face à cet adversaire froid et méthodique.

— Au fait, pour répondre à votre question sur ce qui a servi à les étrangler… non, ça ne peut pas être du fil de pêche.

— Plus gros que du fil de pêche ?

— Différent. Ce n'est pas du nylon, plutôt du kevlar à mon avis, ou du multifilament. Et tressé, si l'on se fie aux marques. Quant au drap, il s'agit d'un tissu métis fabriqué à partir de fils de coton et de lin. La toile est d'un seul tenant, elle fait un mètre soixante-cinq de long et pareil en largeur. Elle a été coupée très proprement.

— Avec des ciseaux ?

— De très bons ciseaux.

— Par un professionnel du tissu ?

— C'est possible.

— D'où vient cette toile ?

— Du lin ! s'exclama Leliège. Du Béarn ? On le cultivait autrefois dans le bassin de l'Adour. C'est une plante bleue facile à produire. On en faisait un fil solide. Les agriculteurs ne portaient que ça pour travailler.

— Celle-ci viendrait plutôt du Portugal, répondit la légiste. En l'étudiant, nous avons retrouvé de minuscules traces de teinture, sur une petite surface. Elle a peut-être été éclaboussée. Il s'agit, pour les techniciens du laboratoire, d'un tissu de second choix, soldé peut-être.

— Et cette teinture ?

— Ça va vous intéresser ; elle pourrait venir des Pyrénées-Atlantiques. C'est là que sont teintées ces toiles épaisses. Le rapport vous parviendra sous peu.

Les deux hommes demandèrent à voir l'endroit où le corps avait été trouvé. Ils examinèrent la palissade constituée de pieux enfoncés tout le long de la berge.

— Il y a des planches fixées à l'arrière, qui renforcent le dispositif. Et du géotextile.

— Et les herbes qui ont poussé là servent aussi à maintenir la terre des berges, compléta Leliège.

— Le corps a pu être déposé très en aval, dans un endroit tranquille. Qui l'a découvert ?

— Une dame qui s'occupe de la maison de sa mère hospitalisée. Elle désherbait les rosiers quand elle a vu flotter quelque chose. On n'en tirera rien, elle est choquée au point de ne plus pouvoir parler.

— On va remonter ce cours d'eau, Leliège ! Vous avez regardé la carte ?

— Oui. Le Bouret vient du canal de Monbardon, un ancien ruisseau redressé et creusé qui prend sa source dans le lieu-dit du même nom.

— Il faut aller jusque-là. Mais avant, voyons… montrez-moi le plan avec le satellite. Il y a forcément une zone désolée où l'assassin a pu manœuvrer tranquillement.

— Ce canal de Monbardon s'élargit au niveau du ruisseau du moulin Lamothe, ici. C'est là qu'ils donnent naissance au Bouret.

— Trop loin. Le corps serait resté accroché plus haut. L'assassin a dû s'en débarrasser plus bas. Vous voyez ce chemin, ces terrains déserts ?

— Là ? C'est le chemin des Deux Pins !

— C'est notre point de départ.

— Des zones marécageuses protégées…

— Encore des marécages !

— Oui, ça s'appelle les Barthes. On y fait paître les animaux. La flore et la faune doivent être intéressantes. Il paraît qu'on y trouve des acacias, des aulnes, des charmes, des chênes pédonculés, des peupliers, des pla…

— Vous et votre herbier !

— Chacun ses passions…

Dubroc songea qu'il n'en avait pas. Leliège pouvait parfois donner de ces coups de sabot !

Ils regagnèrent leur voiture avec un profond sentiment de culpabilité. Dubroc se demandait s'il avait vraiment fait tout ce qu'il fallait pour coincer l'assassin. Il avait l'habitude de l'attente interminable des résultats des analyses. C'était elles qui déclenchaient les recherches efficaces. Qu'auraient-ils pu faire de plus, sans éléments tangibles ?

Les pensées de Leliège allaient probablement dans le même sens.

— Tout laisse supposer qu'elle est morte avant-hier dans la nuit, dit-il tout haut.

*

Les Barthes ne présentaient pas le paysage désolé auquel ils s'attendaient. Un parcours pédestre avait été aménagé et des panneaux signalaient les caractéristiques de ce milieu sensible.

— Tout est sensible ! s'exclama Dubroc.

— Sauf nous, renchérit Leliège.

— On va longer le sentier et bifurquer par là-bas.

— Vous espérez tomber sur le drap ?

— Qui sait ?

Les lieux invitaient à la promenade. Ici, ils étaient dans la vraie nature, authentique comme aux premiers temps.

— Il doit y avoir des libellules.

— Et des moustiques…

— Des grenouilles…

— Des traces de roues toutes fraîches ! Regardez, Leliège !

La zone ressemblait à une clairière. Elle se situait en marge d'un marécage chevelu traversé par le Bouret, ces fameuses Barthes composées à première vue de plantes fournies, basses, dans lesquelles le flâneur n'avait aucune envie de mettre les pieds. Plusieurs chemins creux dispersés en étoile semblaient vouloir fuir cette sauvagerie.

— Elles appartiennent à cette voiture, patron !

En effet, un véhicule arrivait sur eux. Le chauffeur s'arrêta à leur niveau en jetant des regards méfiants sur leurs brassards. Ils se saluèrent.

— Vous avez vu quelque chose par là-bas ? demanda Dubroc.

— Non.

— Sûr ? Vous faites quoi par ici ?

— J'ai perdu une bête.

— Quelle bête ?

— Une vache. Elle a quitté le troupeau.

— Il est où votre troupeau ?

— Là-bas…

D'un signe du pouce, il montrait le chemin par lequel il était arrivé. Il semblait totalement absorbé par sa mission.

— Je vais refaire un tour.

— Vous êtes passé par là plusieurs fois ?

— Depuis deux heures, je ne fais que ça.

— Bon. Voilà, Leliège… C'est pas la peine de chercher des traces de roues, soupira Dubroc.

— Il faut que j'y aille, reprit le paysan. On ne sait jamais, si vous la voyez… Faites-le savoir.

— D'accord. Votre nom ? demanda Leliège.

— Lagaste Paulin. Vous demandez Éric à la mairie ou la police municipale. Ils feront suivre.

La voiture s'éloigna.

— Il nous prend pour des gardes champêtres, ma parole !

— On aurait peut-être dû lui faire ouvrir son coffre, murmura le major.

Mais la voiture avait fait demi-tour et revenait vers eux.

— J'ai rien dit, patron !

Chaussés de leurs bottes en caoutchouc, ils longèrent le cours du Bouret tant qu'ils le purent. Par endroits, la végétation enchevêtrée les en empêchait.

— Comment trouver le coin où il l'a mise à l'eau ?

— Ça peut être tout le long du chemin. Même s'il a traîné le corps depuis sa voiture jusqu'à l'eau, les plantes se seraient à peine couchées tellement elles sont dures.

— Et elles sont tellement humides qu'elles ne se seraient pas sans doute pas brisées.

— Il est malin.

— Et il connaît bien le terrain, Leliège…

— Il ou elle.

— C'est bon, on a compris ! En attendant, je vous rappelle que Samy nous attend pour notre cours.

— On y va quand même ?

— Évidemment qu'on y va ! Un engagement, c'est un engagement. De plus, il faut que je prenne le timbre pour mon père. Et puis, le sport nous oxygène les neurones. C'est très bon pour l'enquête !

La vie continuait. Ils avaient l'habitude de ces grands écarts que leur imposait leur métier. Et Dubroc se disait que là où l'habitude ne suffisait plus, le tennis pouvait être d'un grand secours.

*

Sybille et Samy bavardaient sur la terrasse en les attendant.

— Cinq minutes de retard, annonça Dubroc en sortant du vestiaire. Tu vas nous mettre à l'amende !

— C'est prévu ! Hervé va jouer contre Baptiste, je pourrai mieux me rendre compte de son niveau.

Leliège, sans enthousiasme, poussa la porte grillagée du court où se trouvait déjà son adversaire, un jeune garçon d'une dizaine d'années.

— Baptiste, tu sers le premier, ordonna Samy.

D'un geste plein de souplesse, l'enfant s'étira et propulsa la balle dans le carré de service de Leliège.

— Hervé, tu es mal placé. Dès que tu rentres sur le court, pense à une seule chose. Au placement ! Et au replacement !

— Ok. Compris.

— Baptiste, tu la remets. Il n'était pas dedans !

Leliège renvoya le service et l'échange dura le temps de quelques balles.

— Bon, on compte les points, décréta Samy. Tirage au sort pour savoir qui commence !

Baptiste fit pivoter sa raquette et les deux joueurs se penchèrent sur le bout du manche lorsqu'elle fut tombée.

— C'est pour moi, annonça le major.

Leliège se refusait au ridicule du service à la cuillère.

— Première balle. Tu vises le carré de service de gauche, lui rappela Samy.

— Révision des règles élémentaires... ironisa Dubroc.

Le major se décala et refit plusieurs fois, avec style, le geste du service à la volée. Malheureusement au terme de ces mouvements, il opta pour la prudence et modéra leur ampleur. Ce fâcheux compromis ne lui réussit pas. La balle ne monta pas suffisamment pour lui permettre de la taper correctement bras tendu… et elle mourut dans le bas du filet.

— Hervé a du potentiel, affirma Samy. Il faut juste qu'il en prenne conscience.

Dubroc ne cacha pas son étonnement, mais il approuva.

— Bien vu. Tu es bon psychologue. Pourquoi tu ne serais pas coach ?

— Disons que ce n'est pas mon métier.

— Pourtant, tu réussirais bien là-dedans, il me semble.

— Le tennis, pour moi, ça reste un jeu.

— On peut gagner sa vie en jouant. D'autres le font…

— J'ai trop baigné dans le tennis.

— Comment ça, « trop » ? demanda Dubroc, franchement intéressé.

— Mon père était prof de sport.

— Le mien était prof de tennis aussi !

— Je ne suis pas étonné. Tu as le profil.

Le capitaine était heureux de ces similitudes. Il poursuivit :

— Après avoir été un cador dans les années soixante, il a entraîné des champions. Il aurait voulu que je suive ses traces. J'étais bon. Tu ne peux pas t'en rendre compte, mais j'étais vraiment bon.

— Je l'ai compris tout de suite. Tu as repris immédiatement ta routine. Tu t'es placé. Ça ne trompe pas.

— J'ai des restes, alors ?

— Et comment ! Et tu vas t'étonner !

— Mon père en serait scotché. Il a fait son deuil de son fils joueur de tennis.

— Quand on gaze très tôt dans un sport, on alimente le narcissisme de ses parents.

— Je n'y avais jamais pensé, mais c'est vrai.

— On suit une voie qui n'est pas forcément la nôtre parce qu'on n'a pas eu le temps de vraiment la choisir. On épouse des projets qui ne sont pas les nôtres et qui sont parfois hors de notre portée.

— J'ai connu ça, approuva Dubroc.

— Et il n'y a pas que dans le sport que cette pression s'exerce. En tout cas, elle produit toujours les mêmes effets.

— C'est-à-dire ?

— Inconstance, fragilité. Un terrain dépressif favorable aux sautes d'humeur et aux contre-performances. Au burn-out.

— Comme les héros.

— Les héros ? s'exclama Samy en riant.

— L'ivresse des sommets, le vertige du point culminant. Beaucoup de stars se suicident, écrasées par le poids du succès.

— Tu as raison, c'est pareil au fond, convint Samy. Dans le sport, les entraîneurs ont souvent des difficultés à cause de l'instabilité de certains sportifs de haut niveau.

Il se dressa brusquement et cria :

— Baptiste ! Ne te contente pas de renvoyer ! Attaque !

Il se rassit, tout à coup bien plus attentif à ce qu'il se passait sur le court.

— Regarde ! dit-il à Dubroc qui savourait l'instant, leur discussion et ce brassage d'idées intéressantes. Tu vois ce que je vois ? Ses balles sont autant frappées que caressées. Je parle d'Hervé. Il cache bien son jeu, ce mec ! C'est incroyable, il est en train de battre Baptiste qui pourtant est très bon à dix ans seulement. Tu as remarqué ses gestes ? Amples, nets. Il a pris confiance en lui en moins d'une demi-heure.

Sur le terrain Leliège avait, en effet, mis le turbo.

— Incroyable, murmura Dubroc dont la lippe pendait de plus belle.

Les balles du major fusaient. Il semblait porté par un souffle magique tandis que Baptiste avait des semelles de plomb.

— Je ne l'aurais pas cru capable de donner autant de vitesse à ses balles. Et surtout, sans effort apparent. Il est surprenant. Il faudra s'en méfier… Qu'est-ce que tu en dis, Stéphane ?

Dubroc n'en disait rien. Il pensait à bien d'autres situations au cours desquelles Leliège s'était révélé différent de ce qu'il donnait à voir à longueur de journée.

— Il est pareil au piano, finit-il par dire.

— Il joue du piano ?

— Il te dira que non, mais oui. Et très bien, en plus. Quel trouduc ! acheva-t-il entre ses dents pour ne pas être entendu.

Leliège avait éliminé Baptiste en trois sets gagnants. 6-4, 6-3, 6-4. Sans éclat, en catimini.

Sybille servit les boissons.

— L'artisan va passer vous réparer le portillon. Il travaille très bien. Il m'a posé toutes les étagères de mes placards et il faut voir comme c'est bien fait ! Pour le portail, vous n'aurez pas besoin d'être là. Il n'a pas besoin d'entrer, de toute façon.

— Merci Sybille. C'est vraiment gentil à vous de vous occuper de ça.

Dubroc embraya sur le timbre dont il avait besoin pour le lendemain. Il était déterminé à faire l'aller-retour à Bordeaux. Ils se retirèrent tous les deux au bout du comptoir, d'où leur conciliabule ne fut perceptible pour personne. La voix de Sybille montait parfois un peu dans les aigus, se faisait véhémente, puis elle prenait à nouveau le ton du vent, l'été sur les collines nimbées du rouge du soleil couchant… Enfin, telle était l'impression ressentie par Dubroc, en tout cas.

D'abord, elle montra le timbre au capitaine. Son bras effleura le sien tandis qu'elle lui offrait soudain son visage en pleine face, afin qu'il constate la franchise de ses propos. Puis ce fut son tour de prendre le timbre, pleinement dans son rôle de pourvoyeur de message, et Sybille baissa la tête, avec un air de vaincue. D'une main distraite, elle manipulait la manivelle de la machine à corder, l'agaçait, allusive, coquine, tentatrice. Dubroc bouillait tandis qu'elle la triturait gentiment. Il se sentait en pleine forme, léger, la cage thoracique comme gonflée à l'hélium ! De plus, et sans qu'il en ait conscience, le besoin sourd de prendre une revanche sur Leliège l'aiguillonnait. Mais il remit à plus tard, à son retour de Bordeaux, le rendez-vous qui lui permettrait de conclure avec une Sybille brûlante à point. Leliège irait passer la soirée chez ses amis de Soustons et, dans la maison blanche et rouge au fond du lac, ils feraient concurrence aux rugissement des lions.

12

SAMY & DAVY

À peine sorti du club-house, Leliège s'était lancé :

— On peut se passer d'eux, patron ! On va se charger de louer des vélos nous-mêmes. En plus, d'après Sybille, Samy s'occupe pas mal de son frère, Davy.

— Davy ? Samy et Davy ! Ils sont jumeaux ?

— Il est plus âgé, d'après ce qu'elle m'a dit.

— Vous vous souvenez de notre marin, Peyo ?

— Je ne risque pas de l'oublier ! fit Leliège.

— Je me demande s'il ne faudrait pas lui rendre une petite visite…

— Bonne idée. Il n'a même pas pris de nos nouvelles !

— Tout était dans le journal…

— Au moins par politesse !

Ils eurent vite fait de conclure avec le loueur et Leliège proposa à Dubroc une prise en main de leurs montures entre lac et mer, dans ce quartier qu'ils n'avaient pas encore visité.

— Je suis en train d'écrire un poème sur le lac, dit-il en dépassant Dubroc.

— Ah… Vous me lirez ?

— Bien sûr.

— Je ne me lasse pas de vos vers de mirliton.

— Merci.

— De rien. N'allez pas trop vite, on fait une pause sur la plage des chênes-lièges. Mon vélo est crade. Je me laverai les mains et vous trouverez peut-être un surcroît d'inspiration près des vespasiennes.

— Trop aimable !

Sitôt franchi le pont Mercedes, la petite route serpentait sous les pins, se divisait, se perdait, grimpait puis dégringolait à nouveau. Tout le long de ces montagnes russes, sur la droite, entre les villas et parmi la végétation, de confidentielles percées menaient directement aux plus belles plages du lac.

Ils furent rapidement sur le parking des chênes-lièges. Un fourgon stationnait sous les arbres.

— C'est Samy ! s'exclama Leliège en désignant un homme, seau à la main, qui venait vers eux.

Ils s'étonnèrent tous les trois de pareille rencontre, mais Samy leur expliqua qu'Hossegor n'était pas très vaste et que le lac était un lieu de promenade pour les autochtones comme pour les vacanciers. Il n'était pas rare d'y croiser des connaissances.

— Qu'est-ce que tu fais avec ton seau ? Tu pêches ? demanda Dubroc.

— Oh, ça ? Non, je lave mon fourgon. Je passe l'aspirateur chez moi et voilà.

— Ce fourgon-là ? Il est à toi ?

— Eh oui. Il faut bien que je transporte ma marchandise !

— Dans ta boutique ?

— Pas une boutique, plutôt un étal. Je suis commerçant non sédentaire.

— Ah bon… On n'avait pas compris ça, hein, Leliège ?

— Ah non. Pas du tout.

— C'est pour ça que tu peux te libérer le matin pour nos cours ?

— Oui, j'ai un planning de déballage, je t'en ai parlé la dernière fois. Je m'organise en fonction de mes dates.

— Tu vends où ?

— On dit « déballer ». L'hiver, je démarche pour avoir des emplacements l'été. Il faut jouer des coudes, les places sont chères. Certains marchés sont d'un meilleur rapport que d'autres.

— Dis-nous où on peut te voir ! Qu'est-ce que tu vends ?

— Du textile, essentiellement.

— Et demain, tu es où ? demanda Leliège.

— Non, pas demain ! Demain, je suis à Bordeaux, intervint Dubroc. Moi aussi je veux voir son stand.

— Eh bien alors, après-demain matin ? Je serai au marché d'Hossegor. Ça tombe bien !

— Parfait, on passera.

— Super ! se réjouit Samy. Vous verrez, j'ai des trucs sympas et de qualité.

— Je cherche des espadrilles pour ma fille.

— J'en ai, mais je ne les ai pas encore sorties, c'est trop tôt pour moi. Vous en trouverez en ville sans problème.

Ils se séparèrent enchantés et Dubroc alla se laver les mains, tandis que Samy reprenait le nettoyage de son fourgon.

— À demain pour l'entraînement, Hervé ! cria-t-il à Leliège tandis que les enquêteurs s'éloignaient sur leurs montures.

*

Le vélo et ses vertus... Les cyclistes moulinaient. Leurs cerveaux aussi :

— Il est équipé, notre jeune commerçant ! Ses affaires ont l'air de marcher. Le scooter, le fourgon...

— Qu'est-ce qu'il vend exactement ? Des trucs fabriqués en Chine ?

— À tous les coups. Il se fait de grosses marges.

— Peu de frais par rapport aux commerçants sédentaires.

— On ira faire du lèche-vitrines demain.

— Vous n'êtes pas là ! J'irai, moi.

— D'accord. Vous verrez bien comment sédentaires et ambulants se partagent le fromage.

— Vous pensez à quoi, exactement ? demanda Leliège.

— Exactement ? À rien. Mais ça pourrait se préciser.

— Vous le trouvez louche, ce jeune homme ?

— J'ai pas dit ça. Attention, Leliège, me faites pas dire ce que je n'ai pas dit ! C'est toujours pareil avec vous, à force de suspecter tout le monde, vos soupçons perdent tout intérêt. Hier, c'était Sybille et maintenant, c'est Samy.

— L'assassin s'y met peut-être à deux ?

— Moi je veux bien, mais il faut le prouver. Et puis, je le trouve très détendu avec nous, ce vendeur ambulant. Pas vous ?

— C'est pas faux. Mais il y a des inconscients. J'en ai connu.

— J'ai une idée... Puisque Sybille a l'air de bien l'aimer, on pourrait essayer de la faire parler à son sujet.

— Ça m'aurait étonné ! La vérité, c'est qu'elle vous manque déjà, la taulière du club-house.

— Eh oh, restez poli ! Je n'ai pas humilié un pauvre enfant, moi.

— Quoi ? Qu'est-ce que vous dites ?

— Parfaitement. Trois sets gagnants ! Vous auriez pu le laisser en gagner un, quand même.

— Oh là ! Alors vous ! Non seulement vous n'avez pas l'oreille musicale, mais question compétition, vous êtes en dessous de zéro. Laisser gagner quelqu'un ?

— Non, pas juste quelqu'un : un gosse tout maigrichon, de dix ans à peine.

— Jamais de la vie ! Ce serait l'injurier. Le sport, c'est le sport. Perdre ou gagner, c'est tout l'intérêt du jeu. Sans le risque de perdre, la victoire ne vaut rien.

— Leliège en Beaumarchais ! Leliège philosophe… qui veut bien que les autres risquent de perdre du moment qu'il gagne !

— Mais… évidemment ! C'est l'essence même de la compétition ! Pourquoi jouer, sinon ? Vous jouez pour perdre, vous ?

— Non, mon cher, moi je ne joue pas pour gagner ou pour perdre ! Je joue pour savoir si je vais gagner ou si je vais perdre. Et ce n'est pas de moi.

— Moi, quand je philosophe, c'est du fait maison.

— Phraseur ! Écraseur d'enfant !

Ils n'avaient pas cessé de pédaler et arrivaient au club-house, puisque Dubroc n'avait pas bifurqué au fond du lac vers leur logis. Ils avaient par conséquent emprunté à vélo le même trajet qu'ils avaient effectué à pied un peu plus tôt.

Sybille, qui les accueillit avec joie, s'inquiéta de leurs mines renfrognées. Ils ne donnèrent pas d'explications et évoquèrent leur promenade autour du lac et leur rencontre inopinée avec Samy.

— Il nettoyait son fourgon.

— Sur la plage des chênes-lièges ? demanda-t-elle.

— Oui, avec un seau et une éponge.

— C'est parce qu'il y a des travaux dans sa rue, en ce moment. Parfois, plus personne n'a d'eau au robinet dans son quartier... Il arrive que mes jeunes, comme je les appelle, se douchent ici. Chut ! Il ne faut pas le dire trop fort. Mais je ne crois pas qu'on ait le droit de nettoyer les véhicules au bord du lac...

Dubroc fut ému de ce souci du respect des règles chez une femme que Leliège soupçonnait carrément d'être une meurtrière.

— Il a l'air de ne manquer de rien en tout cas, reprit ce dernier. Les affaires doivent bien marcher.

— Il a de belles choses. Il sait choisir. Je crois bien qu'il a une clientèle fidèle, des gens d'ici, en plus des touristes bien sûr. C'est qu'il faut vivre en hiver aussi ! Et puis, ils sont deux.

— Il vit avec sa copine ?

— Laurine ? Elle travaille à Tarnos. Non, elle ne vit pas avec eux. Elle est encore chez son père à Capbreton. Et il n'est pas facile.

— Qui ça, « eux » ?

— Samy et Davy.

— Ah, oui, son frère. Ils se ressemblent ?

— Ils n'ont pas du tout le même caractère, mais physiquement, ils ont un air de famille. Il faudra aller voir Samy au marché !

— C'est prévu. Mais il y a pas mal de commerces en ville, aussi. On ira faire du shopping, hein, Leliège ?

— Bien sûr, j'ai des cadeaux à faire. Ma fille… Elle veut des espadrilles ! Et sinon, ça va le commerce, en ville ? En passant, on voit pas mal de rideaux baissés…

— En saison, c'est le plein boom, mais en ce moment, c'est plus calme. Tout n'est pas ouvert. Comme toutes les stations balnéaires, on a le problème des baux précaires ou saisonniers.

— C'est-à-dire ?

— En saison, il y a deux sortes de commerçants : ceux qui louent au prix fort pour la saison et ceux qui sont là à l'année. Malheureusement, les propriétaires préfèrent la première solution ! C'est difficile pour ceux qui restent ouverts l'hiver.

— Pourquoi ne pas changer ça ? s'insurgea Leliège.

— Plus facile à dire qu'à faire, à ce qu'il paraît… En attendant, quelqu'un comme Samy, par exemple, n'a pas les moyens d'avoir une boutique l'été. C'est pour ça qu'il déballe à droite et à gauche. C'est dur pour nos jeunes, soupira-t-elle.

— Et son frère, il fait quoi dans la vie ?

— Il travaille avec lui. Il tient la comptabilité, s'occupe de la logistique, des achats aussi, il me semble. C'est une bonne équipe.

— Il ne joue pas au tennis ?

— Non. Il surfe. Et il pêche, surtout.

— Ça lui arrive de tenir le stand ?

— Je ne crois pas. Ils se partagent le boulot.

Sybille se refermait… Leurs questions commençaient à lui paraître bizarres, intrusives.

Leliège rectifia le tir.

— On pensait faire un petit dîner chez nous au fond du lac, pour vous remercier tous les deux.

— Oh, c'est gentil comme tout ! s'exclama Sybille, rassurée.

— D'après vous, demanda Dubroc, Samy viendrait seul ? Avec son amie ? Avec son frère ?

— Oh, je ne crois pas que son frère voudra venir. Il n'aime pas les mondanités. Lui, c'est la nature avant tout.

— Et l'amie de Samy ?

— Laurine ? Vous avez vu comme elle est réservée… Vous pouvez toujours les inviter tous les trois, vous verrez bien. En tout cas, moi je viendrai !

— Seule ?

— Oui, dit-elle en rougissant.

Dubroc eut un petit sourire en coin qu'elle lui rendit.

— Il faut fixer une date, dit-il en se frottant les mains d'un air enthousiaste. Après-demain ? Ça vous va ? Vous le dites à Samy ?

Leliège avait eu le bon réflexe. Un dîner pour les remercier ! Il avait de ces fulgurances, parfois !

13

MARCHANDAGE

Dans le port de Capbreton, le bateau de Peyo était bien amarré, à sa place.

— Il est là, indiqua Leliège. *Marmar*. Je ne vois pas notre marin… Renseignons-nous auprès de ce pêcheur, proposa-t-il en désignant sur le quai un homme assis sur un siège pliant, canne à la main, un seau et une épuisette à ses pieds.

— Vous connaissez Peyo ? Son bateau est là, le *Marmar*.

— Pour le connaître, oui, ça, tout le monde le connaît, Peyo… dit-il en souriant d'un air entendu.

Dubroc sortit sa carte d'OPJ et mit son brassard. L'homme médusé suivait ses mouvements avec dans les yeux une grande inquiétude.

— J'ai rien fait, moi. Rien à me reprocher !

— On vous parle de Peyo, dit Leliège.

— Lui, c'est pas pareil… Oh, mais attendez ! Je parie que c'est vous, les noyés !

— Exactement.

— Quelle idée d'embarquer avec Peyo !

— On nous l'a conseillé.

— C'est pas quelqu'un d'ici, c'est pas possible ! Ou alors, c'est qu'il vous voulait du mal ! fit l'homme en riant.

Les enquêteurs échangèrent un regard discret.

De retour à leur QG, Dubroc et Leliège tentèrent d'y voir plus clair :

— On aurait voulu nous faire disparaître ? demanda Dubroc. C'était pas gagné d'avance… La preuve ! Il y avait d'autres moyens, plus sûrs.

— Comme quoi par exemple ?

— Oh, les méthodes ne manquent pas : l'accident de voiture, le poison…

— Et qui vous dit que le cachet que j'ai avalé sur le bateau n'en était pas, du poison ?

— Ah ? Pourquoi pas ? Vous avez bien fait de vous en débarrasser par-dessus bord. Mais à supposer que ce soit vrai, il restait le capitaine Dubroc à éliminer.

— Peyo avait peut-être une arme ? Un taser, par exemple, avec lequel il aurait pu vous immobiliser et vous jeter par-dessus bord.

Dubroc regarda son adjoint avec intérêt.

— Non. Cet homme ne nous connaît pas. Pourquoi aurait-il essayé de nous tuer ? Et puis, il ne peut pas être l'assassin des filles. Il n'a pas la force de transporter un corps, son organisme est rongé par l'alcool, vous l'avez vu comme moi.

— Donc, on peut nous l'avoir recommandé, l'avoir payé même, en croisant les doigts pour que le bateau chavire avec ses trois occupants… supputa Leliège.

— Je verrais plutôt ça comme ça, même si c'est un peu tiré par les cheveux.

— Qui serait le commanditaire ?

— L'assassin.

— Samy ou bien son frère ?

— Davy est bien trop mystérieux pour être honnête, si vous vous voulez mon avis, marmonna Dubroc.

— Samy est bien trop parfait pour être honnête, si vous voulez le mien.

— Ce sont nos deux principaux suspects.

— Vous oubliez Sybille…

— Si vous y tenez, mettons-la sur la liste. Mais à ce compte-là, il faut aussi suspecter Laurine, la petite amie de Samy.

— Pourquoi pas ? Elle pourrait être complice, conclut Leliège.

— Je prendrais bien un verre d'eau gazeuse, pas vous ?

— Non, je ne change pas mes habitudes. J'ai l'estomac fragile, vous l'avez vu.

— Vous pouvez vous en réjouir : le poison ne passera pas par vous !

Dubroc s'était levé pour préparer les verres, lorsque la sonnette du portillon retentit.

— J'y vais, dit-il.

Un homme s'avançait dans la petite allée, une caisse à outils à la main.

— Bonjour, je viens réparer votre portail. C'est Sybille qui m'envoie.

— Parfait. Je vous laisse faire, je ne suis vraiment pas bricoleur.

— Ça ne devrait pas être long. Ne vous dérangez pas.

— Vous êtes du coin ?

— De Capbreton. Je suis à mon compte. Je touche un peu à tout, petite menuiserie, aménagements d'espaces, réparations en tous genres.

— Parfait. On aimerait pouvoir fermer ce portillon qui s'est cassé le jour de notre arrivée.

— Vous repartez bientôt?

— Aucune idée.

— Bon, assez bavardé. Je vais voir le malade. Bonne soirée!

— Bonne soirée.

*

Le lendemain matin, Dubroc partit pour Bordeaux muni du précieux timbre et délesté des 250 euros que Sybille avait pliés et rangés dans son sac. Le capitaine ne les avait pas lâchés sans discussion, mais les arguments de Sybille étaient imparables.

— Ce n'est pas moi qui suis venue chercher votre père. S'il ne veut pas du timbre, qu'il arrête de m'appeler. Ça devient gênant à la fin.

— Il vous appelle souvent?

— Il faut le comprendre. Il est loin. C'est vous qui avez la main. Il s'impatiente. Mettez-vous à sa place...

— C'est lui qui vous a donné mon numéro?

— Bien sûr. Qui d'autre? Il m'a demandé de ne pas vous laisser repartir sans le timbre.

— Jamais il ne m'avait fait ça! C'est à peine croyable.

Dubroc était éberlué par le toupet de son père.

— À son âge, c'est compréhensible, plaida Sybille.

— Et surtout, ça fait bien votre affaire!

Stupéfaite, le visage levé vers lui, elle éleva tout à coup le ton pour se défendre:

— Quoi ? Alors ça ! C'est trop fort. Et venant de vous, un homme plein de classe. En qui j'ai eu confiance au premier regard. J'ai pensé : « Sybille, tu t'entendras avec cet homme-là. »

— Sur le prix du timbre, vous voulez dire ?

Glaciale tout à coup, abandonnant à la fois son ton de reproche et la manivelle de la machine à corder, elle se dressa de tout son mètre soixante pour le toiser :

— Puisque c'est comme ça, je le garde, mon timbre. J'aurais pu le vendre plusieurs fois et sans toutes ces histoires, depuis le temps que vous tergiversez !

— Ça m'étonnerait fort. La cote est surévaluée et vous le savez bien.

— La cote, c'est le vendeur et l'acheteur qui la fixent ensemble.

— Entendu. Je suis d'accord. Fixons-la ensemble, alors.

— Non monsieur, je n'ai qu'un seul client et c'est votre père. On s'est entendu une fois pour toutes, lui et moi.

— Deux cent cinquante euros alors qu'il en vaut à peine vingt-cinq… Allons, soyez raisonnable, Sybille, ça frise l'abus de faiblesse. Ça peut vous mener loin…

— Je me défendrai. Je connais mes droits. Et en ce qui concerne le timbre, c'est l'offre et la demande qui font le prix. Je le remets en vente et puis c'est tout. Et vous direz à votre père qu'il ne m'appelle plus.

Dubroc frémit… Mieux valait rattraper le coup.

— Oh, ne montez pas sur vos grands chevaux ! Ce que vous êtes soupe au lait ! On discute, tous les deux, c'est tout !

— Moi, soupe au lait ? Avec la patience que j'ai et tous les services que je vous ai rendus ? Jamais je n'aurais cru ça de vous, capitaine Dubroc. Un gendarme tout ce qu'il y a de bien. Et le major Leliège aussi. Vraiment, quelle déception...

Que venait faire Leliège entre eux ? La moutarde commençait à lui monter au nez. Mais quelle gnaque ! Elle ne perdait rien pour attendre. Il sortit son portefeuille et lui donna les billets qu'elle rangea aussitôt dans son sac.

— Prenez bien soin du timbre. Il ne manquerait plus qu'il soit abîmé... Je n'aime pas les tracas, moi, lui dit-elle d'un ton menaçant.

Dubroc partit en faisant claquer la porte.

— Une belle emmerdeuse, se dit-il en se frottant les mains. On verra ça à mon retour...

Il chantonnait en quittant Hossegor. Il se souvint que Leliège lui avait installé un CD pour la route. Il reconnut immédiatement les premières mesures...

— « Saturday night fever »... Quel trouduc ! fit-il en éclatant de rire.

14

KEVLAR

Installés à *La Table de Primrose*, le père et le fils, face à face, offraient les mêmes profils. On pouvait sourire à ce tableau et, malgré leurs physiques de tragédiens, rire de ce défaut familial : la proéminence de la lèvre inférieure qui déployait sa corolle vers le menton.

— … alors la balle de Nadal est montée très vite, et son geste a suivi la cadence. Il a fait une boucle raccourcie et un service mi-court, à rebond toujours haut mais plein milieu, comme si son bras gauche se grippait au moment d'en finir. Alors, l'autre… mince, c'est comment déjà son nom… je ne connais que lui… enfin, tu vois de qui je parle… son retour de coup droit atterrit là où il ne fallait pas… et là, il a perdu et il le sait. Nadal le cloue d'un parpaing décroisé. Excellent ! Ah ah ! Il revenait de loin !

Toutes les rides du vieil homme s'animaient à ce souvenir et Dubroc fils se laissait aller à l'attendrissement. La passion de son père pour le tennis était intacte. D'ailleurs, il poursuivait sur son sujet préféré :

— Et la Coupe Davis qui ne rapporte aucun point ATP, alors que l'ATP Cup en rapporte 750 au vainqueur ! explosa-t-il.

Son fils ne se sentait pas le goût d'un énième débat sur la nouvelle formule de la Coupe Davis, ni sur les divers chamboulements du monde du tennis en général. Peu importait à son père qui embrayait sur des réminiscences dont la netteté l'enthousiasmait.

— Je me souviens de tout, c'est incroyable. Alors que je ne peux pas te dire ce que je viens de manger en entrée.

— De l'avocat.

— Ah oui… J'ai eu des joies dans ma vie, tu sais, mais aucune n'a jamais été comparable à ce que j'ai éprouvé en compétition.

Dubroc reçut l'uppercut en pleine poire et son sourire se figea quelque peu. Il avait toujours entendu sa mère vanter l'émotion de son père à sa naissance… Sans doute se berçait-elle d'illusions pour survivre à l'égoïsme de son mari.

— D'abord, il y a le bruit. Quand tu arrives. C'est très spécial. Tu ne te souviens pas ? Tu n'as pas joué assez longtemps pour te souvenir…

— De sept à vingt-sept ans, quand même.

— Ce n'est pas beaucoup… Imagine, j'ai joué pendant soixante ans !

— On le saura…

— Primrose, c'est mon club. Entre 1956 et 1973, on a reçu le National à six reprises ! Et j'ai participé à l'organisation du tournoi ATP Passing Shot de 1979 à 1995. Il y avait ce joueur… ah, son nom m'échappe… et les bruits… Le bruit est différent, que tu joues sur un terrain couvert ou bien à l'extérieur. Et aussi selon la surface. J'ai bien sûr toujours eu un faible pour la terre battue. Ici, il y a dix-sept courts, quinze en terre battue et deux green-sets. Il y a aussi trois mini-tennis et un mur d'entraînement.

— Je sais, papa.

— Et je ne parle pas de la salle de musculation et…

— Tu disais que tu as toujours préféré la terre battue, coupa Dubroc fils.

— C'est tellement agréable. Qu'est-ce que je disais ? Tu m'as coupé la parole !

— Que tu l'avais très bien connu !

— Ah, oui ! J'ai très bien connu Patrice Dominguez. Il a été numéro un français deux fois ! En 1976 et 1978.

— Oui, je sais papa.

— Quand il était tout jeune on l'appelait Monsieur 100 000 volts ! Tu imagines… Tout est là. Un champion, c'est avant tout un type réactif !

— Et explosif, glissa Dubroc.

— Explosif ? Si tu veux… Tu te souviens de… ah, son nom m'échappe… Enfin, tu vois qui je veux dire… le type qui venait à la maison avec sa femme… une blonde qui se teignait en brune je ne sais plus pour quelle raison et que ta mère aimait bien… je me suis toujours demandé ce qu'elle pouvait trouver à lui dire. Enfin bref. Je ne sais plus ce que je voulais dire.

— Le bruit.

— Ah oui ! je ne sais pas si je t'ai déjà parlé du bruit ?

— Euh je cr…

— Le bruit de la balle… le bruit de la balle sur le cordage… *switch*… Quand j'étais entraîneur, je n'avais pas besoin de regarder les échanges. J'écoutais ! Et je savais où était allée la balle.

— Et les applaudissements…

— Ah ça, je dois dire que les applaudissements c'est extraordinaire ! Tu n'as pas connu ça toi, il faut avoir gagné, avoir été porté par la ferveur du public… J'ai eu des joies dans ma vie, tu vois, mais aucune n'a jamais atteint ce que j'ai éprouvé en compétition.

— *Bis repetita.*

— Tu te souviens de… ah mince, son nom m'échappe… un petit assez costaud… il avait une DS 21… non ! Je me trompe : lui, il avait une ID 19. J'ai toujours beaucoup aimé conduire. J'ai eu une Ford Capri coupé. Avec ta mère, on montait dans la voiture et on partait, tout simplement… Elle ne voulait pas que j'ouvre la fenêtre, ça la décoiffait. J'ouvrais quand même.

Il rit à ce souvenir.

Dubroc roulait aussi. Il avait même mis le pilote automatique. Il prenait la tangente, s'écartait des chemins de son enfance.

— Tu sais qu'à une certaine époque, on jouait en espadrilles ? reprenait son père. Tu regarderas les photos qui sont accrochées aux murs, ici à Primrose. Tu verras comme ils étaient élégants, les joueurs.

— Ça ne devait pas être facile de jouer avec ça aux pieds.

— Rien n'était facile, qu'est-ce que tu crois. Les raquettes pesaient une tonne par rapport à celles d'aujourd'hui. Tout a évolué. Les cordes aussi. J'ai commencé à jouer avec le début des cordages synthétiques, dans les années cinquante. D'après les spécialistes, le grand pas des cordes synthétiques a été franchi avec la victoire de Kuerten à Roland-Garros, en 1797 !

— Non, c'est pas possible, papa.

— Comment ça, pas possible ?

— 1797 !

— Hein ? Ah non, 1997 ! Qu'est-ce que je disais ?

— Kuerten et les cordages synthétiques…

— Ah oui : en 1997, grâce à son nouveau cordage, il a pu frapper plus fort, croiser avec des angles raccourcis. Paf ! paf ! Les cordages maintenant, c'est du kevlar entouré de filaments et de silicone. Je l'ai lu dans la revue spécialisée que je reçois, ça s'appelle... ah zut, je ne me souviens plus du nom... enfin, tu sais que je suis abonné.

— Oui, c'est moi qui t'ai abonné.

— ... ou bien du polyester au milieu, avec du polyamide et du polypropylène torsadé. Et les balles ! Elles étaient blanches, pas jaunes ! Elles prenaient la couleur de la surface sur laquelle on jouait... Mais avec l'arrivée de la télé, il a fallu changer ça. À l'écran, on ne les voyait pas ! Alors on les a faites jaunes. On aurait pu les faire rouges. Mais jaunes, c'est quand même beau. Il n'y a rien de plus beau que cette balle qui ressort sur le fond ocre de la terre battue. Mais même sur le dur, c'est beau. Et je vais te dire mieux : quand la balle, qui pourtant est jaune, touche la ligne blanche, eh bien c'est beau aussi !

— Bien sûr que c'est beau.

Le cerveau de Dubroc, depuis quelques bonnes minutes, faisait tourner le corps de Sybille en trois dimensions sur la machine à corder. Et c'était beau.

— Je ne te parle pas du gazon... La ligne blanche est plus large que sur les autres surfaces. Tu t'en souviens peut-être. C'est magnifique. Tu vois, ce que j'aime aussi dans le tennis, c'est la lumière. Les couleurs éclatent. On dirait que tout est plus propre qu'ailleurs. Et l'espace ! Mais le gazon a changé, lui aussi. C'est de l'ivraie maintenant. Ça pousse en brosse, quasiment. La balle est ralentie. Tu penses bien qu'un service à la volée est bien moins intéressant. Avant, le gazon s'usait près du filet ; maintenant, c'est au fond du court qu'il s'use le plus. Alors, entre les cordages, les raquettes et les surfaces, on peut dire que le tennis a bien changé. Je serais déphasé si je jouais aujourd'hui. Mais toi, comme tu as tellement peu pratiqué, puisque tu t'es si peu intéressé à ce sport, alors tu ne l'es peut-être pas ?

La capitaine avait quitté le plancher des vaches. Sybille se prêtait aimablement à ses fantaisies. Ses jambes lui tendaient les bras, se permettait-il de penser, plongé dans de puissants fantasmes, des scènes érotiques salvatrices, indispensables, dont il modulait la puissance au gré des radotages de son père. Chaque semaine, il devait faire mine de recevoir comme des nouveautés ces informations détaillées. À cet instant, il n'avait aucune envie de rejoindre son père sur la terre battue, de peser les avantages et les inconvénients du gazon. Sybille, ses jambes, ses seins… Il soupira.

— Euh… si, si, souffla-t-il, épuisé.

— Ça m'étonne, mais après tout… Madame Martin m'a dit que tu étais bon. Ou bien c'est Leliège ? Je ne me souviens plus. J'ai bien connu son père. C'était quelqu'un ! Je l'ai bien connu. Il n'a jamais fait usage de son pouvoir. Tu sais qu'ils ont une particule ?

— Tu ne sais pas où est ma raquette ?

— Ta raquette ? Non. Il faudrait que je regarde au grenier. Mais il faudra la faire recorder. Je te conseille le kevlar.

— Qu'est-ce que tu as dit ?

— Pardon ?

— Oui, tu parlais du cordage des raquettes… du kevlar.

— Ça a bien changé, oui.

— Mais oui, bien sûr ! s'exclama le capitaine. Je n'y avais pas pensé…

Il revit Sybille et la manivelle de la machine à corder…

— Tu as fini de manger, papa ? Tu veux autre chose ?

— Non. Pourquoi ? Ça y est ? Tu es toujours pressé !

— Il faut que je reparte.

— Attends, on va jeter un coup d'œil aux photos.

— Je les connais, papa ! Je les ai vues cent fois.

— Moi aussi, mais ça me fera plaisir de les revoir, dit le vieil homme en se levant.

Les deux Primrosiens visitèrent les installations que Dubroc père ne manqua pas de commenter et détailler, alors que son fils bouillait d'impatience d'appeler la légiste et de retrouver Leliège pour leur livrer son idée sur l'arme des crimes. La corde à raquette, ce ne pouvait être que ça !

Cette visite à son père, la livraison de ce timbre, que le vieil homme avait eu tant de plaisir à ranger dans son classeur sous l'œil désolé de son fils – 250 euros quand même –, cet aller-retour aurait été d'une grande utilité dans leur enquête.

— Donc, tu es sûr que ce timbre vaut bien ce que tu l'as payé ?

— Évidemment, regarde c'est écrit là.

Et Dubroc vit avec effroi qu'effectivement, il était écrit 250 F.

— Parfait, papa. Si tu es content de ton achat, c'est le principal.

— Content, content… Bien sûr. Mais tu as pris ton temps, comme d'habitude !

— Je n'ai pas que ça à faire, vois-tu…

— Oh, je sais que les cadavres tombent comme à Gravelotte là-bas. Madame Martin, qui est une femme très bien, m'a tenu au courant. Elle m'a dit aussi que tu participais à l'open.

— Eh bien…

— Je vais te donner un conseil.

— Ce n'est pas la peine, papa.

— Mais si ! En plus tu fais équipe avec Leliège. Tu sais ce que j'en pense.

— C'est bon. Vas-y, donne ton conseil.

— Il paraît que tu n'es pas mauvais, m'a dit Madame Martin, et que Leliège serait bon. Admettons. Tu sais ce que je pense de votre équipage.

— Je sais.

— Et que j'ai bien connu son père.

— Ça… je ne risque pas de l'oublier.

— Ce que tu ne sais pas, c'est que son père c'était quelqu'un !

— Cent fois, tu me l'as dit…

— Je l'ai bien connu. Il n'a jamais fait usage de son pouvoir. Tu sais qu'ils ont une particule ?

Le rappel de la particule des Leliège sonnait en général le bout du bout de la patience de Dubroc fils. Il n'en pouvait plus, cette fois encore. La particule ! Il eut beau convoquer toutes les particules de patience que recelait son corps, il finit par exploser, en sourdine toutefois.

— Mais enfin, papa ! Je sais tout des Leliège, de long en large ! Leur particule, leur fortune, leur manoir, leurs vacances, la réussite de leurs enfants et de leurs petits-enfants, leurs écoles, tout !

— Et le seul qui n'ait pas réussi, c'est ton Hervé ! triompha le vieil homme.

— Ce n'est pas mon Hervé ! Et quand même, il est APJ !

— Il a toujours été choyé, dorloté. Les pauvres Leliège, ils ont vu le résultat… APJ ? Tu parles d'une carrière… Avec un frère secrétaire d'État…

— Qui a échappé de peu à la prison, souffla Dubroc fils.

— Enfin… sois patient avec lui. J'ai toujours pensé qu'il était un peu attardé.

La physionomie du capitaine Dubroc avait tout à coup quelque chose du panda. Les yeux cernés sans doute…

— Tu veux un peu de vin, papa ?

— Non, merci. Un verre à midi, ça me suffit. Comment crois-tu que je reste en forme ? Une heure de gym le matin et un verre de bordeaux à midi ! Pour en revenir à l'open, puisque vous y participez, vous devez mettre toutes les chances de votre côté pour les écraser…

— Oh, c'est surtout pour participer.

— Vous devez gagner ! Tu m'entends ? Gagner !

Et Dubroc père prit un papier et un crayon et expliqua dans les détails à son fils comment vaincre l'adversaire.

*

Le retour lui parut éternel. Il eut tout le loisir de réfléchir à sa découverte. L'arme du crime était probablement du cordage de raquette. De là à penser que les homicides étaient ceux d'un tennisman, il y avait un grand pas qu'il ne voulait toutefois pas franchir. Il tenta de joindre Leliège, mais ce dernier devait mener ses visites chez les commerçants avec son téléphone sur vibreur au fond de sa poche…

Quant à la légiste, en réponse à sa question, elle lui confirma que les deux sortes de liens qui avaient servi à étrangler les premières victimes pouvaient très bien être de la corde de raquette.

— On a récupéré le drap dans lequel le corps a été enroulé. Rien de particulier à signaler, il s'agit du même que les deux autres, précisa-t-elle avant de raccrocher.

Enfin, Leliège finit par appeler.

— C'est pas trop tôt ! Mettez donc la sonnerie !

— Ça va, votre père ? Il était content de son timbre ? répondit le major.

— Je crois que j'ai trouvé l'arme dont se sert l'assassin...

— À Bordeaux ?

— Du cordage de raquette, ça vous parle ?

Le major marqua un temps de silence.

— Allô ! Bon sang, vous êtes là Leliège ?

— Oui. Je réfléchissais.

— Alors ?

— La lanceuse de marteau, patron. Un faisceau d'indices. On y est...

— Pff... Vous me les brisez, Leliège ! Et le dîner de demain, vous avez pensé à commander des plats ? Ça a donné quoi vos interrogatoires en ville ?

— Rien sur Sybille.

— Faites le malin tant que je suis en voiture...

— Allô ? je ne vous entends pas bien...

— Bon sang, j'ai eu une journée épuisante ! Alors, ménagez-moi, bordel de merde !

— C'est tendu, patron.

— Évidemment que c'est tendu ! Vous me mettez les nerfs en pelote !

— Non, je veux dire en ville. C'est tendu.

— Ah bon ? Pourquoi ?

— L'histoire des baux précaires.

— Je ne vous suis pas...

— Le commerce. Les sédentaires qui sont là à l'année font des jaloux. Et les non-sédentaires qui vont ici et là avec leur camelote font des jaloux aussi.

— À vous écouter, dans cette histoire, tout le monde est jaloux ?

— C'est ce que je vous dis. C'est tendu.

— Vous m'expliquerez ça en détail. Je vais passer au club de tennis en rentrant. On se retrouve à la maison. Du neuf à propos des victimes ?

— La fille du Bouret a été identifiée. Son téléphone est introuvable, mais comme celui des deux autres, vers une heure du matin la nuit du décès, il a servi à expédier un SMS rassurant à des proches.

— Quel profil ?

— Le même que les deux autres, patron. Ingrid Dutoy, vingt-deux ans.

— Pas de la région ?

— Non. Sa famille est à Clermont-Ferrand. Elle venait de commencer à travailler dans une boutique du centre-ville, *Betty Boop*.

— Qui a donné l'alerte ?

— Les patrons. Ils ont fait le rapprochement entre le cadavre du golf dont tout le monde parlait et l'absence de leur vendeuse. Ils ont appelé la gendarmerie.

— Vous les avez travaillés ? La petite ne leur a rien confié ?

— Si. Elle devait voir quelqu'un le jour de sa disparition.

— Ah. Un homme ?

— Ils ne savent pas. La fille a juste dit qu'elle avait commencé à faire des connaissances.

— C'est tout ?

— C'est tout.

— Elle était seule au monde à part ça ? Enfin, disons, au moins dans la région ?

— Affirmatif, elle ne connaissait personne et logeait dans une maison occupée seulement l'été, avenue des Fauvettes, entre lac et mer. Donc les trois avaient le même profil. Elles arrivaient dans la région, ne connaissaient personne et vivaient seules.

— Et elles étaient belles. Celle-ci aussi ? Vous avez la photo ?

— Oui, pareil. Une jolie fille avec des cheveux longs.

Il y eut un silence que Leliège rompit d'un ton enjoué :

— Comment va votre père ?

— Comme d'hab. Il est au courant pour le tournoi… il ne va plus me lâcher.

— Pourquoi le lui avoir dit ?

— Vous pensez bien que c'est pas moi ! hurla Dubroc en tapant sur son volant.

— Encore un coup de Sybille ! triompha Leliège.

Dubroc lui raccrocha au nez, excédé.

Peu à peu, il se calma et finit par penser que le major avait peut-être raison sur ce point ; cette femme avait régenté leur vie. Le capitaine devait bien reconnaître qu'ils étaient, Leliège et lui, comme deux chèvres attachées à un pieu. Depuis leur arrivée, ils broutaient l'herbe qu'elle mettait à leur disposition…

15

BETTY BOOP

En arrivant au club de tennis d'Hossegor, Dubroc s'assit au comptoir en soufflant :

— Je prendrais bien un café ! Quelle journée...

Sybille s'exécuta de mauvaise grâce. De toute évidence, ils étaient brouillés.

— Mon père vous remercie, au fait. Il était enchanté du timbre.

— Ça ne m'étonne pas, répondit Sybille. Il s'y connaît, lui...

— Question philatélie, oui. Pas pour la monnaie.

— Je ne m'occupe pas de numismatique.

— Oh, je ne parlais pas d'une passion de collectionneur !

— Alors quoi ?

— C'est juste qu'il confond les francs et les euros.

— Encore ! Vous en êtes resté là ? Buté comme... comme... enfin, buté, quoi.

— Mais non ! Pas de souci... En fait, je m'en fiche. Alors, vous ne boudez plus ?

— C'est que vous êtes parfois pénible, capitaine, soupira Sybille en lui servant son café.

— Oublions ça… On dîne demain soir, vous n'avez pas oublié ?

— Samy viendra seul, au fait.

— Tant pis pour les deux autres. Le principal c'est que vous soyez là, répondit Dubroc.

Le vouvoiement avait des avantages… Il espérait qu'elle prendrait le *vous* pour elle. Comme Sybille ne bronchait pas, il se tourna vers la machine à corder et remarqua :

— Vous la laissez là en permanence ?

— Oui, pourquoi ?

— J'allais vous demander pourquoi, justement !

— On y voit clair ici, juste derrière la baie vitrée, ce qui est pratique pour recorder les raquettes. Et puis, ça donne l'idée aux joueurs de faire appel à nous.

— Le stock de corde, il est où ? Vous n'en laissez pas traîner sur la machine, pour qu'on puisse voir quel matériel vous utilisez ?

— Bof, la plupart des joueurs nous font confiance sur la qualité. Et puis, ça l'abîmerait de traîner au soleil.

— Elle est bien rangée ? À température ? Dans un frigo, une cave ?

— Non, on la met là, dans ce placard, derrière moi.

Dubroc vit qu'il était fermé, mais que la clé était dans la serrure.

— C'est quoi comme matériau ? poursuivit-il. Kevlar ? Microfilaments ? Qui s'occupe de ça ?

— C'est moi. Pourquoi ?

— Parce que je trouve que ma raquette n'est pas terrible. Leliège c'est pareil.

— Ah bon ? Il faut me les apporter. Je regarderai. Je vous les referai. C'est capital, le cordage. On dit que c'est le moteur de la raquette.

— À ce point ? C'est toujours vous qui recordez ?

— La plupart du temps, oui.

— C'est difficile ?

— Non, ça s'apprend, c'est comme tout.

— Vous avez appris ici ?

— Non, j'ai travaillé longtemps dans un magasin de sport, il y a des années. Quelle que soit la machine, pour un bon résultat, il faut savoir changer les œillets, vérifier les passages de corde, la mise en tension de chaque corde séparément…

— C'est technique, apprécia Dubroc.

— Et puis maintenant, il y a l'hybride. C'est l'avenir.

— Ah bon ? Pourquoi ? C'est quoi l'hybride ?

— Une façon de monter qui utilise deux cordages différents : l'un pour les montants, l'autre pour les travers. Après, il y a des finesses. À la base, on pose un cordage mono filament sur les montants et un cordage en boyau naturel ou multifilament sur les travers. Le but, c'est d'avoir le confort allié à la solidité. Du boyau, je n'en ai pas souvent monté ; c'est trop cher et ça casse. Ce qui est pas mal, c'est un polyester structuré ou rond dans les montants avec un cordage multifilament dans les travers. Mais ça dépend des joueurs.

Dubroc notait le sérieux de Sybille dans ses explications. Jamais l'assassin n'aurait donné tant de détails, surtout avec tant d'obligeance, sur l'arme du crime ! Leliège repasserait… En aucun cas, elle ne pouvait être la complice du tueur, ni lui avoir fourni la corde pour étranger ses victimes ; elle aurait montré de la nervosité aux questions du capitaine. Non, Sybille était blanche comme l'agneau.

— C'est intéressant le cordage, reprit-elle. J'ai visité une usine. Pour comprendre, il n'y a rien de mieux. Une fois que le fil est fabriqué, c'est là que tout commence. Si on le mettait sur la raquette tel quel, il casserait, alors il faut le tordre pour qu'il soit plus résistant, plus élastique.

— C'est vous qui le faites ?

Elle éclata de rire.

— Mais non ! C'est fait en usine ! On y ajoute des gainages, très fins, des couches de 2/100e d'épaisseur qui recouvrent ce qu'on appelle l'âme tordue.

— L'âme tordue ?

— Ça vous plaît ça, hein ? J'en étais sûre, plaisanta-t-elle.

— Ma foi, c'est évocateur...

— Ça colore la corde qui est ensuite marquée.

— Comment ça, marquée ?

— Avec un numéro.

— Je vois. Pour la traçabilité ?

— Oui. Après, on y met de la silicone pour qu'elle glisse mieux et que le cordeur ne s'en voie pas trop quand il corde. Et voilà.

— Elle est conditionnée comment ?

— Ils l'embobinent sur des tourets de dix mille mètres et puis ils la conditionnent par douzaines de mètres, ou encore en bobines de deux cents mètres.

— Vous connaissez ça par cœur ! C'est incroyable...

— Tout m'intéresse. Surtout la fabrication ! Je visite des usines comme d'autres vont au musée. J'aime l'odeur des machines et puis je trouve que c'est beau de voir naître un objet ou un produit. Ensuite, on le connaît de l'intérieur. On est presque devenu un technicien soi-même, on connaît les mots. Disons plutôt qu'on les retient. Ils s'inscrivent dans notre cerveau !

— Quels mots, par exemple ?

— Euh… eh bien… par exemple pour la corde, au lieu de parler de son diamètre, on dit *sa jauge*.

Formidable. Quelle femme étonnante ! Dubroc repartait de plus belle dans ses projets amoureux. Leur dîner marquerait le début de sa relation avec Sybille. Le capitaine n'avait aucune envie de la brancher, là, au club-house. Quelqu'un pouvait être dans les vestiaires et profiter de leur conversation. Inutile de se donner en spectacle.

Comme pour lui donner raison, un joueur longea les baies vitrées. Il sortait visiblement de la douche. Quant à sa tenue, la mode hossegorienne n'était pas celle de Pau ni de Bordeaux, Dubroc l'avait constaté. Sybille elle-même, mis à part son pull aux reflets aquatiques, sacrifiait au sportswear. Peut-être les enquêteurs eux-mêmes devraient-ils faire un effort pour se fondre parmi les autochtones ? Il faudrait en parler à Leliège.

Sybille se passionnait pour le cordage au point de visiter une usine. Qu'en penserait le soupçonneux major ?

*

Dubroc choisit de faire un tour en ville avant de rentrer. Il roulait lentement et passait en revue les vitrines aguichantes qui contrastaient avec les volets baissés. Une enseigne attira son attention.

— *Betty Boop*…

La porte de cette boutique de vêtements et d'accessoires s'ornait d'un panneau hâtivement écrit en gros et au feutre à alcool *Fermé pour la journée.* « Pour cause de décès » aurait été plus précis. Les propriétaires étaient sans doute occupés à l'intérieur, car il vit des silhouettes éclairées par la lumière des néons.

Il passa devant la librairie où Leliège achetait le journal *Sud Ouest*, franchit le pont Mercedes et prit l'avenue du Lac pour rentrer chez lui. Il n'aurait su dire d'où lui venait ce sentiment de quiétude. Ces affaires d'homicides n'étaient pourtant pas plaisantes ! Mais la compagnie de Leliège lui était bénéfique en dépit de leur relation faussée par un historique familial dont ils n'étaient pas responsables. Qui aurait-il pour adjoint lorsque le major aurait pris sa retraite ? Un inconnu avec lequel il n'aurait aucune affinité ? Un type carré, à cheval sur des principes à la noix, pointilleux sur tous les règlements de la terre, ça se voyait tous les jours des mecs comme ça, sur la brèche, efficace, zélé, sans états d'âme ? Un emmerdeur de première qui se ferait un plaisir de souligner ses défauts à lui, Dubroc !

Il le savait bien, qu'il n'était pas parfait. Mais il obtenait des résultats. Ah, bien sûr, les cadavres fleurissaient en ce moment… Le printemps, tout comme la lune, aidait parfois la folie à germer. Mais lui, Dubroc, ne faisait-il pas le maximum pour trouver l'assassin ? Ce tueur en série, car il fallait bien appeler un chat un chat, connaissait leurs faits et gestes, il en avait la conviction. Ils étaient, Leliège et lui, devenus très visibles. Ils étaient éclatants, se détachaient sur le paysage, aussi bien en voiture qu'à pied ou à vélo. Cette idée ne le quittait pas. Ils devaient s'en servir comme d'un atout. Retourner cette faille en atout. De voyants, ils devaient devenir éblouissants. Et crac, aveuglé, le tueur tomberait dans le panneau.

— Et quel panneau ? dit-il tout en haut en laissant glisser sa voiture au garage, juste à côté de celle de son adjoint.

Il n'en savait rien. Mais il allait trouver. Il pouvait compter sur Leliège ; son père avait beau le considérer comme un pauvre garçon, il ne connaissait pas les ressources de ce fin stratège dont l'art consistait justement à se faire passer à longueur d'année pour moins que l'autre, et peu importait quel autre, afin de mieux l'étudier et finir par prendre le dessus, crac !

Pas plus tard que tout de suite, ils allaient s'installer dans leur QG. Tout serait mis à plat. Dubroc ferait un plan et positionnerait les indices, les informations, même les plus banales. Là-dessus, Leliège ajouterait ses élucubrations, ses impressions, toutes ces petites choses anodines que l'œil enregistre sans les analyser. Le major était un as pour ça. Bien sûr, il allait souvent trop loin, grossissait le trait au gré de son imagination, alors Dubroc montait dans les tours, fulminait, le mettait plus bas que terre… trouduc. Enfin, au terme de ces séances éprouvantes pour eux deux, jaillissait tout à coup une petite lueur. Oh, rien d'extraordinaire, non, juste le petit bout d'un fil qu'ils tiraient ensuite à deux, très délicatement, et au bout duquel se trouvait le coupable.

Ce fil, il le tenait. Le cordage des raquettes que manipulait Sybille sur la machine à corder, et peut-être pas uniquement là… signait le début de sa fin pour le tueur.

Leliège n'était pas à la maison. Dubroc en fut étonné et déçu. Sans doute était-il parti chercher de quoi manger pour leur permettre de travailler sur place. Et Dubroc ne lui avait-il pas raccroché au nez ? Il n'avait pas eu le temps de lui détailler ses projets. Sur leur bureau, aucune nouveauté… Pour être franc, tout à coup, Dubroc était inquiet.

Il patienta un quart d'heure, puis se décida à prendre son vélo pour se rendre chez *Betty Boop*. Leliège y était passé, il l'avait dit. Les gérants l'avaient peut-être revu ensuite. Le VTT de Leliège n'était pas avec le sien. C'était bon signe. Il ne pouvait être loin.

Dubroc gagna rapidement l'avenue du Touring Club, malgré une petite brise qui venait de face. La marée montait, aussi décida-t-il de longer le canal pour voir l'entrée des eaux marines dans celles du lac, un spectacle naturel et troublant, d'une force implacable. Sur le pont, pas un seul pêcheur. Il longea le parvis, prit la passerelle et gagna l'avenue Pasteur. En passant devant l'église, il remarqua qu'elle était orientée à l'ouest. Sa construction devait dater des années cinquante. C'était un beau bâtiment à l'allure solide et élégante. En cette toute fin d'après-midi, les commerçants baissaient leurs rideaux et s'interpellaient depuis le pas de leurs portes : la journée avait-elle été bonne ? Il traversa l'avenue Paul Lahary et fit le tour de la place des Pins Tranquilles. Tout y était effectivement tranquille ! Avenue du Touring Club, il stoppa devant la vitrine de *Betty Boop*. L'écriteau était toujours à sa place, mais quelle fut sa surprise lorsque, collant son visage sur la porte vitrée, il aperçut Leliège, chemise ouverte, en train de se reculotter.

— Il est devenu fou ? grommela-t-il en frappant à la porte.

— Ah, voilà le capitaine Dubroc, s'exclama le major tout sourire.

— Qu'est-ce qu'il se passe ici ? Vous vous déguisez ? C'est atelier théâtre ?

Leliège tendit le bras vers les deux commerçants :

— Je vous présente Armand et Odilon Dumoulin, les gérants de la boutique. Les patrons d'Ingrid…

— Les gérants ? Ah, oui, bien. La boutique… D'accord. Vêtements et accessoires pour homme, c'est ça ?

— On ne peut rien vous cacher, mon capitaine ! fit Armand Dumoulin.

— Vous pourriez toujours essayer, mais vous n'y arriveriez pas longtemps…

Les deux commerçants se raidirent dans un même mouvement.

— Armand a dit ça comme ça, mon capitaine, plaida Odilon. Évidemment nous n'avons rien à vous cacher, au contraire, nous souhaitons que la lumière soit faite sur le meurtre d'Ingrid.

— « Mon », c'est trop !

— Pardon ?

— « Capitaine » suffit pour vous adresser à moi. Je ne suis pas votre capitaine.

— Ah, on ne savait pas.

— Aucune importance, intervint le major d'un ton enjoué.

— Bon. Poursuivez ce que vous étiez en train de faire. Je vous ai interrompu, Leliège ?

— Oh, c'était juste une séance d'essayage. J'ai pensé… enfin, il m'a semblé, qu'ici, à Hossegor, avec nos vélos, et puis le tennis et tout ça, on serait plus à l'aise avec des tenues qui ressemblent à celles que portent les gens d'ici. Vous voyez, ça par exemple…

Leliège désignait un pantalon de toile molle avec un lien à la taille et un sweat à capuche épais dont les poches surdimensionnées pouvaient aisément dissimuler un bébé kangourou.

Odilon saisit un tee-shirt et l'approcha de manière à souligner l'accord des trois pièces.

— Pas mal, non ?

Il y ajouta une paire de chaussures bateau en toile bise et un chèche azuréen.

— Qu'est-ce que vous en pensez ? demanda Armand.

Dubroc n'était pas emballé. Son projet était de devenir encore plus voyant, celui de Leliège de se fondre dans le paysage.

— Vous le mettrez où, votre brassard, Leliège ?

— Là ! indiqua le major.

Odilon prit la parole sur le mode je-ne-voudrais-pas-me-mêler-de-ce-qui-ne-me-regarde-pas-mais :

— Habillés comme ça, vous serez dans la note.

— C'est exact et ce que je me disais. Et ça fait combien, la note ?

— On se fondra dans le paysage, coupa Leliège.

— J'ai bien compris, Leliège !

— Bon. Je vais essayer tout ça. On pourra se faire une idée plus précise. J'ai déjà essayé ce qui se trouve sur le comptoir. Je me sens très bien là-dedans. Plus libre de mes mouvements. Vous devriez passer un pantalon et un sweat-shirt.

Leliège lui coupait l'herbe sous le pied. Il était plus rapide. Plus explosif, aurait dit Samy. Non. Dubroc ne pouvait pas se laisser prendre de vitesse par son adjoint plusieurs fois de suite ! Les vélos, le timbre, les fringues, et puis quoi encore ? Il devait faire preuve de réactivité, voilà. Il parcourut les portants. Les cintres grinçaient sous ses coups de patte impatients. Il voulait quelque chose de plus percutant, de plus branché que le choix de son adjoint. Bref. Ils seraient tantôt hyper voyants, tantôt invisibles.

— Ça, vous l'avez à ma taille ?

— Armand, tu regardes dans la réserve ? C'est un modèle que nous venons de recevoir de chez Nice Thug. Quand on a vu le défilé avec Armand, on s'est dit : « Ça, c'est pour nous ! » Vous pouvez l'assortir à ça et aussi à ça. C'est flatteur pour un brun. Question ligne, tout le monde ne peut pas se le permettre...

Les enquêteurs se retrouvèrent ensemble devant un grand miroir.

— Je suis à l'aise dans ce pantalon, plus que dans un jeans, affirma Dubroc. Un peu comme dans un pyjama.

— Ça vous va bien, en plus, apprécia Leliège.

— On va passer inaperçu, vous croyez ?

— Si j'étais vous, je prendrais l'autre, il est quand même plus discret, conseilla Odilon.

Armand dépliait et repliait. La boutique était fermée, mais la journée serait excellente malgré tout. Elle avait pourtant bien mal commencé...

— Vous avez vraiment besoin d'une vendeuse ? Vous êtes deux... ça ne suffit pas ? demanda Dubroc lorsqu'ils furent à la caisse.

— En saison, ce sera trop juste. On ne peut pas faire la journée continue tous les deux en même temps. C'est trop dur. Il faut pouvoir souffler et se faire remplacer.

— Vous habitez où ?

— Entre lac et mer, répondit Leliège. J'ai posé déjà pas mal de questions à ces messieurs...

— Vous avez un chien ?

— Non, pourquoi ? demanda Armand décontenancé.

— Comme ça...

Dubroc s'achemina vers la porte, tandis que ses derniers mots résonnaient étrangement aux oreilles des commerçants.

— Vous pensez qu'elle avait quelqu'un Ingrid ? demanda-t-il encore en se retournant.

— C'est possible, murmura un Odilon médusé. Elle avait rendez-vous, en tout cas…

— Si quelque chose vous revient, n'hésitez pas ! C'est quoi ça ? interrogea Dubroc en désignant une dizaine de contraventions épinglées au mur.

— Nos prunes. Pas moyen de se garer. Notre bail est déjà assez cher ! En plus, on nous fait payer le stationnement…

— Un bail précaire ?

— Oui. Heureusement, le propriétaire est arrangeant. En saison, il y a pas mal de concurrence, ici. En plus, il y a le marché.

— Il vous fait concurrence, le marché ?

— Bien sûr. On a arrêté les espadrilles, par exemple.

— Oui, on faisait de l'espadrille pour homme, renchérit Armand. On a arrêté. Ils cassent les prix. Ils n'ont pas les mêmes charges que nous.

Dès qu'ils furent sur leurs vélos, Dubroc dit à Leliège :

— Il faut qu'on aille voir Samy au marché.

Leliège se réjouissait.

— On les a bien amadoués, patron ! On s'est fait deux copains.

— Vous voulez qu'on les invite demain soir ? ricana Dubroc. On ne sera que quatre. Laurine et le frangin ont décliné.

— Je vois. Ça fait bien votre affaire…

— Si vous croyez que je laisse les circonstances diriger ma vie, vous vous mettez le doigt dans l'œil.

— Tout est prévu, alors ?

— J'ai oublié de vous dire que vous dormez chez vos amis de Soustons.

— Demain soir ?

— Oui. Un peu d'intimité ne nous fera pas de mal.

— Intimité ! Chez mes amis, je dors dans le salon, figurez-vous…

— Je parlais de notre intimité, à Sybille et moi.

16

BRAINSTORMING

Une fois arrivés à leur QG, les deux gendarmes reprirent le cours de leur enquête.

— Sinon, vous avez vu tout le monde pendant votre périple ? Il ne faut pas oublier de se pencher sur le cas du frère de Samy, rappela Dubroc.

— Et sur celui de Samy ?

— Il n'a pas le profil.

— On en a connu qui ne l'avaient pas.

— C'est vrai. Comme vous voudrez.

— J'ai vu les parents des victimes et j'ai aussi fait des visites aux Marchand et chez *Betty Boop*. Je vous ai laissé les patrons du food truck.

— Bien ! Moi aussi j'aime cuisiner. Alors, du neuf ?

— Les parents de Jessica sont séparés depuis des années. Ils ont refait leur vie chacun de leur côté, avec conjoints et enfants. Jessica était l'aînée de cinq demi-frères et sœurs. D'après ce que j'ai déduit de leurs propos, elle s'est pas mal occupée de toute cette marmaille et a été responsabilisée très tôt : « Occupe-toi d'eux ! », « Tu dois montrer l'exemple ! », etc.

— Elle le vivait bien ?

— D'après eux, oui. Le père m'a paru ouvert et peut-être plus proche de sa fille que la mère.

— Quel genre ?

— Elle ? Débordée par son travail et ses gosses.

— Ils font quoi dans la vie ?

— Commerçants. Lui a une cave à vins ; elle, une boutique de bijoux fantaisie franchisée.

— Leur emploi du temps a été vérifié ?

— Oui. Et tels que je les ai vus, ils ne sont pour rien dans cette horreur. C'était des parents très aimants. Mais pas disponibles. Ils culpabilisent.

Dubroc observa son collègue. Leliège pensait à sa fille, c'était évident. Ces affaires de viol et de meurtres sur des jeunes femmes devaient lui être plus pénibles que le reste. Le capitaine devait reconnaître que son comparse gardait toujours son sang-froid. Jamais il n'exprimait la moindre colère ni la moindre haine.

— Quelque chose sur la famille d'Amandine ?

— On passe dans un autre univers, patron.

— Vous m'emmerdez avec vos « patron ».

— Ils ne sont qu'amour.

— Pardon ?

— Les parents. Ils aimaient tellement leur fille qu'ils ne voulaient pas la laisser partir. Bien sûr, elle n'attendait que ça.

— Classique.

— Elle avait des copains. Ils le supportaient mal.

— Nombreux, les petits amis ?

— Amandine conjuguait au masculin pluriel.

— Elle cherchait de l'air… Sur une application, peut-être ?

— Tinder.

— Eh ben, on va chercher de ce côté-là ! On a l'IMEI[1] ?

— Oui. On aura bientôt l'historique.

— La géolocalisation ?

— Non. Probable qu'il soit éteint. À ce propos, les recherches sont en cours pour les deux autres aussi.

— Elles étaient aussi sur cette appli ?

— Ingrid se servait de Tinder et Jessica de Happn.

Dubroc souffla.

— Ce que vous pouvez être brouillon, mon vieux ! On en est à Amandine et vous me parlez d'Ingrid et de Jessica...

— Bref, les parents d'Amandine sont installés à Nancy où ils ont leur affaire.

— Une affaire de quoi ?

— Un gros magasin de chaussures.

— Des frères et sœurs ?

— Un petit frère de quatorze ans.

Dubroc notait sur des post-it les éléments que lui donnait le major, puis il les collait sur une frise.

— À propos d'Ingrid, les Dutoy sont arrivés très vite. Je les ai vus en premier. Des gens qui m'ont paru équilibrés, malgré la commotion.

— Je me méfie des gens équilibrés. Vous aussi d'ailleurs, non ?

— Ils n'ont pas compris la décision de leur fille de quitter le garçon avec lequel elle vivait depuis plusieurs années. Elle avait aussi quitté son travail. Une bonne place, d'après ce qu'ils en disent. Bref, elle a tout plaqué.

— D'où ils sont ?

— Clermont-Ferrand.

— L'appel de la côte ?

1. Numéro d'identification d'un téléphone portable.

— Même pas. Elle a commencé par un tour de Corse, sac à dos, avec une copine.

— Quand ?

— En octobre dernier. Quand elle est revenue, elle leur a dit qu'elle changeait d'air.

— Elle a donné des raisons ?

— Grosso modo, elle se trouvait trop jeune pour s'embourgeoiser.

— Un sursaut qui lui aura été fatal. C'est tout ?

— Du côté des Marchand, à la Résidence du *Gouf*, j'ai vu la nouvelle réceptionniste en formation.

— Vous l'avez interrogée ?

— Oui. Elle est née à Capbreton, de parents capbretonnais.

— De quoi rassurer les gérants.

— Exactement. Le reste n'a pas d'intérêt. Quant au couple, je les ai entendus ensemble.

— Ils se bouffent le nez ?

— Non. Je confirmerais plutôt la relation charnelle forte qui s'étendrait jusqu'au travail où elle trouverait son apothéose.

— Euh… et sans le cryptage canal+ ?

— Pour faire court…

— Si possible, oui.

— … ma main au feu qu'ils passent la moitié de leur vie au pieu, l'autre à bosser en se tripotant.

La poigne de l'envie serra divers organes de Dubroc. Ainsi, ce Didier ventripotent au débit intarissable avait trouvé une Claudine à sa mesure, et réciproquement. La gérante, malgré ses atouts, n'était pas le genre du capitaine, mais au stade où il en était de son abstinence forcée… il s'en serait contenté. Dans le même temps, cet exemple lui redonnait confiance en l'avenir. Il était urgent pour lui de tenter sa chance avec Sybille.

Il se leva et s'étira.

Leliège se dirigea vers sa chambre. Il revint avec une feuille de papier.

— Si vous êtes disponible, je peux vous lire mon poème, patron.

— Bonne idée. Ça nous reposera les méninges.

— Je l'ai appelé *Le Lac.*

— Jusque-là, rien à dire, persifla Dubroc.

Leliège, debout, une main dans la poche de son nouveau pantalon, se mit à lire :

Le Lac

Le lac baille,
Fait voir sa gorge verte
Par sa paupière ouverte.
Il a de grands cils de pins
Peignés par la brise
Et une barbe d'herbe grise.
Affalé sur le sable
Il s'ennuie c'est sûr,
Seul, cloué par l'azur.
Et la grande huître baille,
Sans cesse à enfiler des perles
Comme sur les fils les merles.
L'oiseau en habit,
Noir justaucorps,
Le corps mouvant, dort.
Assez de matins !
Encore un jour qui naît
De derrière le Rey…

— C'est tout ? s'exclama le capitaine.

— Oui. Pourquoi ?

— Trop court. Pour une fois, je reste sur ma faim, mon vieux.

— C'est un compliment ?

— Prenez-le comme vous voudrez. C'est trop court, point barre.

— Je vais voir ce que je peux faire. Il me semble que j'ai tout dit…

— Tout dit ! Un peu d'ambition, diantre ! Inspirez-vous de Leconte de Lisle ! *Midi, Roi des étés*… patati, patata… Huit strophes avec des bœufs blancs, des fanons épais, des épis lourds et pour finir… le Néant divin avec un grand N ! En voilà de la dimension ! Ça a de la gueule !

— Vous me citez toujours le même poème ! Y a pas que Leconte de Lisle !

— Je fais ce que je peux. Ce n'est pas de ma faute si je n'ai retenu que celui-là. C'est ma référence.

— Bon. Je vais creuser. C'est vrai qu'il est court, le mien.

— Mais oui ! Que voulez-vous, c'est votre défaut. Vous vous économisez. Vous ne faites que le strict nécessaire. Ce n'est pas comme ça que vous serez couronné aux jeux floraux ! Il y a de la concurrence, je vous le dis. Des petits vieux qui font de la poésie, la nuit, en regardant la lune, enroulés dans une robe de chambre, il y en a des paquets ! Il va falloir vous bouger un peu. *Le Lac*, c'est vingt strophes au minimum !

— Vingt…

— Ajoutez donc des animaux et puis des plantes, vous qui aimez ça. Il a bien mis des bœufs blancs et des épis lourds, Leconte ! Ne vous gênez pas.

— Oui, je vois ce que vous voulez dire. Merci pour vos conseils.

— De rien. Si je peux aider... Au moins, vous avez avancé pendant que mon vieux père me faisait la conversation.

— Il était en forme ?

— À chaque fois un peu plus ! Il aura ma peau.

— Ne dites pas ça. Les parents, c'est important.

— Pff. Du Leliège dans le texte. Bref. Grâce à ce que vous avez appris, j'y vois plus clair.

— Un prédateur ?

— Quand je compare ces trois profils, je constate que ce sont toutes les trois des filles de commerçants.

— Oui, je l'ai remarqué aussi. Et qu'elles ont toutes les trois les cheveux longs avec un physique un peu similaire. Ceci dit, les filles d'aujourd'hui se ressemblent un peu toutes.

— La mode...

— Ma fille aussi a les cheveux longs.

— Et la copine de Samy aussi.

— À part ça, nos trois victimes recrutent sur les applis de rencontres.

— Dans des buts qui peuvent être différents, mais le résultat reste le même. On les retrouve comme vous savez...

— À ce propos, pour cette histoire de corde, patron...

— Eh bien, j'en ai acquis la certitude. C'est l'arme du crime. Je suis passé au club-house au retour, j'ai vu Sybille.

— Ce n'est plus de la passion, c'est de la rage !

— Votre gueule Leliège ! Sybille corde les raquettes...

Leliège se prit la tête dans les mains d'un air désespéré.

— Oh, c'est pas vrai… Désolé, patron. C'est dur à avaler, je vous comprends.

— Vous rigolez, mon vieux ! Vous ne croyez quand même pas, avec toutes les explications qu'elle m'a données, que c'est elle qui étrangle ces filles et les sème par-ci par-là ?

— Qu'est-ce qu'il a dit du timbre, votre père, au fait ?

Dubroc le regarda par en dessous avec un petit sourire.

— À ce propos, j'ai un coup fumant à vous expliquer. Figurez-vous qu'on doit gagner.

— Le tournoi ? Eh, oh ! Doucement, les basses ! Au début, on ne faisait que participer, pour nous infiltrer dans la population. Vous me l'avez vendu comme ça ! Je participe, c'est déjà bien.

— Si on ne gagne pas, ce sera l'enfer pour moi.

— Vous vous êtes précipité tête baissée dans cet open et maintenant vous voyez les problèmes qui risquent de vous tomber dessus.

— … de *nous* tomber dessus !

— Non, j'y suis pour rien, moi.

— Quand mon père est odieux, c'est plus fort que moi, il faut que ça se reporte sur quelqu'un. Je suis caractériel, vous le savez. Je n'ai malheureusement pas de famille. Je n'ai que vous, Leliège…

— Du chantage ! C'est sanctionné par la loi. Le harcèlement moral est un délit pénal puni de deux ans de prison et trente mille euros d'amende, article 222-33-2 du Code pénal.

— Mettez-vous là, je vais vous expliquer.

— Là ?

— Non, ici ! Écoutez-moi. C'est simple. On va mettre au point un coup, un seul coup. Et avec ça, on gagnera.

— Ben voyons…

— Mon père me l'a expliqué. Imparable. Mais votre rôle sera capital.

— Ça m'aurait étonné. Encore des responsabilités. Moi qui ai horreur de ça !

Dubroc sortit le papier que son père lui avait remis, soigneusement plié en quatre.

Leliège vit son nom au bout de flèches qui partaient dans tous les sens.

— Il a écrit mon nom ?

— Qu'est-ce que vous vouliez qu'il mette ?

— Il pouvait mettre A et B, par exemple. Au moins, ça prouve qu'il se souvient de moi.

— Quel sentimental vous faites ! Ridicule. Mon père n'aime personne. Mais je dois dire qu'il se souvient de vous, ça oui. En revanche, il pourrait apprécier votre victoire, enfin… notre victoire !

— Montrez… Je vais vite voir ce que je suis capable de faire.

— Bon. Alors voilà… Vous connaissez le passing-shot ?

— Bien sûr.

— Un coup de contre-attaque.

— Jusque-là, je vous suis…

— Sa réussite dépend de l'adversaire.

— Pareil pour les autres coups, notez bien.

— Bien sûr, mais celui-là ne peut se faire que si l'un des joueurs monte au filet.

— Je vois. Et j'envoie une balle parallèle ou une balle croisée.

— Le passing-shot sert souvent à se tirer d'affaire.

— Pas simple du coup, hein ? Dans la précipitation…

— Justement, il n'en est que plus spectaculaire.

— Il faut de l'audace.

— Mais il est gagnant ! En revanche pour l'éviter, il faut faire preuve d'intelligence et monter au filet sur un coup d'attaque bien préparé.

— Jusque-là, je comprends. De là à le réussir…

— Les membres de notre équipe doivent identifier le point faible de nos adversaires. Dans quatre-vingts pour cent des cas, c'est le revers.

— Quels membres ?

— Vous et moi.

— S'il faut croiser, j'aime bien ça, c'est un réflexe.

— Si leur point faible est le revers, on ne se privera pas de les pousser à l'erreur en croisant. On peut gagner des points comme ça. Il faudra chercher la profondeur.

— C'est votre père qui vous a dit ça ?

— Oui. Mais vous et moi on le savait déjà. C'est tellement évident !

— Pas faux.

— Plus compliqué, maintenant : le passing-shot parallèle. Je vous préviens, c'est difficile, il faut être précis parce qu'il y a moins d'espace et ça nécessite de la rapidité et de la force.

— Vous nous prenez pour qui ?

— Pas moi, mon père. Il nous prend pour des clones de Nadal.

— Eh ben. Il me tarde d'en avoir fini. Nadal !

— Le dieu du banana shot.

— Ah oui, le banana shot, ça me parle.

— C'est un coup très fort, parallèle et très lifté. Irrécupérable en face.

— Vous me faites rire, patron. Il va falloir vous y faire : on n'y arrivera jamais.

— Je suis sûr que si. Vous ferez de votre mieux. Vous le passerez, ce banana shot !

— Ah bon ? Parce que c'est moi qui dois le frapper ce coup-là ?

— Qui d'autre ? C'est marqué là, regardez.

Leliège vit son nom reporté sous la dernière trajectoire en demi-cercle de la balle.

— Il est impressionnant, votre père.

— Un vieux despote. Bon. Surtout ne vous privez pas de lober, hein.

— Et comment ! Je fais ça tous les jours. Vous aussi d'ailleurs, patron.

— On jouera sur la surprise.

— Au fait, c'est quoi cette histoire de chien ? Pourquoi cette question à Armand et Odilon ?

— Oh, non. Rien ! C'était pour lui river son clou et reprendre la main. Aucun chien dans l'affaire, pour l'instant.

— Vous avez de ces idées, parfois.

— Mon père m'a bien précisé que le passing-shot est souvent un coup désespéré. Il faut l'avoir en tête. Collez-le dans un coin de votre cerveau, mais gardez-le à portée de raquette.

— On prend des risques…

— Un philosophe nommé Leliège, pas plus tard que cette semaine, m'a dit : « Perdre ou gagner c'est tout l'intérêt du jeu. Sans le risque de perdre, la victoire ne vaut rien ! »

— J'ai dit ça ?

— Oui. Rappelez-vous que le lift bien réalisé autorise plus de contrôle. Et il y a moins de chances de finir dans le filet. C'est écrit ici, de la main de mon père.

— Ah oui…

— Bon, on va au club, j'ai réservé ! On fait chacun un simple.

— Maintenant ?

— Oui, pourquoi ? Vous aviez quelque chose de prévu ?

— Non.

17

SYNGNATHES

Samy attendait Dubroc sur le court n° 1. Il serait son adversaire.

— Hervé, tu vas aller sur le court n° 5, avec un très bon joueur… Tu vas te régaler !

Les deux gendarmes se séparèrent.

— On joue sérieusement, Stéphane ! annonça le jeune coach. Je ne te ferai pas de cadeau.

— Moi non plus, répliqua Dubroc.

L'enquêteur vit dans ce match l'occasion d'étudier la psychologie de Samy au travers de son jeu. Pour cela, il ne devait pas se précipiter. Surtout pas de fébrilité !

— Tu veux t'échauffer ? lui proposa-t-il.

— Ok. On fait quelques balles.

Dubroc n'avait pas l'intention de laisser à son adversaire le loisir d'étudier ses faiblesses. Aussi manqua-t-il volontairement beaucoup de balles tapées par Samy. Sur les balles qu'il renvoyait, il prit la peine d'alterner les lift, les slice, les trajectoires longues, rapides, décalées à droite et puis à gauche, sans jamais frapper trop fort. Il apprit que son coach n'aimait pas recevoir des balles hautes, et encore moins sur lui ! Enfin, il resta raide sur ses jambes et négligea ses replacements afin de mieux tromper la vigilance du jeune homme.

À la fin de cet échauffement, le premier service échut à Samy. Dubroc tenta de ne pas se laisser impressionner par l'élégance et la puissance de son geste. Il ne put rattraper la balle. Samy eut un petit sourire qui en disait long… Dubroc devait mettre une tactique en place, et vite ! Comment pourrait-il désarçonner Samy ? Il choisit de pratiquer un jeu simple pour l'endormir et de ne pas trop frapper ses balles.

Samy avait un revers croisé fantastique et très dangereux. Dubroc évitait de jouer sur son point fort et le poussait à la faute avec, le plus souvent possible, des balles hautes ou bien en lui renvoyant des boulets de canon en plein dessus. Il remarqua que le comportement du jeune homme était assez révélateur de sa psychologie de sportif : chaque point perdu semblait décupler sa force, mais dans le même temps, Dubroc le voyait s'admonester pour revenir au calme.

Toutefois, son revers lui faisait très mal. De plus, le jeune homme se déplaçait fort bien ; son jeu de jambes lui permettait de reculer et d'avancer rapidement. Il parvenait à conserver la force de ses coups sur toutes les balles de fond de court, sauf sur les balles hautes qu'il envoyait souvent dans le filet. Sa nervosité était apparente, mais il la maîtrisait rapidement. À l'aise à la volée, il n'aimait pas les balles qui lui venaient dessus.

Dubroc tentait de maîtriser son propre jeu et de ne pas commettre trop de fautes directes.

— Mets la balle dans le terrain, se répétait-il.

Il avait fait de cette injonction un leitmotiv. C'est pour cette raison qu'il évitait de jouer trop près des lignes, ce que Samy cherchait précisément à lui faire faire… En retour, le capitaine tentait de faire courir son adversaire : il veillait à maîtriser la balle, croisait, jouait long, court, puis tentait un amorti, liftait, plaçait des plats et des chops. Les balles rasantes n'étant pas son fort, il persévérait dans les hauteurs qui déplaisaient tant à Samy… Il variait au maximum son jeu, pour dérouter son coach.

Alors qu'ils en étaient à trois jeux partout, ce qui était fort honorable, il se décida à frapper ses balles. Il réservait son point fort pour le moment crucial du match. L'heure était venue…

Samy parut déstabilisé par cette accélération dans leurs échanges. Il s'attendait à un coup de mou de la part du capitaine, or c'était à l'inverse un regain de puissance qu'il lui opposait ! Mais le jeune coach se reprit et Dubroc comprit que sa tactique n'était pas la bonne, car le jeune homme était habitué à jouer contre des joueurs très bons et puissants. En entrant dans sa zone de confort, il lui offrait l'occasion de le battre. Il ne devait pas lui servir son rythme habituel sur un plateau d'argent ! De surcroît, le plus âgé des deux se fatiguerait plus vite…

Il calma les choses grâce à quelques amortis et plusieurs balles hautes qui mirent Samy au supplice. Mais le jeune homme était un bon joueur. Il possédait ce fameux revers croisé et contrairement à Dubroc, il adorait flirter avec les lignes blanches. Plusieurs fois, il prit le risque de perdre le point pour la beauté de geste. Il fallait le voir savourer sa performance !

Désormais, le capitaine pouvait dresser un portrait psychologique assez précis de Samy Lesguignes, un garçon très puissant malgré sa minceur. Il avait le goût de la gagne. Il construisait son jeu et analysait l'adversaire qu'il ne sous-estimait pas. Jeune et impétueux, il n'aimait pas perdre et, s'il se laissait aller à la colère, il reprenait toutefois le contrôle de lui-même en un clin d'œil. Le profil rêvé d'un tueur en série, aurait dit Leliège.

Le capitaine perdit son match en trois sets secs.

Ils se serrèrent la main et Samy cligna de l'œil.

— Je ne m'attendais pas à ce que tu me donnes du fil à retordre ! Si tu t'entraînais bien, tu serais excellent.

— J'ai pas mal joué quand j'étais plus jeune… J'ai eu de bons profs.

— Tiens, voilà Hervé !

En effet, le major arrivait, souriant et détendu, accompagné de son adversaire, un homme tout en nerf, la peau tannée comme du cuir.

— Alors, qu'est-ce que ça a donné ? demanda Dubroc.

— On a bien joué, je crois.

— Hervé m'a battu, corrigea le nerf de bœuf.

— Oh, c'était serré ! s'excusa Leliège. Et vous ?

— J'ai perdu, répondit Dubroc d'un ton pathétique.

— On arrose ça ? proposa Samy.

Ils rirent et allèrent prendre le verre de match.

*

Le soir, le capitaine fit part au major de ses réflexions concernant Samy.

— Vous aviez raison, il a le profil du tueur en série.

— Je le savais.

— Ce qui ne veut pas dire que c'est lui. D'ailleurs, je suis certain que ce n'est pas lui.

— Moi pas. C'est quoi son profil, alors ?

— Le sportif compétiteur avec le besoin de gagner. Il analyse. Il ne m'a pas sous-estimé, vous voyez, ça c'est un signe de grande maturité. Combien de suspects font cette erreur !

— Oui, c'est fréquent.

— Il est à la fois impétueux et maître de lui.

— C'est la compétition qui apprend ça.

— Oui, je le crois. Il faut apprendre à prévoir, élaborer une stratégie… Un match de tennis, c'est comme une partie d'échecs.

— Il se met en colère ?

— Il se maîtrise. Mais il a des gestes d'humeur…

— Donc…

— C'est pas lui. Ma main au feu. Il est tout ce que j'ai dit, sauf timbré.

— Les tueurs en série ne sont pas ouvertement fous.

— Merci, je suis au courant ! Et vous, ce nerf de bœuf ?

— Oh, rien à dire. Un joueur invétéré. Une pile électrique. Le genre qui ne peut pas rester en place cinq minutes.

— Je vois.

— Je l'ai fait courir…

— Et vous avez gagné.

— Oh, j'ai eu de la chance.

— Vous êtes surtout trop paresseux pour vous entraîner dignement !

— C'est que jamais je n'aurais cru aller si loin dans l'apprentissage du tennis à mon âge. J'envisageais de me mettre au golf dès que je serai à la retraite.

— Allons, Leliège, ne pensez pas à la mort ! Il vous reste combien de mois, encore ?

— Quinze.

— Vous voyez ? Vous êtes loin d'être au bout…

Leliège soupira.

Dubroc reprit :

— Vous voyez, d'après mon père, le passing-shot, c'est comme ce que je viens de faire.

— Quoi donc ?

— Un coup qui ruine le moral de l'adversaire.

— Bon, mais alors ? Je le passe comment, ce banana shot ?

— Vous donnez de l'effet à la balle pour qu'elle suive une trajectoire incurvée comme une banane et qu'elle contourne le joueur au filet. On va en visionner sur internet. Ça va vous rappeler le squash et ses parallèles. Vous vous souvenez ? Vous aimiez drôlement ça, il me semble !

— Bof. Pas tant que ça. Vous m'aviez forcé la main.

— L'enquête l'exigeait ! Je ne me souviens plus… vous aviez gagné ou perdu ?

— Gagné par forfait. Un coup de chance. Mon adversaire avait glissé sur sa propre sueur. Il s'était déboîté le genou…

— Comment savez-vous que c'était sa propre sueur ? Ça pouvait aussi être la vôtre !

— Impossible. Je ne transpire pas. Je n'ai jamais transpiré de ma vie.

— Maintenant que vous le dites… Il me semble qu'il existe un mammifère qui ne transpire pas.

— Moi.

— Non, mais à part vous ? Ah oui… Le cochon ! Il ne transpire pas non plus. Vous êtes deux. C'est incroyable.

— Et pour Sybille, patron ? Qu'est-ce qu'on fait ? On la coffre ? On saisit la corde à raquettes ?

Dubroc s'étira, frappa l'estomac de Leliège d'un revers de main.

— J'irais bien croquer un petit quelque chose sur la place des Landais, moi. Pas vous ?

— On met nos nouvelles fringues, patron, on sera plus à l'aise.

*

Ils se garèrent dans la rue des Syngnathes.

— On a de la chance, il reste une place ! Derrière ce fourgon, là, indiqua le major.

— Tiens, c'est curieux, il ressemble à celui de Samy. En même temps, c'est un modèle courant.

— Je vais vous dire ça tout de suite, j'ai noté son numéro !

— Vous avez de bons réflexes. Vous êtes sûr que vous voulez prendre votre retraite ?

— C'est bien ça, patron ! C'est le fourgon de Samy. Il est sans doute dans le coin. Peut-être avec Laurine. C'est quoi des syngnathes ?

— J'en sais rien, pourquoi est-ce que vous me demandez ça ?

— On est garé dans la rue des Syngnathes...

— Si vous saviez comme je m'en tape ! À coup sûr, c'est encore une de vos herbes protégées !

Sur la place des Landais, l'océan balançait son écume avec de grands claquements de toile. Ils ne s'étaient plus approchés de sa masse agitée depuis l'accident.

— Je préfère ma baignoire, décréta Leliège. Vous ne trouvez pas ce chahut stressant ?

— Non. Je le trouve plutôt tonique, si vous tenez à un qualificatif. Elle est pas mal, cette place. On pourrait longer la côte par là, en suivant cette promenade.

— Je préférerais prendre un verre.

— Au retour.

— Au retour d'où ?

— De là-bas, du port de Capbreton.

— Il va faire nuit.

— C'est éclairé.

— Pas partout. Si vous y tenez, allez-y. Je vous attends là, au bar. Ils font la fête. Faites attention, ne vous approchez pas du bord. On ne sait jamais.

Dubroc hésitait. Il finit par se décider :

— Un bar de surfeurs… Bonne idée ! L'immersion, y a que ça de vrai.

Les lieux étaient bondés. Aux murs, des planches de surf dédicacées, des posters des légendes du surf, locales ou étrangères, un écran qui déroulait des prouesses invraisemblables, au plafond, une boule à facettes…

— Vous croyez qu'ils pratiquent tous ?

— Une bonne partie, en tout cas. Ce chauve, là-bas, c'est sûr…

— Aucun n'a les cheveux longs.

— Stéréotype dépassé. Regardez Kelly Slater, sur la photo là. Plus chauve, tu meurs.

— Rasé. Pas chauve.

— Et là, Jérémy Florès, cheveux courts ! Et Micky Picon, pareil. Ils sont peut-être là, mais on ne les reconnaît pas. C'est comme nous, ils se fondent dans le groupe.

— Les surfeurs, on les reconnaît à ce qu'ils n'ont jamais froid. Et ils ont le teint coloré à force d'être dehors…

— Vous oubliez les épaules ! Il en faut, de la force dans les bras, pour passer les vagues…

— On passe inaperçu, avec nos nouvelles tenues, non ?

— Possible. Vous voyez ce grand type, là, avec le tee-shirt noir ?

— C'est Samy ?

— Non, mais il lui ressemble ! C'est peut-être son frère…

Dubroc et Leliège jouèrent des coudes pour s'approcher du bar.

— Il n'a pas l'air si sauvage que ça, le frérot.

— Comme tous les timides, ça va tant qu'ils sont dans un cadre familier, avec des personnes qu'ils connaissent bien.

Le capitaine commanda deux eaux gazeuses et interrogea le serveur :

— C'est ouvert tout l'hiver ici ?

— Non. On a rouvert le 1er mars.

— Qu'est-ce que vous faites l'hiver ?

— On est à Bali.

— Ils sont à Bali, répéta Leliège, rêveur. Ils se connaissent tous, on dirait. Une super ambiance de potes.

— C'est bruyant. Il y a une table là-bas… Tracez major, je vous suis. En passant, on va dire bonsoir au frère de notre coach.

— Il est où ? Je ne le vois plus, patron…

Le jeune homme avait dû quitter les lieux sans que les enquêteurs s'en aperçoivent.

— Zut ! Je vous ai connu plus fin limier, Leliège…

— Je veillais à ce que les bulles de mon eau gazeuse ne s'échappent pas, patron.

— On s'en va. Il ne peut pas être loin.

Le grand air de l'extérieur les surprit, ainsi que le silence seulement troublé par le puissant ressac.

Ils remontèrent la rue des Landais. Devant eux, quoiqu'à bonne distance cependant, se découpait la silhouette du frère de Samy.

— Vite, on va le perdre...

Ils se mirent à courir furtivement, collés aux façades.

— Elles sont bien, ces chaussures !

— C'est vrai ! Vous pourrez le dire à vos connaissances, Odilon et Armand. Qu'ils mettent un petit panneau en vitrine : *chaussures spéciales flics !*

Leur gibier prit à droite. Il ne se pressait pas. Ils le virent se diriger vers la rue des Syngnathes.

Il n'alla pas loin et monta dans le fourgon. Puis il démarra et s'en alla.

— Ils sont donc deux à se servir du fourgon, fit Leliège.

— Puisqu'on vous dit qu'ils travaillent ensemble ! Cette manie de voir le mal partout... À propos, demain, on va cuisiner les patrons du food truck. J'espère qu'ils font du poisson.

— Au fait, vous vous êtes trompé pour les syngnathes...

— Comment ça, trompé ?

— Vous pensiez que c'était une herbe.

— Pas du tout ! Vous m'avez demandé ce que c'était. Comme je n'en sais fichtre rien, je vous ai dit que... Oh ! Et puis allez vous faire voir, Leliège ! Vous commencez à sérieusement me courir ! D'ailleurs, pour en revenir à votre poème, je n'ai jamais rien entendu d'aussi mal foutu. Il manque un vers à chaque strophe. Ça va par quatre, les vers. Voilà ce que je voulais vous dire.

— Alors là, chapeau ! Sorti de Leconte de Lisle, vous n'y connaissez vraiment rien en poésie. Et sachez que les syngnathes sont des hippocampes droits. Ils mangent de petits animaux planctoniques.

— Votre gueule, Leliège. Et faites-moi grâce des autres noms de rues ou je vous balance dans le Bouret enveloppé d'une nappe portugaise.

18

SYBILLE

Dans ma vie j'en ai bavé, mais j'ai découvert des ressources insoupçonnées à chaque fois, tout au fond de moi. Je suis allée les chercher. Et j'ai éprouvé du bonheur à les faire remonter à la surface, à les exploiter… La vie c'est merveilleux, je l'ai toujours pensé. Même quand ça n'allait pas. Quand on est jeune, on croit que tout va de soi. Ce qui est bon paraît naturel et dû. On apprend à mesure que tout devient plus compliqué. Alors ce qui vient tard a encore plus de valeur. Je n'aurais jamais cru que ce serait possible.

Je me suis battue. J'ai gagné.

Je me demande ce qu'il va se passer entre nous. Je me demande comment il est, en vrai, sans masque. Je sais qu'il en porte un, comme beaucoup d'hommes. Dommage qu'il leur faille si longtemps pour les enlever.

J'ai confiance. Je sens sa finesse, son intelligence. Je sens sa blessure aussi. Elle est profonde. Elle me rassure et m'effraie. Elle peut nous unir comme nous éloigner. Il va me falloir beaucoup de patience. J'ai perçu sa violence, sa colère.

J'ai peur. C'est un frisson délicieux que j'avais oublié. Il est revenu.

J'aimerais tellement être celle d'avant.

19

DÎNER

Ce matin, entre la Poste et la mairie, le marché déployait ses étals sous de vastes parasols pétants de couleurs. L'offre résidait surtout en produits de confections et accessoires en tout genre.

— Où sont les légumes ? demanda Leliège à un policier municipal.

— Juste là, sous la halle. Avec les fromages, traiteurs, pâtisseries...

— Tout le monde ne peut pas installer son stand sur le marché ? C'est vous qui régulez tout ça ?

— Oui, je suis placier. Je m'occupe du contrôle et du plaçage des commerçants, j'encaisse les droits de place. On s'occupe aussi des concessions sur le domaine public, les halles, les plages, les terrasses...

— Alors, vous les connaissez tous ? Samy Lesguignes, il est de quel côté ?

— Les frères Lesguignes ? C'est là-bas, le parasol aux couleurs basques.

Les enquêteurs firent le tour des étals.

— Je ne vois pas d'espadrilles...

— Samy vous a dit que ce n'était pas encore la saison.

— Ah, le voilà ! Il est seul, patron. On lui dit quelle heure, ce soir ?

— Vingt heures ?

Samy parut heureux de les voir. Mais il avait aussi l'air fatigué. Dubroc le lui fit remarquer.

— Aujourd'hui, c'est le premier marché de l'année à Hossegor. J'ai dû nettoyer le fourgon, et puis trier et ranger les marchandises hier… Je me suis couché très tard.

— Vous serez en forme ce soir, j'espère !

— Bien sûr. Je passerai chercher Sybille en scooter…

— Pas la peine ! intervint Dubroc. Elle m'a dit qu'elle préférait prendre sa voiture.

Leliège passait en revue les torchons ronds décorés de piments, de tomates ou de chisteras, pendus aux tiges métalliques du parasol. Il détaillait des serviettes de table à rayures colorées qui semblaient l'intéresser.

— Vous trouvez votre bonheur ? lui demanda Samy. Si je peux vous aider…

— Elles sont jolies ces serviettes, mais je voudrais des espadrilles.

— Ah oui, les espadrilles, j'avais oublié ! Je vous en apporterai ce soir. Quelle pointure ?

— 36-37.

— Le tissu s'étire, il vaut mieux prendre la taille en dessous.

— Je vous fais confiance.

— Je n'ai pas toutes les couleurs, si vous attendiez ne serait-ce que quinze jours, vous auriez tout ce que vous voulez.

— Du rouge, vous auriez ?

— Je regarderai.

Dubroc tâtait les nappes et les torchons décorés.

— C'est de la belle toile. Elle vient d'où ?

— Du Portugal. Ces tissus-là sont fabriqués là-bas.

— J'aime bien cette nappe.

— Prenez-la en blanc, conseilla Leliège.

— Je n'en ai pas, répondit Samy. Elles me restaient sur les bras. Trop salissant pour les vacanciers. Ils veulent des nappes qui durent plusieurs jours. Et puis, la couleur, c'est quand même plus gai, non ?

— J'hésite. Et je vois qu'il y a plusieurs qualités.

— Celle-ci est en lin, une fibre naturelle et écologique qui reste très résistante, même dans le temps. Là, vous avez du métis, un mélange de lin et de coton. Et celle-ci est en pur coton. Du coton, il y en a de toutes sortes, tout dépend du nombre de fils tissés. Là, vous avez du six mille cinq cents fils, ce qui donne une très belle qualité.

Dubroc réfléchissait.

— Je vais prendre celle qui est en métis, avec les larges rayures.

— Quelles dimensions ?

— Un mètre soixante-cinq.

— Vous la mettrez où ? s'enquit Leliège.

— Sur une table, Leliège. Sur une table…

Le capitaine semblait tout à coup épuisé, vieilli.

*

De retour chez eux, Dubroc défit son paquet et disposa la nappe sur la table de la salle à manger.

— Il fait encore un peu trop frais pour dîner dehors. On sera mieux dedans. Ça vous plaît ?

— Je préfère le blanc.

— Votre passé d'enfant de chœur ?

— Vous pensez comme moi, patron ?

— J'en ai peur…

— Mais il n'a pas de toile blanche.

— Il n'avait *plus* de toile blanche. Il l'a laissé entendre.

— Oui, j'ai noté. Apparemment, ça ne se vendait pas.

— Et puis, il a une réserve chez lui. Là où il stocke les espadrilles qu'il va vous apporter.

— J'ai changé d'avis à son sujet. Il met trop de naturel dans ses explications pour être l'assassin.

— Je vous rejoins sur ce point. Pareil pour Sybille et la corde à raquette. Ces deux-là ne sont pas troublés le moins du monde.

— Je serais d'avis d'aller faire un tour chez lui. On trouvera bien un prétexte.

— Ce frère invisible, j'aimerais bien lui causer, moi aussi. C'est notre suspect numéro un. Il a accès à la corde quand il va se doucher au club de tennis et il a sans doute à disposition un stock de linge basque pour emmitoufler ses victimes, conclut Dubroc.

*

Ils partirent pour Soustons vers onze heures. En route, ils s'arrêtèrent à la brigade de Seignosse pour une visite de courtoisie.

Cependant, en sortant du bourg de Soorts, Dubroc demanda à Leliège de faire un tour dans le quartier de Pédebert.

— On n'est pas encore venu par là…

— C'est ici qu'est née l'industrie du surf en France, il paraît, précisa le major. Les plus grandes enseignes sont venues y installer leurs sièges.

— D'accord… Je vous laisse là ? Vous continuez à genoux pour déposer votre cierge ?

— Ils font sûrement des *croquetas de bacalao.*

— Des beignets de morue ? Ici ?

— Non, au food truck de Soustons.

— Allons-y ! Tant pis pour votre cierge ! Vous reviendrez tout seul. Tournez là, j'ai la dalle…

Tom et Amber, jeune couple avenant, faisaient face tant bien que mal à l'affluence de clients. Sur leur camion, la mention food truck bio et vegan s'affichait en grands caractères.

— Vous les sortez d'où, vos *croquetas de bacalao*, Leliège ?

— Vegan… Y en aura pas.

— C'est malin de faire miroiter des *croquetas de bacalao* alors que vous ignorez tout de la carte !

— C'est gras, les beignets. Néfaste à l'entraînement. Et puis, les galettes végétales sont délicieuses… Et les falafels aussi.

— Qu'est-ce que vous en savez ?

— Et ce monde qui fait la queue ? C'est un signe, ça.

— Cuisine cent pour cent végétale, inventive et gourmande, lut Dubroc d'un ton sinistre.

— Y a pas que du soja-tofu dans la cuisine végétale !

— Mouais…

— Et ici, tout est maison et responsable ! compléta Leliège. Les emballages sont totalement recyclables.

— La ferme, Leliège. Et faites attention sur votre droite : ce type est arrivé après nous, ne le laissez pas vous carotter votre tour.

— Il ne reste plus qu'une table là-bas ; allez-y, patron.

Dubroc réussit à griller la politesse à un groupe de quatre jeunes qui se dirigeaient tranquillement vers la dernière table disponible.

— Eh oh, ça se fait pas ! Elle était pour nous, cette place ! protesta un jeune type blond au visage buriné.

— On l'avait vu depuis un moment, ajouta un autre.

— Combien de temps exactement ? interrogea Dubroc.

— Un bon quart d'heure, figurez-vous !

— Peut-être, mais nous ça fait une demi-heure qu'on la regarde… argumenta le capitaine.

— C'est ça ! Il se fout de nous en plus. Allez, dégagez de là ! vociféra le blond.

— Calmos, Antoine, intervint un autre. On n'a qu'à s'installer, il va vite se trouver à l'étroit le papi…

— Oui, bonne idée, prenez place, on va causer, invita Dubroc en sortant sa carte d'OPJ.

— Oh, merde alors ! proféra le blond.

— Excusez-nous, on ne pouvait pas savoir… dit l'autre en se levant pour s'en aller.

— Hep hep hep ! Restez là. J'ai des questions à vous poser.

Leliège arrivait avec un plateau chargé.

— On a de la visite ?

— Des collaborateurs… ironisa Dubroc.

— Monsieur, on peut commencer à manger ? Ça va être froid.

Au coude à coude, ils déballèrent leurs couverts et entreprirent de déguster leurs plats.

— Pas mauvais du tout, apprécia Dubroc. Et vous Leliège ? C'est comment ?

— Délicieux. Et vous les gars ?

— Très bon.

— Vous venez là souvent ?

— Tous les dimanches et mercredis midi.

— Il y a beaucoup d'attente, ici. C'est toujours comme ça ?

— Ces derniers temps, ils avaient une fille qui les aidait, mais elle est partie, expliqua le blond.

— Elle avait l'air de se plaire ? Vous lui avez parlé ?

— Oui. Elle était comme Tom et Amber : ouverte, sympa. Mais la preuve qu'elle ne s'y plaisait pas, puisqu'elle est partie.

— Elle a dû trouver mieux… suggéra un des garçons.

— Elle a été assassinée, laissa tomber Dubroc.

S'il avait voulu juger de l'effet du sort d'Amandine sur chacun des jeunes, le capitaine était servi. Ils étaient stupéfaits.

— Ben quoi, vous ne lisez pas les journaux ?

— Non… Assassinée par qui ?

— Ah ça, c'est toute la question…

— Mais comment ? Et où ?

— Ça suffit ! C'est moi qui pose les questions !

— Excusez-le, inspecteur, il avait un ticket avec Amandine.

— Premièrement, je suis capitaine de gendarmerie et pas inspecteur de police. Tenez, je vais mettre cela pour éviter les confusions.

Il sortit théâtralement son brassard de sa poche et le fixa sur son sweat.

— Maintenant, racontez-moi cette histoire de ticket.

— Rien. Y a rien à dire. C'était dans l'air, c'est tout. Je lui plaisais et elle me plaisait. Il n'y a rien eu, juste un accord à confirmer. Pas besoin de mots avec elle. Ça se voyait. Du coup, je prenais mon temps. Elle ne paraissait pas en manque non plus. Voilà.

— Leliège, vous prendrez note de tout ça. On le versera au dossier. Et n'oubliez pas les noms et adresses, téléphones de ces messieurs qui bousculent du papi.

— Excusez-nous, capitaine. Habillés comme vous êtes, on ne pouvait pas savoir que vous étiez de la gendarmerie.

— Vous entendez ça, Leliège ?

— Je me régale, capitaine…

Lorsqu'ils eurent terminé leurs dépositions, les garçons s'en allèrent non sans avoir respectueusement serré la main aux deux gendarmes.

Tom et Amber, auxquels rien n'avait échappé malgré l'affluence, vinrent rejoindre les enquêteurs.

— Parlez-nous d'Amandine…

— Elle est venue un beau jour et s'est présentée. Elle cherchait du travail. Elle nous a paru très motivée et avec des valeurs similaires aux nôtres.

— C'est-à-dire ?

— L'urgence climatique, le bien-être animal, replacer la vie au centre des préoccupations de tous.

— Elle portait ces valeurs-là ? demanda Leliège.

— Oui, elle était très concernée par le retour à plus de naturel. Notre cuisine est uniquement végétale. On est axé sur les produits de terroir. Et surtout, on respecte le vivant. Chez nous, tout est bio. Tout est fait maison. On est dans une démarche écoresponsable. Gastronomie et écoresponsabilité. On s'est convertis au véganisme il y a trois ans.

— Et Amandine ?

— Elle nous a dit qu'elle avait entamé sa migration vers une alimentation vegan. Que ce n'était pas facile. Qu'elle comptait sur sa nouvelle vie complètement indépendante pour franchir le pas tout à fait.

— Je vois… Sa migration, vous dites ?

— Oui. Ce n'est pas évident de devenir vegan de but en blanc. Ça s'apprend. Vous avez aimé notre cuisine ?

— Je dois reconnaître que oui.

— Vous voyez, c'est bon. Vous pouvez commencer à éliminer la viande.

— Je ne vois pas pourquoi je me priverais de viande.

— Parce que c'est l'une des principales causes du changement climatique et des émissions de gaz à effet de serre.

— Bien sûr, murmura Dubroc. Mais les légumes…

— Il y en a tellement de sortes ! Et tant de manières de les accommoder ! Amber et moi, on se freine, on a plein d'idées. Impossible de tout faire. Vous aimez les galettes végétales et les falafels ?

— Le problème, c'est que j'étais venu sur les conseils d'un ami pour manger des *croquetas de bacalao*… termina Dubroc.

— Vous avez dû être déçu, dit Tom avec un demi-sourire.

Amber intervint comme si elle s'adressait à des enfants :

— Je suis pour le bien-être animal. Les vegan refusent de manger les produits d'origine animale. Ils sont aussi contre l'utilisation du cuir. Et ce qui est valable pour la viande l'est aussi pour le poisson. Donc, pas de morue chez nous !

— Nous respectons la vie. Toutes les formes de vie animale, conclut Tom.

Dubroc et Leliège repartirent sans avoir rien appris de particulier sur Amandine.

— Ces deux-là sont tellement occupés avec leur boustifaille qu'ils ne pensent à rien d'autre…

— Rien à voir avec les Marchand, en effet…

— Alors, la chair n'est pas triste, patron ?

— Vous voyez, Leliège, il m'est venu une idée. D'après vous, si tous les humains étaient vegan, est-ce qu'il y aurait encore des meurtres ?

Leliège réfléchit un instant.

— Bien sûr, patron ! Il ne faut pas tout mélanger.

— Donc on ne peut pas écarter celui ou celle qui est pour le bien-être animal…

— Le crime passionnel existera toujours. Si ça se trouve il existe aussi chez les légumes…

— Chez les légumes ?

— Oui, ça ne m'étonnerait pas. Les plantes sont des merveilles d'intelligence.

— Oh ! Vous me les cassez avec vos herbiers ! En attendant, j'espère que vous avez prévu du solide pour notre dîner de ce soir.

Ils rentrèrent chez eux, au fond du lac, en passant par la route de l'Étang blanc.

— On avait bien mangé ici, commenta pensivement Dubroc en passant devant le restaurant à la terrasse bordée de roseaux.

*

En fin de journée, le traiteur livra la commande de Leliège. Dubroc avait commencé à mettre la table, mais le major ne se montra pas satisfait de ses talents de décorateur.

— Laissez-moi faire. J'adore faire une belle table.

— Moi aussi ! s'insurgea Dubroc.

— Disons plutôt que j'ai l'habitude de recevoir…

— Tout le monde n'a pas mangé sa première bouillie dans une assiette en porcelaine de Sèvres…

— Vous devriez prendre un peu de bicarbonate dans un verre d'eau.

— Pour quoi faire ?

— Pour vos remontées de bile…

Le capitaine abandonna la place et se lança dans le rangement de sa chambre. Puis il s'enferma dans la salle de bains et n'en sortit qu'une demi-heure plus tard, odorant et rasé de frais, revêtu de pied en cap de ses nouveaux vêtements.

La table était dressée, Leliège avait même trouvé des bougies, et il fallait bien reconnaître qu'il avait fait des merveilles avec très peu.

— Elle est superbe ma nappe, non ?

— Imaginez une nappe blanche…

— Vous avez un don, mon vieux, y a pas…

— Merci.

— Vos petites affaires sont prêtes ? Pyjama, brosse à dents ? Je compte sur vous pour filer rapidos, juste après Samy. Pas de blague, je ne veux pas compromettre Sybille. Pas la peine que tout le monde sache qu'elle est restée là.

— Si elle reste…

— Rompez, major !

Samy arriva le premier sur son scooter. De son sac à dos, il sortit un choix d'espadrilles et une bouteille de rosé.

— Elle est fraîche, précisa-t-il.

Sybille arriva sur ses talons. Elle se gara devant la maison blanche et rouge, dans le sens du départ.

— Ne craignez rien, on ne vous retiendra pas de force, plaisanta Dubroc avec un air de matou alléché.

— Je n'ai pas peur de vous, capitaine.

— Non madame: « Stéphane »! Il n'y pas de « capitaine » ce soir...

Leliège était aux manettes du dîner. Dubroc faisait la conversation, veillait au bien-être de leurs invités. La conversation roula tout d'abord sur ce qui les intéressait tous: le tennis. Sybille vantait les qualités de Mats Wilander, qu'elle avait eu la chance de rencontrer.

— Il a parlé de la finale de l'US Open contre Lendl, en 1988.

— Sa balle de match... coupa Samy.

— Oui! Son service à la volée!

— Magnifique, c'est vrai, confirma Samy. Vous vous souvenez d'Andy Roddick?

— Je me souviens de l'US Open en 2003. Il a été premier mondial.

— Pendant sept ans, c'est lui qui a eu le service le plus rapide... 249 km/h!

— Samy, ta culture tennistique ne correspond pas à ton âge!

— Je regarde beaucoup de vidéos anciennes.

— Qui est votre chouchou, Sybille? demanda Leliège.

— Ne parlons que des Français, proposa Dubroc.

— Alors, voyons... J'ai un faible pour les mousquetaires de 1991: Forget, Leconte, Santoro et Boetsch. Quel beau moment on a vécu!

— J'étais trop jeune pour vraiment apprécier, plaisanta Samy.

— Et vous oubliez Pioline, Llodra et Jauffret ! ajouta Leliège.

— Vous connaissez vos classiques ! Et depuis que je vous ai vu à l'œuvre, je sais que ce n'est pas de l'esbroufe. J'attends beaucoup de vous sur notre tournoi.

— Bien sûr, d'ailleurs il faut que Samy nous dise ce qu'il pense de notre coup fumant…

— Quel coup fumant ? demanda le jeune homme.

— Leliège, il y a une autre bouteille au frais. Apportez-la donc, il fait soif.

— Mais… la première n'est pas terminée !

— Allez-y quand même, on va la finir de ce pas.

Leliège se rendit à la cuisine. Dubroc se leva aussitôt en se frappant le front :

— Je suis bête, elle n'est pas au frigo. Il ne va pas la trouver !

Le major, penché sur le réfrigérateur, fut très étonné de voir la capitaine se pencher également et lui souffler à l'oreille :

— Pas un mot sur notre coup fumant. Ça reste entre nous.

Puis à haute voix :

— J'aurais juré que je l'avais posée là. C'est incroyable ! Celle-ci n'est pas fraîche, tant pis.

Sybille poursuivait la conversation avec Samy.

— Nadal s'est pris des raclées sur toutes les surfaces par Djokovic, aussi terribles que celles de Federer face à Nadal sur terre battue.

— Qui en veut ? demanda Leliège.

Les verres ne se vidaient pas vite, Samy, bien qu'il ait accepté un verre de vin, préférait nettement l'eau. Quant à Sybille, elle se surveillait.

— Votre père m'a dit qu'il connaissait bien Patrice Dominguez…

— Oui, c'est vrai. Il l'aimait beaucoup. Il a un exemplaire de son livre *L'amour du tennis*, qu'il lui a dédicacé. Il en a publié d'autres, d'ailleurs, sur Roland-Garros.

— Il l'a connu comment ?

— À Primrose, à Bordeaux. Il y a croisé tous les joueurs de l'élite durant les soixante ans où il a hanté les lieux.

— Soixante ans ! Il y va toujours ?

— Oui, pour déjeuner et voir des matches. Surtout pendant les grandes compétitions. Il y a tout le gratin. Je l'accompagne, il ne peut pas y aller seul. Je prends mes congés exprès à ce moment-là.

— Moi aussi, compléta Leliège.

— Vous faites toujours équipe, tous les deux ? Vous travaillez toujours en binôme ? demanda Samy.

— De préférence, répondit Dubroc.

— On a mis au point nos propres méthodes.

— C'est un métier difficile, remarqua Sybille gravement. Tous ces morts…

— On n'enquête pas que sur des homicides ! corrigea le major.

— Tout de même, est-ce que ce n'est pas démoralisant de ne voir que les côtés noirs de l'humain ? demanda Samy.

— C'est comme dans tout, il y a de bons et de mauvais côtés. Là, par exemple, en ce moment, je ne dirais pas que nous sommes confrontés aux côtés sombres de l'humain ! Si ?

Ils rirent. En effet, chacun se trouvait bien, dans cette petite maison accueillante, tout près du lac et non loin des plages démesurées de l'océan.

*

Le dîner tirait à sa fin. Dubroc se sentait moins détendu à mesure que l'heure avançait. Il avait pas mal bu. Leliège avait jeté un coup d'œil à sa montre et s'était dispensé de fumer le cigare.

— Et ton frère, on ne le verra jamais ? demanda Leliège tout à trac.

— Davy ? Si, je suppose. Mais il est assez sauvage. Il aime bien être tranquille, pêcher, surfer.

— On l'a vu au *Rock Food*, sur la place des Landais, hier soir, expliqua Dubroc.

— Ah bon ? Il ne me l'a pas dit.

— Il est parti avant qu'on ait eu le temps de se présenter.

— Dommage. Mais ça ne m'étonne pas. Il n'a fait que passer. Comme je vous le disais, il préfère le calme.

— Vous travaillez ensemble depuis longtemps ?

— Ça fait trois ans. Avant j'étais étudiant, et puis j'ai bossé chez les uns et les autres.

— Tu as fait quoi comme études ?

— Psycho.

— Ça sert toujours ! dit Leliège en riant.

— Surtout dans le commerce, renchérit Sybille.

— Avec moi tu n'auras pas de problèmes, je me suis décidé, j'ai choisi mes espadrilles.

— Parfait, répondit Samy. J'en recevrai d'autres bientôt si tu veux d'autres couleurs.

— Tu déballeras où, dans les jours qui viennent ?

— Le plus près d'ici, ce sera mardi à Seignosse, au village de vacances *Les Ortolans*.

— On viendra te voir, n'est-ce pas, Dubroc ?

Le capitaine hocha la tête.

— Et à Capbreton, tu y déballes ?

— Oui, au CERS et dans un hôtel.

— Au marché aussi ?

— Non. Je suis sur celui de Seignosse, l'été.

— C'est difficile d'obtenir un espace dans un hôtel ou sur un marché ?

— Encore assez. Il y a beaucoup de demandes.

— Il y a de belles boutiques à Hossegor.

— C'est ce qui attire les gens. La station est appréciée aussi pour ça.

— On est allé chez *Betty Boop*.

— Du haut de gamme ! Il y en a moins qu'avant…

— Samy a raison. Il y a plus d'articles de moyenne gamme, maintenant. C'est que la clientèle a changé. Elle est plus jeune, moins argentée. Il en faut pour tous les goûts et toutes les bourses.

— Vous vous faites de la concurrence les uns les autres, non ? Le marché, c'est une jolie part qui ne va pas dans le tiroir-caisse des commerçants de la ville ?

— Bien sûr, mais le marché, avec l'offre qu'il propose, attire beaucoup de monde. Les commerces sédentaires en profitent aussi.

Dubroc proposa du café, mais personne n'en voulut. Samy déclara qu'il devait se lever tôt le lendemain et que, par ailleurs, les enquêteurs avaient leur cours de tennis. Leliège se prétendit en meilleure forme quand il avait bu un peu d'alcool la veille. Ce qui fit rire Samy :

— On verra ça sur le court demain !

Il se leva à son tour, sans attendre Sybille qui s'était lancée dans une passionnante conversation avec Dubroc.

— Je vous en avais parlé, lui disait-elle. C'est un timbre rare qui pourrait plaire à votre père.

— Il faudra me le montrer, je le prendrai en photo.

Leliège avait mis son sac dans la voiture avant le repas. Il fila à l'anglaise. Et dès que le scooter de Samy eut disparu dans la nuit, il prit la route de Soustons.

Dubroc et Sybille se retrouvèrent seuls tout à coup. Leur intérêt pour le timbre rare était tombé. Ils se regardaient, embarrassés. Le capitaine s'interrogeait. Peut-être se trompait-il ? Le silence s'éternisait.

20

LIONS

Tout à coup, Dubroc s'aperçut qu'il produisait des boulettes de pain depuis quelques minutes. Leur nombre – au moins une dizaine – l'étonna, de même que leur parfait gabarit. Ce n'était pas si mal… Il reprenait confiance. C'est à ce moment que Sybille posa sa main sur la sienne.

Elle caressa le dessus de ses doigts, lentement, glissa les siens entre ceux de l'enquêteur en appuyant sa paume douillette sur le saillant des os sous la peau fine. Il cessa de penser. Il n'était plus que l'objet soumis à cette incroyable douceur. Elle entoura son poignet et le massa avec force et sensualité. Il sentait ces bracelets de chair qui semblaient vouloir prendre son pouls affolé. Elle ne le quittait pas des yeux, son regard dans le sien. De ses deux mains, elle prit son avant-bras et suivit les dépressions des muscles et des tendons, pétrissant de ses pouces les bombés et insinuant son majeur dans les plis. Puis, la manche du tee-shirt lui paraissant un obstacle infranchissable, elle le fit lever et l'embrassa. Il crut être arrivé au port. Bientôt ils prendraient la mer…

Mais non. Elle gardait les lèvres closes, ce qui le contraria et lui donna l'envie de la maltraiter. Il se fit dur contre elle afin qu'elle sache qu'il n'accepterait pas de se laisser mener par le bout du nez. Sa bouche s'ouvrit alors brusquement et se fit goulue. Cette perversité, cette manière de souffler le chaud et le froid, véritables montagnes russes des préliminaires firent monter le sang à la tête de Dubroc. Ouf. Il était rassuré, Sybille n'était pas la mijaurée qu'il avait craint un court instant. Au contraire, elle pouvait se montrer diabolique. D'ailleurs, elle soufflait sans retenue, les yeux entrouverts, brillants, malicieux, s'amusant de l'avoir dominé par la surprise, jouant de l'animalité, repoussant les limites du convenu. Il sentait la lisse dureté de ses dents opposée à la chaleur gluante de sa langue. Elle lui enleva son tee-shirt. Il vit son air émerveillé de petite fille, et se confia totalement à ses caresses.

— Par ici, lui dit-il d'un ton rauque.

Il la tenait par la main. L'un derrière l'autre, ils gagnèrent la chambre de Leliège. Dubroc l'avait finalement jugée plus agréable que la sienne. Le major y avait apporté des touches de décoration pleines de goût : panier de pommes de pin ; bougies parfumées ; lampes tamisées ; nappage cache-misère à l'aide de torchons grège... (le capitaine s'était d'ailleurs demandé d'où provenait ce bric-à-brac). Il constata, à peine fut-il allongé, que le lit était bien meilleur que le sien.

Il ne se sentait pas l'âme d'un prédateur, pas ce soir. Il ne voulait qu'un bel échange. Il pensa au tennis un bref instant, une relation sans vainqueur ni vaincu. Et même mieux : deux vainqueurs au bout de ce moment.

Sybille était belle, inventive, naïve et tendre. Il s'étonnait de sa force et sa délicatesse. Il lui supposait une vie amoureuse compliquée. Il fut pris d'une curiosité qu'il garda pour lui. Mieux valait ne pas savoir. Que ferait-il de ces confidences ? Elles encombreraient leur relation, fausseraient sa perception, seraient inutiles ou pire, nuisibles ! Il ne voulait rien savoir.

Il serra son corps contre le sien. Elle lui sembla légère et dure. Ses jambes contre celles du capitaine, son ventre contre le sien, leurs bras emmêlés, leurs visages unis. Il respira son parfum, fleuri, céleste, tendre.

— Tu sens l'été, le soleil, le sable.

Elle ne répondit pas. Les yeux fermés, elle se laissait aller à ses caresses affectueuses. Il se voulait rassurant, fort de son but, de l'éternité qu'il se promettait avec Sybille. Il s'appliquait à poser les fondations de ce monument qu'ils allaient bâtir ensemble sur les ruines de leurs précédentes expériences. Le comprenait-elle ? Il en était sûr. Une semblable communion entre eux n'aurait pas existé sans cela.

La porte-fenêtre était ouverte sur le jardin privatif de Leliège. Plus loin, le lion grognait et gémissait, il creusait ses flancs et gonflait la poitrine dans une énorme expiration. Avait-il faim ? Non. Il marquait son territoire, décourageait de potentiels rivaux.

Dubroc, sans le savoir, était passé sous la domination de l'animal. Les lions, du plat de leurs pattes, se donnaient des vastes caresses imprécises. Le mâle subissait les agaceries de la femelle, tout comme le capitaine celles de Sybille. Elle tournait autour de lui, se roulait à ses pieds, frottait sa tête contre son cou. Puis elle glissa sur le ventre et releva sa croupe. Dubroc se mit sur elle et souffla dans son cou, mordit sa nuque. Furent-ils supérieurs aux lions, qui s'accouplent toutes les quinze minutes et près de cinquante fois par jour ?

Les amants se caressaient, se léchaient, se buvaient, appréciant chaque millimètre de peau, chaque recoin.

La femme et l'homme apprenaient leurs secrets avec la main, avec la bouche.

Dubroc était entré au nirvana, le cœur pur, la tête ceinte d'une couronne de nobles sentiments, des projets en bandoulières. Des yeux de Sybille perlait parfois une larme, tandis que sa respiration semblait coupée par le vertige du plaisir.

Cette nuit-là, ils allèrent bien au-delà de banales confidences : ils n'échangèrent pas un mot. Mais ils surent tout de leur désespoir et de leur confiance en la vie. Fureur, avidité, doute, misère, horreur… Tout, ils déversèrent tout, là, dans le lit de Leliège, le gentil privilégié auquel on ne connaissait pas de souci.

*

Les lions s'éveillèrent avant eux. Leurs doux grognements emplissaient la nuit d'une mélodie exotique.

Dehors et demain. Voilà ce que les amants, quels qu'ils soient, tentent de combattre. Dubroc n'aimait pas l'aube. L'aube ne l'aimait pas. N'allait-elle pas lui prendre Sybille avec laquelle il aurait volontiers passé la matinée, la journée, la semaine ?

— Je t'ai reconnu tout de suite. Je suis peut-être folle, mais j'ai su tout de suite que tu apportais quelque chose d'important dans ma vie. Au début, tu me regardais sans me voir…

— Non, je t'ai vue tout de suite. Je t'ai trouvée belle.

— Belle… Moi, ce que j'ai vu, c'était bien plus que ça. J'ai vu la vie qui à nouveau me faisait signe. J'ai senti mon corps en loques qui, comme un volcan, se mettait à gronder.

— En loques, tu exagères !

— À l'abandon… J'ai vu qu'il n'y avait rien d'autre dont j'avais plus envie que d'un homme. J'en vois des quantités, des hommes. De toutes sortes. Mais rien n'a bougé en moi depuis des années. C'est normal. Parce qu'il n'y avait qu'un seul homme pour moi et c'était toi.

— Tu m'attendais ?

— Oui. Sans le savoir.

— Moi aussi, peut-être bien.

Dubroc restait prudent. Il se souvenait de bien d'autres paroles échappées dans le relâchement des sens, autant d'aveux et promesses qu'il avait cruellement regretté d'avoir prononcés…

— Tu viens au bon moment ! Le printemps, la nature qui scintille et ma fraîcheur qui est revenue !

— Une renaissance pour moi aussi, avoua le capitaine à contrecœur.

Il devait être honnête. Sybille lui plaisait depuis le début. Ce n'était pas que physique, même s'il avait repéré instantanément des atouts importants pour lui. Au fond, il en avait assez de vivre seul. Leliège était un bon adjoint, patient, il devait bien le reconnaître, mais il ne pouvait être question d'amitié entre eux. Les relations de leurs pères et leur codification complexe devaient être respectées. Et puis, Dubroc n'avait pas de famille, à part ce père très âgé dont la dureté lui perçait le cœur et le corps.

Le capitaine multipliait les aventures depuis toujours. Il ne se fixait pas. Certes, il avait connu une ou deux femmes qu'il avait ensuite regrettées. Plus tard, lorsqu'il les avait revues, elles étaient casées, heureuses, sans aucun désir de lui. Il s'était dit qu'il n'avait pas été assez rapide dans ses réflexions. Or, voilà que lui tombait dans les bras une nouvelle chance. Sybille pouvait être celle qu'il lui fallait et elle semblait prête à franchir le pas. Bien des problèmes seraient à résoudre. Pourraient-ils vivre ensemble ? Comment feraient-ils ? De quoi avait-elle envie ? Et lui-même ? Il ne le savait pas.

Sybille le laissa organiser le petit-déjeuner. Il sifflotait en faisant tinter la vaisselle.

— Je n'ai que ça à t'offrir, lui dit-il en lui servant du café.

— Je n'ai pas faim, ne t'inquiète pas.

— Tu ne veux pas m'attendre cinq minutes ? Je vais chercher des chocolatines.

— Non, reste. Ne pars pas déjà !

— Oh, je ne pars pas… J'ignore comment nous allons faire, mais tu as désormais un boulet attaché à ta superbe cheville…

— J'en veux bien de ce boulet, comme tu dis ! Viens, embrasse-moi encore…

*

Le record des lions était loin d'être battu, mais Dubroc se défendit très bien.

— Il faut que je passe chez moi pour me changer avant d'aller au club-house.

— Je passerai te voir dans la matinée, si tu veux bien.

— Oui, oui ! Viens, viens quand tu veux !

— On pourrait manger ensemble ce soir ?

— D'accord.

— Un dîner aux chandelles, ça te dit ? Un cadre romantique…

— Oh oui !

— C'est moi qui choisis le restaurant !

Elle dut comprendre qu'il voulait garder des prérogatives et ne s'y opposa pas. Il lui proposa de la raccompagner.

— J'ai tellement peur de te perdre, souffla-t-il dans ses cheveux.

— Ne t'en fais pas, il y a peu de chance que je rencontre un autre prince charmant entre ici et chez moi ! répondit-elle en riant.

Elle partit, souriante, au volant de sa voiture, dans la nuit qui finissait. Dubroc se sentait à la fois heureux et triste. Bientôt le jour reléguerait sa nuit merveilleuse au rang des souvenirs. Elle resterait unique, même s'ils faisaient à nouveau l'amour le soir même, ou les jours suivants… Jamais plus il n'y aurait cette magie, celle de la première fois. Il savourait encore son parfum dans l'air et quelques vibrations de son énergie.

Le silence retomba. Même les lions se taisaient. Cette fois, l'aube tiendrait peut-être sa promesse. Une certaine forme de renouveau viendrait peut-être donner raison à l'espoir. Les cieux neufs ne mentiraient peut-être pas, pour une fois.

21

CHEZ SYBILLE

Leliège revint de chez ses amis aux alentours de huit heures. Dubroc était attablé sur la terrasse devant un petit-déjeuner solide. Il avait pris son vélo de bon matin pour aller chercher des chocolatines et des croissants à la pâtisserie du centre.

— Venez par ici, il fait un temps merveilleux ! Bien dormi ? lui demanda-t-il aimablement.

— Pas fermé l'œil.

— Ah je vois ça ! Vous avez une sale tête.

— Je vais me coucher une petite heure. J'ai un de ces mal de crâne…

Dubroc était déçu. Il aurait aimé partager sa bonne humeur avec Leliège. Il le rudoyait souvent et il s'en voulait. Il l'aimait bien, malgré ses défauts. Mais bon, il avait des excuses : le major se rendait volontiers exaspérant !

— Allez-y. Ne vous faites pas de bile. Je vous réveillerai si j'ai besoin de vous.

Leliège s'apprêtait à gagner sa chambre lorsque le capitaine lui cria :

— Stop ! Arrêtez ! Je me suis installé dans votre chambre.

— Ah bon ?

— Oui, prenez la mienne ! Je débarrasserai plus tard…

— J'ai trop mal à la tête pour discuter…

— Parfait. Je n'ai pas du tout envie d'entendre vos sempiternelles jérémiades…

Le capitaine reprit sa contemplation de la nature. Il assistait au réveil des écureuils. Sous ses yeux, ils se jetaient dans le vide pour se rattraper in extremis à une branche molle, dégringolaient le long des pins, puis se livraient à des séries de *m*, vifs, menus…

Sybille ne quittait pas ses pensées. Il souriait sans le savoir tandis que ses yeux brillaient d'un nouvel éclat.

Il décida de laisser dormir Leliège. Aujourd'hui, il se sentait un autre homme.

— Carrément magnanime ! prononça-t-il à voix haute.

Il prit sa voiture. Après sa visite à Sybille au club, il comptait faire le tour des restaurants et réserver une table pour le soir même. Tant pis pour le major, c'était un grand garçon. Et puis il n'était pas très en forme… il se coucherait de bonne heure !

*

Le club-house était encore fermé. Des joueurs patientaient à l'extérieur.

— Il n'y a personne ? demanda l'enquêteur.

— Non. Et on perd du temps ! On a réservé, nous !

— Elle va arriver… Pas de panique, les rassura Dubroc.

— Quelle désinvolture ! Même pas un mot sur la porte ! Et son téléphone qui ne répond pas… Comme ça au moins, elle est tranquille.

— Vous avez essayé de joindre Sybille sur son portable ?

— Évidemment, c'est bien la première chose qu'on a faite ! Et elle ne répond pas. Qu'est-ce qu'elle peut bien trafiquer ?

— Elle est peut-être tombée en panne... suggéra un autre.

Les élucubrations et les récriminations allaient bon train. Le capitaine, qui avait d'abord imaginé Sybille écrasée de sommeil après leur fougueuse nuit, sentit l'inquiétude l'assaillir.

— Vous avez son adresse ?

— Vous êtes qui ?

— Capitaine Dubroc, officier de police judiciaire, section de recherches de Pau.

À chaque fois, il ressentait ce même sentiment de puissance. Il rivait le clou aux plus arrogants avec ce simple sésame. Il soupira et, muni de l'adresse de Sybille, fila vers Seignosse.

*

La résidence était calme. Il en fut soulagé, car il avait craint la présence d'une ambulance et même pire... Oui, il y avait pensé. La mort faisait partie de son existence depuis si longtemps. Trop, sans doute.

Il gara sa voiture sur le parking. Les places ne manquaient pas. Les habitants étaient partis travailler, ou bien ils faisaient leurs courses, du sport... Quant à Dubroc, il n'était qu'une boule d'angoisse. La terreur avait pris possession de lui. Elle ralentissait ses mouvements, alors qu'il aurait voulu courir. Il sonna à l'interphone où il était écrit « Sybille Martin – app. 123 – premier étage ». Son doigt tremblait tandis qu'il enfonçait le bouton de toutes ses forces. Il le maintenait, l'écrasait…

La porte du hall finit par s'ouvrir devant un petit chien aux pattes arquées et aux yeux larmoyants. Il tirait une femme âgée au bout d'une laisse démesurément longue.

Sans égard pour le couple, Dubroc s'engouffra illico et monta l'escalier quatre à quatre.

Le couloir était désert et la porte de l'appartement de Sybille fermée à clef. Il frappa plusieurs fois. Avant de tenter de crocheter la serrure, il s'assura qu'elle n'avait pas été forcée. Non, elle était intacte. Il n'obtint aucun résultat avec l'anneau de son porte-clés. Aucun bruit ne lui parvenait de l'intérieur. Il frappa à la porte voisine. Une femme lui ouvrit.

— Capitaine Dubroc, lui dit-il en montrant sa carte. Est-ce qu'il y a un concierge ou un gardien ?

— Non.

— Bon. Est-ce que vous avez une hache ?

— Une hache ? Non, je n'ai pas de hache !

— Un pied de biche ?

— Non plus. Mais celui du bout, là-bas, il en a peut-être.

Dubroc appela Leliège qui dormait.

— Rejoignez-moi chez Sybille tout de suite. Il faut que j'enfonce la porte. Apportez-moi ce que vous pourrez. Des outils ! Je crains le pire. Prévenez la brigade sans trop en faire. On ne sait pas ce qu'on va trouver. Peut-être rien. Elle peut aussi bien être partie.

Il redescendit et bloqua la porte en position ouverte, fit le tour de la résidence, leva les yeux vers les fenêtres. Tout paraissait normal.

Le petit chien levait la patte sur la pelouse, puis la grattait de toutes ses forces. La vieille dame marchait sur le trottoir.

— Vous connaissez Sybille Martin ?

— Bien sûr. On se connaît tous.

— Vous l'avez vue, ce matin ?

— Non, je l'ai vue hier.

— Pas aujourd'hui ?

— Non.

— Vous n'avez rien remarqué d'anormal, ce matin ?

— Non.

— Vous donnez de quel côté ?

— Sur le parking, là-bas. C'est plus vivant. À mon âge, on a besoin de voir du monde.

— Et vous êtes sûre que vous n'avez rien vu de spécial sur le parking ? La voiture de Sybille y était ?

— Hier soir, je sais qu'elle était de sortie. Je l'ai vue partir et d'ailleurs, elle me l'a dit.

— Elle vous a dit quoi ?

— Qu'elle était invitée.

— Elle est rentrée tard ?

La femme se mit à rire.

— Elle n'est pas rentrée du tout ! Enfin, si... seulement ce matin, de bonne heure. Si vous voyez ce que je veux dire...

— Il était quelle heure ?

— Vous êtes de la police ?

— Oui !

Dubroc montra sa carte.

— On s'inquiète pour elle.

— Voyons, je me suis levée pour boire… Il devait être trois heures. J'ai regardé le parking, sa voiture n'y était pas. Je n'espionne pas, mais j'ai juste remarqué que sa place était prise par quelqu'un d'autre.

— Chaque résident a sa place attitrée ?

— Non, pas vraiment, mais on a nos habitudes à force. Entre nous, on se respecte.

— Et ensuite ?

— Je me suis relevée vers sept heures. Là, j'ai vu sa voiture. Notez bien qu'elle n'était pas à sa place, parce que l'autre y était toujours.

Sybille était bien rentrée chez elle. Son véhicule était là. Dubroc en fit le tour. Pas de chocs, pas de traces suspectes de boue. Rien.

Il remonta et frappa à toutes les portes de l'étage. Seule la voisine d'en face lui ouvrit à nouveau. Elle n'avait rien entendu de particulier. Sa chambre donnait de l'autre côté de la résidence. Elle ne se levait qu'à sept heures et demie, son radio-réveil se déclenchait à sept heures, le son était un peu fort…

Leliège n'arrivait pas. Le capitaine devenait fou. Il redescendit et s'assit dans sa voiture, les yeux levés vers les fenêtres de Sybille. Il posa sa tête sur le volant, accablé.

L'arrivée du major le tira de cet état d'abattement. Il le vit se garer, sortir du véhicule avec difficulté, ouvrir le coffre et prendre du matériel…

Dubroc le rejoignit alors qu'il allait franchir la porte du hall.

— Donnez-moi ça, dit-il en lui arrachant les outils des mains. C'est au premier.

Aussitôt devant l'appartement, il se mit à l'ouvrage. Le capitaine, tel un animal enragé, entreprit de détruire la porte à coups de pied de biche. Le vacarme attira peu à peu les habitants du second étage qui, unis aux deux femmes du premier et au petit chien à jambes arquées, observaient avec effroi le saccage auquel se livrait l'enquêteur.

Il avait besoin de ça. Il sentait à quel point cet exercice était nécessaire à sa propre survie. Il connaissait par cœur les séquences qui précèdent la découverte d'un meurtre ou d'un suicide. Son expérience l'y préparait. Il usait sa fureur et son désespoir à l'avance. Des portes fracturées, il en avait vu des dizaines. Il savait comment faire. Non, ce qu'il voulait, c'était la pulvériser lui-même. La réduire en miettes.

Leliège, livide, se tenait au mur. La femme au chien lui avait apporté le verre d'eau qu'il lui avait demandé. Impressionnée par son brassard, elle lui parlait à voix basse.

— Je vois que vous êtes de la gendarmerie, vous aussi. À trois heures, je me suis levée pour boire. Mon chien a mal aux dents. Il ne mange plus que de la bouillie. Il se fait vieux. Je lui ai donné son cachet. J'ai oublié de le dire au commissaire. Vous croyez que c'est important ?

Le major secoua la tête.

— Je vous le dis, parce qu'un simple détail peut être capital. Je lisais beaucoup d'Agatha Christie, avant. J'ai regardé le parking, sa voiture n'y était pas. Je m'en souviens parce que sa place était prise par un autre. Après je me suis recouchée. Je dors d'un œil, j'ai toujours peur qu'il avale une de ses dents. Elles tombent. Je me suis relevée vers sept heures. Elle était revenue. Notez que j'aurais pu ne pas la remarquer parce qu'elle n'était pas à sa place. Le vétérinaire m'a dit que sa gencive est pourrie. Vous voyez, regardez, il en a encore perdu une…

La femme avait mis la gueule de son chien sous le nez de Leliège. Peut-être son haleine n'était-elle pas fraîche ? Quoi qu'il en soit, le major fut pris de vomissements irrépressibles. Il gerbait contre le mur vers lequel il s'était pudiquement tourné. L'éducation, aurait dit Dubroc. Mais le capitaine ne voyait ni n'entendait rien. D'ailleurs, il en avait presque fini avec la porte…

D'un coup d'épaule, il eut raison de ce qu'il restait de l'obstacle. Il pénétra dans l'appartement et son public avança d'un pas. Il se tourna vers eux d'un air menaçant :

— Si vous ne dégagez pas de là de suite, je vous fais tous mettre en garde à vue ! Compris ?

En une seconde, il ne resta plus que Leliège qui paraissait se remettre un peu.

— Qu'est-ce que vous foutez ? lui dit Dubroc. Suivez-moi, bordel !

— Je passe devant, patron. Ça vaut mieux.

Ils ne virent rien de particulier dans la pièce principale. Ils ouvrirent les portes du couloir qui donnaient sur la salle de bains, les toilettes, une penderie assez vaste pour s'y dissimuler. Sur une chaise, Dubroc vit le pull que portait Sybille la première fois qu'il l'avait vue. Il lui trouva un air de dépouille, celle d'une bête dépecée.

La porte de la chambre était ouverte. Leliège se tourna vers le capitaine et lui dit :

— Elle est là. Malheureusement…

Dubroc le poussa sans ménagements et se rua dans la pièce. L'effroi le disputait au soulagement, car, certes

Sybille était morte, mais elle était intacte, habillée comme lorsqu'elle l'avait quitté. Il n'y avait pas de traces de lutte. À part sur le lit en désordre où elle avait été tuée.

— Étouffée, dit Dubroc.

— L'oreiller, là ! indiqua Leliège.

Effectivement, l'assassin avait rejeté loin du corps l'arme du crime dans un réflexe de dégoût. Les enquêteurs avaient débattu cent fois de la signification de ces gestes.

Dubroc lui ferma les yeux, il ne pouvait soutenir cette vision plus longtemps.

— Ne touchez à rien, mon capitaine !

— Ah oui, vous avez raison… Je suis sûr que ce n'est pas le même qui a fait ça. Alors pourquoi ?

— J'informe Dax et la brigade de Seignosse, murmura Leliège. Pour qu'ils bouclent les lieux.

— Je reste là en attendant. Laissez-moi. J'ai besoin d'être seul.

— Pardon mon capitaine, mais je reste avec vous.

— Je vous dis de dégager ! hurla Dubroc.

— Impossible, patron. Vous êtes le premier suspect…

Dubroc crut recevoir un coup de massue sur la tête.

— Qu'est-ce que vous dites ?

— Excusez-moi, patron, mais vous êtes le dernier à l'avoir vue vivante. Il vaut mieux que je reste près du corps jusqu'à ce que les techniciens arrivent.

— Vous ? Pourquoi vous ?

— Pour vous protéger. Vous êtes en mauvaise posture, patron. Je vous sers de témoin. C'est une garantie. Personne n'aura touché à rien entre le moment où vous avez enfoncé la porte et l'arrivée de la brigade et des techniciens.

Dubroc soupira. Son adjoint avait raison. Il chercha quelque vacherie à lui dire, il ne trouva rien, sauf…

— Vous puez, major. C'est quoi cette odeur infecte ?

— J'ai rendu dans le couloir et sur moi… Vous en avez sur votre manche. Vous m'avez poussé en entrant…

— Quelle infection !

— C'est à cause du chien.

— Quel chien ?

— Celui de la vieille qui s'est levée à trois heures du matin.

— Tiens, on va la réentendre celle-là. Allez la chercher !

— Allez-y vous-même, dit Leliège en s'asseyant sur une chaise.

Le capitaine n'avait jamais eu à lutter contre la volonté du major. Il jugeait sa nouvelle attitude incongrue, même si les raisons dont ce dernier avait fait état pouvaient être fondées. Il suffisait en effet d'un détail pour qu'on lui tombe dessus, après tout. Sauf qu'il n'avait aucun motif pour tuer cette femme délicieuse avec laquelle il comptait faire un peu de route.

Leliège lui apparut tout à coup comme un inconnu. Il était là, sur sa chaise, pâle comme la mort. Le capitaine se souvint de son allure étrange lorsqu'il était descendu de voiture. Et de son retour de Soustons… N'avait-il pas une drôle de tête ? Pourquoi était-il allé se coucher aussitôt ? Qu'avait-il fait de sa nuit ? Dubroc se promit de mener sa petite enquête en douce. Ça manquait d'élégance, mais il y avait le cadavre de Sybille entre eux désormais. Sybille que Leliège n'aimait pas, Dubroc en était désormais persuadé. Pourquoi ? Par jalousie, argumentait le capitaine. Leliège le voulait tout à lui. Il tolérait ses histoires d'amour ratées, pas de le sentir lui échapper. Le major avait pourtant une famille, lui. Il avait tout ce que Dubroc n'avait pas, à commencer par l'amour de son père.

Bon sang, que dirait Dubroc père s'il était accusé du meurtre de Sybille ? Il en mourrait peut-être.

Son regard se porta sur le corps de la femme qu'il aimait. Il n'était pas couvert. Ses belles jambes qu'il caressait encore quelques heures auparavant… Son bassin étroit…

Il baissa la tête et pleura en silence. Il se fichait pas mal de Leliège, ce suceur de roue. Qu'il se repaisse du spectacle ! Après tout, qu'il prenne son pied, ce sinistre salopard !

*

La CIC et la brigade de gendarmerie arrivèrent rapidement. Dubroc et Leliège quittèrent les lieux.

— Je veux entendre à nouveau la femme au petit chien. En attendant les témoignages des autres habitants, gronda Dubroc.

— C'est cette porte-là. Il va falloir que quelqu'un nettoie le couloir… remarqua le major.

L'abominable toutou dormait sur une chaise recouverte d'un coussin en fourrure synthétique. La table de la salle à manger était encombrée de bulletins de loto.

— Je joue chaque semaine, expliqua la vieille. Je ne m'y retrouve plus. Si vous pouviez m'aider…

— Major, classez donc ces tickets ! Donc, vous nous avez bien dit que la voiture de Sybille Martin n'était pas à sa place à trois heures du matin et qu'elle y était à sept heures ?

— Oui.

— Selon vous, une voiture avait pris sa place ?

— Oui, c'est bien cela. Est-ce qu'elle est morte ?

— Oui.

— C'est important, alors, cette voiture à sa place ?

— Peut-être, oui.

— Je le savais ! Comme je l'ai dit à l'autre commissaire, les gens voient des choses, mais les gardent pour eux. Du coup, comment voulez-vous que la police trouve le coupable !

— Vous vous souvenez de quelle genre de voiture il s'agissait ?

— Alors là… non !

— Vous les connaissez toutes ? Celles des voisins, je veux dire.

— Bien sûr. Il n'y a pas beaucoup de distractions à mon âge, avec mon chien et ses problèmes de dents… Il les perd à cause de…

— Je vais vous laisser mon numéro de téléphone. Il se peut que quelque chose vous revienne. Vous vous levez chaque nuit ?

— Oh oui. C'est à cause de lui… Pour son cachet. Il a les gencives pourries, m'a dit le vétérinaire.

— Eh bien, quand vous allez vous lever la prochaine fois, vous regarderez par la fenêtre et il se peut que tout à coup, vous vous souveniez de quelle voiture il s'agissait !

— Peut-être. Je ne vous garantis rien. J'essaierai…

Leliège avait fini de classer les bulletins.

— Voilà, dit-il. Vous ne devriez conserver que le dernier, ça vous simplifierait la vie.

— Non, on ne sait jamais. Il peut y avoir une erreur informatique…

Dans l'appartement de Sybille, les techniciens s'affairaient.

— On l'emporte. On a fini ici. On a fait des relevés de traces. Et on a trouvé des empreintes.

— Merci. J'attends les conclusions de la légiste.

Les enquêteurs quittèrent la résidence chacun dans sa voiture.

22

THE SHOW MUST GO ON

La maison du fond du lac n'était plus le havre de paix qu'ils avaient connu. À peine arrivé, Leliège s'était précipité sous la douche, tandis que Dubroc vidait des verres de whisky en écoutant rugir les lions.

Le major vint le rejoindre sur la terrasse.

— Vous pouvez garder ma chambre, proposa-t-il.

— Je ne sais pas… Je débarrasserai la mienne quand j'en trouverai le courage. Encore un verre ou deux…

Leliège avait toujours eu ce genre d'attentions. Il pensait aux autres, à leurs désirs, leurs maux. C'était ce qui le rendait attachant et peut-être dangereux…

Le major allait répondre, lorsque le téléphone de Dubroc sonna.

— Répondez pour moi, s'il vous plaît. Je suis occupé.

— Allô ! Major Leliège. Il est occupé. C'est de la part ? Ah bon ? Vous êtes sûre ? Un fourgon vous dites ? Depuis la veille… Oui… Non, non, bien sûr… Merci beaucoup. Ah oui, les dents… Malheureusement. Les gencives… Bon courage à tous les deux…

Dubroc avait compris. Son visage reflétait la plus extrême des tensions.

— Un fourgon sur la place de stationnement de Sybille ?

— Oui. Il est resté là toute la nuit.

— Il l'attendait... Mais pourquoi, bon sang ?

— Elle n'a pas relevé le numéro.

— Pas la peine... Dites-moi un peu Leliège, qu'est-ce qui vous est arrivé, ce matin ?

— J'ai été malade.

— J'avais compris. Qu'est-ce que vous avez eu ?

— Un ensemble de choses, je crois.

— Ça m'intéresse... Vous étiez où ?

— Écoutez patron, ça ne se fait pas d'arriver chez les gens à minuit juste pour dormir.

— Vous n'avez pas dormi chez vos amis ?

— Eh bien non, voilà !

— Vous avez dormi où ?

— Dans ma voiture. Si on peut dire dormir...

— C'est ça qui vous a rendu malade ?

— Non ! Mais j'ai eu froid et du coup je n'ai pas fermé l'œil. Alors pour passer le temps, j'ai mangé tous les bonbons qui étaient dans la boîte à gants. Voilà. Ça m'a rendu malade. Vous savez tout.

Dubroc sourit malgré sa tristesse.

— Mon bon Leliège, vous êtes unique. Absolument unique !

— Si vous le dites.

— En tout cas, grâce à cet abominable chien à jambes arquées, on tient l'assassin de Sybille.

— Sauf que des fourgons, il y en a des quantités, patron. Et puis, concernant celui auquel vous pensez, ils sont deux à s'en servir... En plus, vous avez dit que l'assassin de Sybille n'était pas le tueur en série.

— Je sais tout ça. Il faut que je réfléchisse. On va leur faire une visite surprise, aux deux frangins. Il y a toujours quelque chose à apprendre quand on débarque à l'improviste. À nous deux, on arrivera bien à leur faire cracher un détail.

— Sans vouloir vous donner d'ordre, patron… changez-vous ! C'est intenable, cette odeur.

*

Les enquêteurs n'avaient encore jamais rendu visite à Samy. La rue des Chardonnerets était assez longue et la maison de la famille Lesguignes avait un cachet indéniable, celui de l'intemporel allié au bon goût discret typique d'Hossegor.

— La villa d'Ingrid n'est pas très loin d'ici, remarqua Leliège.

— Dans le quartier des oiseaux, en effet. La rue des Fauvettes, en ce qui la concerne…

— On voit que la saison n'a pas encore démarré. Il y a des travaux un peu partout, même en face de chez les Lesguignes.

— Ouais, et c'est même un sacré chantier !

— C'est pour ça que l'eau est coupée de temps en temps. Rappelez-vous, Sybille nous l'avait dit.

— Je me souviens, oui. Elle nous a dit qu'ils allaient se doucher au tennis. C'est clair, Leliège, l'accès au placard où est stockée la corde à raquette leur était facile.

— Samy ou Davy ?

— Ou les deux ?

— On en a connu des tordus, patron, mais là je dois dire qu'on est servi.

— J'ai rien vu venir. Sybille serait encore là. Quel con, je fais !

— Il y a le fourgon et le scooter, ils sont là tous les deux. On y va ?

Samy ne parut pas surpris de les voir. Il avait les yeux rouges et tenait un mouchoir à la main.

— Entrez. Venez… On est tous sous le choc.

Il se mit à pleurer sans retenue, à tel point que les enquêteurs commencèrent à douter de leurs soupçons.

— On l'aimait tous. C'est incompréhensible. Dire qu'on a dîné ensemble hier. On était si bien. Elle avait l'air tellement heureuse… Elle sortait de ses galères grâce à toi, Stéphane. Elle y croyait.

— Comment tu le sais ? demanda brusquement Dubroc.

— Elle m'avait laissé entendre que tu lui plaisais et ça semblait réciproque. Non ? Elle se trompait ?

Samy avait cessé de se tamponner les yeux et son attitude figée paraissait accuser le capitaine d'une perfide trahison.

— On s'était trouvé, elle et moi, répondit le gendarme. C'était parti pour un bout de temps. Celui qui l'a tuée ne courra pas longtemps. Il est là, Davy ?

— Non. Il est allé au club. On ne veut pas que n'importe quoi soit dit sur la mort de Sybille. C'était quelqu'un de bien. Laurine est là, si vous voulez.

Ils entrèrent. L'espace était réparti de la même manière que dans leur maison du fond du lac. Un léger désordre régnait – rien d'étonnant pour un intérieur de jeunes célibataires actifs. Surtout des vêtements qui habillaient les chaises. Leliège et Dubroc balayaient les lieux du regard. Soupçonneux, ils enregistraient le moindre détail. S'ils avaient tout lieu de considérer le chagrin de Samy comme sincère, il n'en allait pas de même pour son frère, cet inconnu fuyant.

Laurine était assise à la table de la salle à manger. L'air défait, le front dans une main, elle balayait de l'autre d'invisibles miettes d'un air accablé. Elle les salua à peine. Ne se leva pas. Rien ne paraissait important pour elle en ce moment précis.

— Vous étiez où ce matin, entre cinq et sept heures ?

— Ici, répit Samy.

— Et vous, Laurine ?

— Chez moi. Enfin, chez mon père, à Capbreton.

— Et Davy ?

— Avec moi, ici. On se lève vers sept heures ou sept heures et demie, précisa Samy. Je comprends que vous fassiez votre enquête et que vous interrogiez tout le monde, mais nous on n'a rien à se reprocher. On aimait Sybille. Davy aussi l'aimait bien. À sa manière.

— Et c'est quoi sa manière, exactement ?

— Il n'est pas démonstratif. Il garde ses distances. Il est comme ça. Les gens ne comprennent pas jusqu'à ce qu'ils apprennent à le connaître. Il ne ferait pas de mal à une mouche.

— Ah non ! Ne me parle pas de mouches ! coupa Dubroc d'un ton haineux.

— Bon. On sait tout ce qu'on voulait savoir. On y va ? proposa Leliège.

Ils sortirent. Le capitaine était comme enragé.

— Ces deux-là, je les garde à l'œil. Ne vous fiez pas à leurs petites gueules enfarinées, Leliège !

— Si vous voulez mon avis, Davy ne reviendra pas au bercail. Quant à Samy, il n'est pas de mèche avec son frère.

— Puissiez-vous dire vrai, mon vieux.

Sur le chantier, en face, les artisans s'affairaient. Dubroc les salua en agitant sa carte d'OPJ. Une sorte de mouvement furtif se fit dans la maison en construction.

— On dirait qu'il y a des souris, là-dedans, marmonna-t-il en entrant.

Les enquêteurs eurent juste le temps d'apercevoir des matelas de fortune qu'on escamotait derrière des menuiseries entreposées.

— C'est qui le chef ici ? interrogea Leliège.

— Moi…

L'homme leur tendit la main, en signe de bonne volonté spontanée.

— Me prenez pas pour un con, hein ! Les matelas, le réchaud… Vous vivez là, tous ? Vous n'êtes pas français, c'est ça ? Vous êtes quoi ?

— Roumains.

— Roumains, très bien. Je m'en fous. Je ne suis pas inspecteur du travail. Je veux que vous répondiez à nos questions. Compris ?

— Da. Înțeleg, répondit l'homme.

— Vous voyez la maison, là, en face ?

— Da.

— Ce matin, entre cinq heures et sept heures, est-ce que le camion est sorti ou entré ? Est-ce qu'il a bougé ce matin de bonne heure ?

— Nu. Pas bougé.

Dubroc lâcha un soupir excédé. Leliège sentit venir la crise… Il prit le relais.

— Vous dormez où, vous ?

— Aici !

L'homme désignait un coin de la pièce qui donnait sur la rue.

— Din cauza hoților ! Vouleurs… Pas vouler !

— Si j'ai bien compris, vous dormez sur place pour qu'on ne vous barbote pas le matériel ?

— Da, asta e ! Yes. Good ! acquiesça le chef de chantier.

— Ce camion n'a pas bougé de toute la nuit et toute la matinée ?

— Da. Camionul nu s-a mișcat. Pas bougé la nuit.

— Cette nuit ?

— Camionul pas bougé.

— Et les deux hommes, en face, ils sont sortis ? Avec le scooter ? Le vélo ?

— Nu pe un scuter ! Àș fi auzit. No scooter.

— Avec le vélo ?

— Ciclism, nu știu. Pas savoir…

— Il y avait de la lumière hier soir ?

— Băieții au lucrat târziu. Era aprins. S-au ridicat în jurul orei șapte ca și celelalte zile. Travailler tard.

— Travaillé tard, les deux ?

— Da.

— Levés vers sept heures, c'est bien ça ?

— Da. Yes.

Leliège se tourna vers Dubroc avec un geste d'impuissance.

— Ça se complique, patron. Le fourgon est resté là.

— J'ai pas fait roumain première langue, mais j'avais compris !

— Alors ?

— Alors… On ne lâche pas du côté de Davy. Un type solitaire et froid qui n'aime personne.

— Vous voulez le cuisiner ?

— Et comment ! Mais d'abord, j'aimerais bien voir les vidéos, s'il y a des caméras dans le bourg de Seignosse... Devant chez Sybille.

— J'appelle la brigade.

Avenue des Fauvettes, la maison dans laquelle Ingrid avait vécu était fermée. Les scellés avaient été levés, on avait autorisé la famille à emporter ses affaires. Trois familles éplorées vivaient en ce moment les mêmes déchirements... Et lui, Dubroc, ne pouvait prévaloir d'aucun droit pour retourner dans l'appartement de Sybille et emporter un de ses vêtements imprégnés de son odeur. Il ne lui resterait rien en ce bas monde de leur amour éphémère. Même pas une photo, ils n'avaient pas pensé à en faire.

— On va passer revoir l'appartement de Sybille, lança-t-il à Leliège.

*

Toutes les équipes avaient quitté les lieux lorsqu'ils arrivèrent devant la porte, à l'exception d'un gendarme qui la gardait en attendant qu'elle soit changée.

— Elle est dans un drôle d'état, leur dit-il. Il faut même changer le dormant !

Dubroc savourait son saccage. Il s'était bien dépensé ! Heureusement qu'il avait pu se déchaîner avant de découvrir le corps sans vie de Sybille. Qui sait jusqu'où sa colère l'aurait mené ?

Dans le couloir de l'appartement, des photos constellaient les murs dans des cadres pêle-mêle. Sybille en tenue de tennis, raquette à la main, entourée de joueuses, toutes bronzées et souriantes. Sybille un verre à la main, lors de fêtes ou d'anniversaires, les yeux brillants. Sybille en vacances, ailleurs, Sybille à Paris sous la Tour Eiffel…

— Ils ont enlevé le corps et fait les relevés. Il n'y a plus rien à voir ici, remarqua le major.

— Rien du tout en effet, approuva Dubroc qui furetait dans la chambre. Allez donc faire un tour dans la salle à manger. J'en ai marre de vous avoir sur le dos.

— Comme vous voudrez, patron.

Aussitôt seul, le capitaine prit un petit cadre dans lequel on voyait une autre Sybille, songeuse cette fois, assise à la terrasse du club de tennis. Il le mit dans la poche de son pantalon. Puis il pénétra dans la chambre et ouvrit la penderie. Les portes coulissèrent sans bruit et l'intimité de Sybille lui apparut. Il ne connaissait pas ses vêtements. Il plongea son visage au milieu des cintres et les étoffes caressèrent sa peau. Un délicat parfum qu'il tentait de relier à ses souvenirs montait de ces nippes inertes. Tout un côté du placard était aménagé d'étagères impeccables sur lesquelles s'alignaient au cordeau des piles de tee-shirts et de pull. Plus bas, les sous-vêtements s'organisaient par couleurs dans des boîtes en tapisserie. Le capitaine y plongea la main et ramena une poignée de petit linge soyeux dont il bourra ses poches.

On a beau être gendarme, on n'en est pas moins homme.

Lorsqu'il revint dans la pièce principale, il aperçut Leliège qui prenait l'air sur le balcon. Après tout, son adjoint était de bonne composition et une fois de plus, Dubroc s'en voulait de l'avoir malmené…

*

Peu avant midi, Leliège annonça qu'une bande-vidéo était disponible à la gendarmerie. Elle ne permettait de voir qu'une partie du parking de la résidence, l'essentiel du champ étant consacré à la sécurité de la place. Les enquêteurs ne furent qu'à moitié surpris d'y voir ce qu'ils appelaient désormais « le fourgon de Davy »...

— Vous vous souvenez de notre visite chez eux, ce matin ? Parmi les vêtements qu'il y avait sur les chaises...

— Ce sweat-shirt ? Oui, je l'ai remarqué aussi.

La chance était avec eux. Sur la vidéo, un homme descendait du véhicule, capuche relevée... et se dirigeait vers l'entrée de la résidence. L'horloge affichait six heures et demie.

— Le salaud ! grinça Dubroc. Et l'autre artisan roumain de mes deux... Il va apprendre à me connaître. Faux témoignage...

— On retourne rue des Chardonnerets, patron ?

— Et comment !

*

La maison paraissait déserte, mais le portillon était ouvert. Ils entrèrent sans frapper. Davy était seul, debout dans un coin de la pièce. Il tenait une liasse de papiers dans ses mains et leva un regard stupéfait vers les enquêteurs.

Sans un mot, Leliège se dirigea vers la chaise sur laquelle traînait toujours le sweat à capuche de l'assassin.

— C'est à qui ?

— À Samy, pourquoi ?

— Il est où ?

— Au club-house. Ils font un point pour les obsèques. Sybille n'avait pas de famille. L'open va commencer, ils ne savent pas s'ils doivent annuler ou pas.

— Tu la connaissais, Sybille ?

— Bien sûr. Elle nous dépannait à chaque fois qu'on était dans la panade.

— Tu étais où ce matin entre cinq et sept heures ?

— Ici. Je me suis levé à sept heures… Eh ! Vous ne croyez quand même pas…

— Ferme-la. On croit ce qu'on veut. Et tu es mal barré.

— C'est pas possible ! Je l'aimais bien, moi, Sybille ! Pourquoi j'aurais fait ça ? Et puis je dormais, je vous l'ai dit !

— On t'a vu.

— Moi ? Vu ? Où ça ?

— On te dira tout quand on t'interrogera. Les preuves sont là.

Tout à coup, Davy bondit sur eux et les bouscula. Il passa la porte en un éclair. Les enquêteurs virent le fourgon démarrer sur les chapeaux de roues.

— Faites un signalement, Leliège. Il n'ira pas loin. Je crois bien que notre enquête se termine…

— Il faut toujours se méfier des solitaires, conclut le major.

*

Ils durent renoncer à trouver une place sur le parking du club de tennis. Dubroc mesurait tout ce qu'il avait perdu avec la mort de Sybille. Bien que le décor soit inchangé, plus rien ne l'atteignait. Les allées printanières bordées d'hortensias aux feuilles d'un vert plein de vigueur, la terre dont l'ocre puissant contrastait avec les lignes blanches, le ciel d'un bleu inoxydable, les grillages semblables à des voilettes... Tout était pareil autour du capitaine, mais il se sentait sec, mort comme jamais.

Au club-house, il y avait foule. Ils repérèrent Samy et Laurine et se séparèrent sans même se concerter. Les joueurs, le staff dirigeant, les préposés à l'entretien et bien d'autres personnes que les enquêteurs ne connaissaient pas discutaient à mi-voix ; l'ensemble formait le bourdonnement d'une ruche. Dubroc, dont la lippe pendait encore plus que d'ordinaire, s'était fondu dans le groupe et surveillait Samy du coin de l'œil. Quant à Leliège, il gardait ses distances, assis à côté de la machine à corder qu'il titillait d'un air rêveur.

Samy et Laurine vinrent le rejoindre. Le jeune homme attaqua immédiatement sur le mode de la plainte.

— J'espère que Stéphane et toi, vous me croyez ! Tous ceux qui sont ici aimaient Sybille.

— Et Davy ? Il n'est pas là ? ironisa le major.

— Il va arriver. Il est allé chercher des articles pour le marché de demain.

Leliège ne répondit pas. Une jeune femme avait pris la parole.

— Votre attention, s'il vous plaît. On me demande quelques mots, parce que j'ai travaillé avec Sybille il y a des années et que, même si nos liens s'étaient distendus, je la voyais ici, à chaque fois que je venais jouer et on gardait le contact. Sybille était l'âme de ce club. Elle vivait pour lui et le faisait vivre. Ce qui est arrivé est horrible et surtout, incompréhensible. Nous sommes tous sous le choc. Pour honorer sa mémoire, nous devons à tout prix éviter de faire des suppositions. Un jour, nous saurons la vérité. En attendant, je vous en supplie : à chaque fois que nous ouvrons la bouche, rappelons-nous que Sybille était quelqu'un de bien !

La petite foule acquiesça. L'oratrice reprit :

— Comme la plupart d'entre nous le sait, elle n'avait plus de famille. Nous lui devons des obsèques à la mesure de ce qu'elle était pour nous. Il va y avoir une quête pour les organiser. Toutes les idées sont les bienvenues. Elle habitait Seignosse, mais elle était attachée à Hossegor. Ce serait bien qu'elle y repose.

Une onde d'approbation traversa le groupe.

— Le tennis, c'était sa vie. Je crois qu'elle aurait voulu que l'open se déroule malgré sa disparition. Il devait démarrer demain. Qu'est-ce que vous en pensez ?

Seul le silence lui répondit. Cette proposition ne soulevait aucun enthousiasme. Elle reprit.

— Aujourd'hui, nous sommes tous plombés par cette nouvelle, c'est normal. Mais nous devons réagir. Sybille avait mis tant d'énergie pour aider à la préparation du tableau des rencontres… Elle y pensait tout le temps. Son travail doit-il se perdre en même temps que son existence ? Il me semble qu'elle aurait préféré que le tournoi ait lieu. Elle s'en faisait une fête.

— *The Show must go on !* fit Dubroc d'une voix forte.

— Euh… oui… je le crois, murmura la jeune femme.

Le capitaine hocha la tête tristement. Son brassard en imposait, les regards étaient braqués sur lui.

— Vous avez raison, acquiesça Dubroc, Sybille Martin l'aurait voulu.

Leliège se leva et emboîta le pas au capitaine qui fendait la foule vers la sortie. Le tournoi se ferait sans eux.

*

En fin d'après-midi, alors que les deux gendarmes mettaient au clair leurs informations dans la maison blanche et rouge, on leur annonça que Davy avait été arrêté. À peine cinq minutes plus tard, ils virent son fourgon se garer devant chez eux. Samy et Laurine en descendirent.

— Ils ont fait vite pour récupérer le véhicule, patron !

— Ouais…

Les jeunes gens avançaient dans l'allée sans précipitation. Sans doute craignaient-ils l'accueil qui leur serait fait.

— Je n'ai pas pu te parler tout à l'heure, dit Samy à Dubroc.

— On n'a plus grand-chose à se dire. Ton frère est dans le pétrin. Excuse-moi de mettre toute la famille Lesguignes dans le même sac tant que je n'ai pas le détail des faits…

Le ton de Dubroc était aigre. Une lueur mauvaise, que Leliège connaissait bien, passait dans son regard.

— Il est innocent, crois-moi. Je connais mon frère par cœur.

— C'est vrai. Moi aussi, je sais qu'il est innocent ! protesta Laurine.

La jeune fille s'animait, pour la première fois, sous leurs yeux. Sa ressemblance avec les photos des victimes épinglées au fond de leur QG les frappa. Ils l'avaient déjà remarquée, mais ne s'y étaient pas arrêtés. Et si Laurine avait un lien direct avec ces meurtres ? Mais alors, pourquoi Sybille ?

Face au mutisme des enquêteurs, les deux jeunes ne s'attardèrent pas.

— Tout le monde compte sur votre participation au tournoi, ajouta Samy en se retournant. Vous, plus que tous les autres, devez y participer. Vous le ferez pour Sybille. Je comprends que ce ne sera pas pour moi…

Laurine ajouta :

— Je devais aider Sybille à recorder les raquettes. Elle m'avait dit que les vôtres étaient à faire. Si vous voulez, je les emporte et vous les aurez demain.

Leliège regarda Dubroc. Ils tombaient des nues, car jamais ils n'avaient entendu parler du savoir-faire de Laurine en la matière

— Toi ? Tu sais faire ? demanda Dubroc.

— C'est même une grosse partie de mon taf.

— Mais tu travailles où ?

— À Tarnos. Une grande surface de matériel de sport.

— Leliège, donnez-lui nos raquettes. Allez, foutez le camp tous les deux ! Dégagez ! Je ne veux plus vous voir !

Le major les poussa dehors et ferma la porte. Il était temps ! Dubroc saisit une chaise et la balança de toutes ses forces contre une armoire de pin qui grimaça pour toujours.

— Quel con ! Mais quel con, je suis ! hurlait-il.

Puis ce fut le tour de la table de la salle à manger sur laquelle Leliège avait provisoirement déposé un arrangement floral à base de pommes de pin et d'aiguilles... Il suffit au capitaine de tirer rageusement la nappe basco-portugaise. Son peu de résistance le déçut.

Alors qu'il cherchait des yeux quelque chose de solide à mettre en pièces, son téléphone sonna. Leliège se rua sur l'appareil et dit :

— Votre père...

23

DÉCOUVERTE

De part et d'autre du parvis de l'église d'Hossegor se massaient ceux qui étaient venus assister aux obsèques de Sybille Martin. Dubroc se demandait ce qu'il faisait là, en train de communier spirituellement avec des gens qu'il ne connaissait pas, autour de la dépouille de celle dont il ignorait l'existence à peine dix jours auparavant. Et tout ça à cause d'un timbre… Il tentait de ne pas reporter sa colère sur son père.

Au téléphone, le vieux despote lui avait encore demandé d'acquérir celui dont Sybille lui avait parlé.

— J'ai autre chose à faire, papa. D'ailleurs, madame Martin est morte. Au revoir, papa !

Il avait raccroché au nez de son père.

— Il est en forme ? s'était enquis Leliège.

— Votre gueule, major.

L'appel avait au moins stoppé net sa petite crise et son adjoint s'était occupé de tout remettre en ordre.

— Laissez. Je vais le faire… avait mollement proposé Dubroc.

— Oh, ça va, il n'y a pas beaucoup de dégâts, cette fois.

En effet, il n'avait pas fallu longtemps à l'industrieux Leliège pour effacer la casse. Ensuite, il avait rafistolé sa composition végétale.

— Je ne comprends pas votre passion pour ces machins-là, avait remarqué le capitaine avachi dans le canapé. Vous trouvez ça beau ?

— Beau ou laid, c'est comme mal ou bien : ça ne veut rien dire, patron. Disons que je trouve ça… intéressant.

Maintenant, la belle église toute blanche dressait son idéal de pureté vers un ciel hossegorien invariablement bleu. Les têtes hirsutes des pins l'entouraient comme de bienveillants gardiens. Leliège avançait, concentré, tête basse, peut-être composait-il des vers susceptibles de plaire à Dubroc ?

Lorsque le corbillard arriva, les employés des pompes funèbres emportèrent le cercueil. Le cortège les suivit bientôt.

Le capitaine marchait lui aussi tête basse, mais la quiétude des lieux avait suffisamment apaisé sa douleur pour lui permettre d'admirer leur sobriété. Il avait longuement consulté le guide du major, dans lequel il avait lu que l'église était bâtie sur une parcelle de l'ancienne propriété de Paul Margueritte, un des dix académiciens Goncourt dont le frère, Victor, avait vanté les mérites d'Hitler. Dubroc avait songé à Samy et Davy et à la différence de leurs caractères. Après tout, leur coach pouvait très bien ne pas être au courant des agissements de son frère. S'il était coupable, pourquoi serait-il venu chez eux, accompagné de Laurine, et risquer d'être confondu ? De plus, il avait senti les accents de la vérité dans l'expression de son chagrin. Ça sonnait juste.

Pour en apprendre davantage sur Davy, ils devaient pactiser avec le jeune homme et son amie. Bien sûr, le loup solitaire aller passer aux aveux, mais Dubroc avait besoin de tout connaître de ce tueur en série, sa haine trouverait peut-être à s'y assécher ? Quant à Laurine, elle possédait peut-être des informations importantes. Oui, Dubroc en était maintenant persuadé, il avait eu tort de les chasser. Maudit caractère emporté !

L'enquêteur leva les yeux et tâcha de repérer la chapelle de 1936. Elle avait été accolée à la villa d'origine, *Les Lierres*, qui dépendait elle-même de *Clair-Bois*. Un étage y avait été ajouté, il était devenu le presbytère. Puis l'église Sainte-Trinité avait elle-même été érigée par Bernard Durand, qui avait déjà à son actif quelques villas à Hossegor. Peut-être leur maison du fond du lac était-elle de son cru ? Il voulait s'en persuader, il y voyait une manière supplémentaire de prolonger son histoire avec Sybille.

La messe eut aussi un effet lénitif sur l'enquêteur. Il suivait les injonctions du prêtre, se levait, s'asseyait, bredouillait, se mouchait, tour à tour malheureux et puis léger, selon les séquences. Il comprenait que la mort finalement n'était rien qu'un état normal, qu'il convenait de l'accepter comme un bienfait pour celle qui s'en était allée, car le terme de sa vie était échu, un point c'est tout. Il n'y avait aucune raison de discuter et ceux qui restaient, s'ils ne s'élevaient pas au-dessus de leur condition de bas de plafonds, pouvaient s'affliger à n'en plus finir et se torturer à loisir. C'était peine perdue, les hautes instances n'en avaient cure…

Leliège le tira par la manche au sortir de l'église.

— Pas question de cimetière pour moi, patron.

— Vous avez raison, mon vieux. Pour moi non plus.

Ils virent s'éloigner Samy et Laurine parmi d'autres. La nouvelle de l'arrestation de Davy n'était pas encore connue. Lorsqu'elle aurait fuité, le jeune couple pourrait compter ses amis sur les doigts d'une seule main.

De fil en aiguille, Dubroc en vint à penser aux fratries qu'il connaissait. Lui-même, en tant que fils unique, avait porté sa personne et celles de ses parents tout seul. Ce n'était pas le cas de Leliège qui avait un frère – le fameux secrétaire d'État qui avait failli moisir en prison et que Dubroc père aimait à citer en exemple.

— Comment va votre frère ? demanda-t-il tout à trac.

— Mon frère ?

— Oui. Qu'est-ce qu'il devient ?

— Toujours pareil... Il se bat, il évite de se faire pincer par les crabes qui sont dans le même panier que lui.

— Vous êtes très différents.

— Je l'espère.

— Je me demandais si, sur deux frères, il n'y en a pas toujours un bon et un mauvais ?

— Vous dites ça à cause de Davy et Samy. Pour mon frère, vous connaissez l'histoire. Sans vous, il allait en tôle pour quelque chose qui lui passait au-dessus de la tête.

— Vous en faites un innocent... Il ne l'était pas. Il cautionnait !

— La politique, mon capitaine ! Ça ne peut pas marcher autrement. Il n'est pas mauvais, contrairement à ce que vous avez l'air de penser.

— Il est faible. Et il se plaît dans les compromissions. Vous l'avez sauvé une fois en vous mettant en danger. J'aurais pu tout balancer. Je me demande si Samy ne ferait pas la même chose pour son frère...

— Ne mélangez pas tout, patron. Rappelez-vous, je vous ai soumis l'affaire. Il ne s'agissait pas de meurtres. Je ne vous aurais pas demandé de faux témoignage si ça avait été grave.

— C'était grave, puisqu'il risquait la prison !

— Je ne l'aurais pas aidé s'il avait tué quelqu'un. Voilà mon avis sur les frères Lesguignes. Samy ne marcherait pas dans un truc pareil. C'est un bon garçon.

— Et si c'était pour sauver sa copine Laurine ?

Leliège garda le silence un instant.

— C'est à vous de répondre à cette question. Jusqu'où vous iriez, patron, par amour ? Vous vous jetez bien au feu et à la mer pour sauver la peau d'un vieux gendarme…

— Moi ? Jusqu'où j'irais ? Parfois, je me dis que tous, nous sommes capables de tout. Même vous, major !

*

Leliège avait pris la rue des Chardonnerets. Davy en garde à vue, Samy et Laurine au cimetière, il était tentant de visiter plus à fond la villa.

Le scooter était garé dans l'allée. Le jeune couple était-il déjà de retour ?

— Ils n'avaient pas leurs casques, patron. Ils y sont allés avec le fourgon…

— On va voir ce qu'il y a dans ce garage.

Dubroc se pencha sur la boîte à gants.

— Qu'est-ce que vous cherchez ? l'arrêta Leliège.

— Votre passe-partout.

— Il est dans ma poche. Et mon feu aussi.

Ni le major ni le capitaine ne parvinrent à ouvrir le garage. Mais la serrure de la porte de la maison, elle, ne résista pas au passe de Leliège. Toutefois, la fouille ne leur apprit rien. Toujours les mêmes vêtements. À l'exception du sweat-shirt que portait Davy le jour du meurtre, qui avait été saisi comme pièce à conviction.

— Il faut partir, patron. Ils seront là dans peu de temps.

— Comme vous voulez. On va les attendre dehors…

À peine étaient-ils assis sur le muret de l'allée que le fourgon se rangea devant le portillon. Laurine était au volant. Dubroc l'apostropha :

— Tu as l'habitude de conduire ce genre de véhicules, toi ?

— Pas trop, mais je voulais être avec Samy pour les obsèques de Sybille. Et comme mon père ne pouvait pas m'amener, il est malade, j'ai pris le fourgon…

— Et toi Samy ? Ça ne te gêne pas de prêter ton camion ? Tu n'en as pas besoin ?

— C'est celui du père de Laurine, pas le mien. On a les mêmes.

Leliège alla voir la plaque minéralogique.

— C'est pas le même numéro !

Le capitaine s'était levé d'un bond. Il fit face à Samy, l'attrapa par les épaules et le secoua vivement.

— Mais tu pouvais dire ça plus tôt !

— Mais ? Capitaine ! Arrêtez !

Leliège s'interposa. Il était temps… Le pauvre Samy se tenait les cervicales.

— C'est rien, dit-il au major. Ça va aller. Je ne pouvais pas savoir que c'était important. Je comprends. Je n'y avais pas pensé. Désolé.

Dubroc se tourna alors vers Laurine qu'il attrapa par un bras et l'entraîna dans la maison. Samy et Leliège, inquiets, les suivirent.

— Raconte-moi un peu ce que tu faisais le matin de la mort de Sybille.

— J'étais chez mon père à Capbreton, je vous l'ai dit.

— Il faisait quoi ton père ce matin-là, entre cinq heures et sept heures ?

— Il dormait, je suppose !

— Vos chambres sont éloignées l'une de l'autre ?

— Pas tellement.

— Il est chez lui, ton père, en ce moment ?

— Oui. Il est malade. Il n'est pas bien en ce moment.

— Il a des raisons ?

— Oui, il a ses raisons ! explosa Samy qui paraissait mal supporter l'interrogatoire de Dubroc.

— Qu'elle les dise, alors !

— Attends ! Stéphane ! Écoute, si tu veux bien, c'est moi qui vais vous dire ce qu'il s'est passé dans la famille de Laurine. C'est dur pour elle.

La jeune fille s'était refermée, prostrée sur sa chaise.

— Vas-y…

— Laurine a perdu sa mère dans un incendie quand elle était petite. C'est son père qui l'a sauvée des flammes. Elle allait mourir. Il a traversé toute leur grande maison en feu pour accéder à sa chambre. Malheureusement, il n'a pas pu sauver son épouse, parce que quand il est ressorti avec Laurine, il était trop tard… le premier étage s'est effondré aussitôt. C'était fin mars, et chaque année, il vit cet anniversaire plus difficilement.

Leliège pensait sans doute à l'incendie dont Dubroc l'avait tiré au risque de sa vie. Quant au capitaine, il disséquait ces informations et tâchait d'en tirer quelque chose d'utile à l'enquête. Samy reprenait :

— Ils avaient monté une entreprise dans la zone Pédebert. Ils étaient endettés. L'assurance a tout payé. C'est quelque chose qu'il n'a pas supporté. Tirer profit de la mort de sa femme, c'était au-dessus de ses forces. Tu m'arrêtes, Laurine, si tu n'es pas d'accord…

— Moi, j'étais trop petite pour comprendre. On n'était pas heureux, c'est tout. Les autres avaient une mère, moi pas.

— Petit à petit, il est devenu très possessif avec Laurine. Elle n'avait pas le droit d'aller chez ses amies, elle ne pouvait pas les recevoir chez elle… Il avait peur de tout pour elle. Il s'était mis à son compte – des interventions multiservice, du bricolage et du petit jardinage essentiellement. C'est comme ça que je l'ai connu. Quand j'ai eu besoin d'un coup de main pour la maison, Sybille qui le connaissait depuis très longtemps me l'a conseillé. Elle rendait service à deux personnes en nous mettant en contact.

— Il a une vie sociale ?

— Quelques amis avec lesquels il joue parfois aux cartes. Et puis il pêche. Il a des copains qui ont des bateaux sur le port.

— Pas de femme dans sa vie ?

— Non, pas que je sache, répondit Laurine d'un ton désolé. Pourtant, j'ai essayé de lui en présenter. Il n'y a rien à faire. Il est resté bloqué sur ma mère.

— Et votre relation ? Il l'a bien prise ? demanda Leliège.

— Oh non ! s'exclama Samy. On ne peut pas dire qu'il me porte dans son cœur. Et je crois que Davy, c'est encore pire. Pourtant on le fait travailler.

— Récemment ?

— Oui.

— Qu'est-ce que vous lui faites faire ?

— Il pose des étagères dans la réserve.

— Elle est où cette réserve ? On peut la voir ?

Les jeunes gens se levèrent et ils se dirigèrent tous les quatre vers le garage que Samy ouvrit en grand. Le fond était aménagé en placards équipés d'étagères impeccables sur lesquelles s'alignaient au cordeau des piles de linge basque. Le cœur de Dubroc se serra : il lui semblait revoir la penderie de Sybille.

Il soupira.

— C'est du beau boulot, apprécia Leliège. Ah… je vois les espadrilles de ma fille, là ! Et ici, c'est votre nappe, patron.

— Oui, approuva Samy. On prend les produits ici, et on les met dans le fourgon avec les parasols et les tréteaux.

— Vous faites ça le matin ?

— Non, la veille au soir. Le matin, on n'a pas le temps. Il faut être sur place de bonne heure sinon on se fait piquer la place. Quand on rentre, on décharge et on range, sauf si on doit aller ailleurs le lendemain, par exemple.

— C'est rangé comment ?

— Par produits – vous voyez, là les nappes avec toutes les dimensions bien différenciées – et puis par motifs et couleurs. Ensuite ici, les torchons, essuie-mains, etc. Là, les espadrilles. On ne les a pas encore sorties.

Samy paraissait préoccupé tout à coup. Il avait hésité en comptant les paires. Et Dubroc avait cru remarquer aussi un certain flottement lorsqu'il regardait du côté des nappes.

— Il y a quelque chose qui cloche ? Dis-le tout de suite. C'est peut-être important.

— Non, j'ai dû me tromper.

— Comment ça?

— Oh! C'est juste qu'il me semblait que j'avais un vieux stock de nappes, là. Davy a dû les ranger ailleurs.

— Quelle couleur ces nappes?

— Des blanches. Celles dont je vous ai parlé. On ne les met plus sur le stand. Ça ne part pas. Les gens veulent de la couleur. Davy les a certainement mises au rancart, mais où, ça je ne sais pas…

*

Les enquêteurs regagnèrent leur QG et s'empressèrent de mettre à plat leurs informations.

— On sait qu'il manque les nappes.

— Samy ne sait pas que les victimes étaient emballées dans du linge basque. Le procureur n'en a pas parlé à la presse et ça n'a pas fuité. Il faut interroger Davy.

— L'étau se resserre sur lui, patron.

— Oui. Mais je ne comprends pas ses mobiles.

— Les tueurs en série sont enfermés dans une manie.

— Je parlais de Sybille… Je me demande si c'est le même.

— Le même fourgon?

— Le chef de chantier nous a dit que le fourgon de Samy n'avait pas bougé.

— Bien sûr, mais ça ne prouve rien. Davy a pu prendre celui du père de Laurine. C'était encore mieux.

— Oui, mais quand aurait-il pu le prendre et comment?

Les deux hommes réfléchissaient.

— Laurine a pu laisser traîner les clés.

— Ou bien Davy et Laurine ont peut-être une histoire ensemble ?

— Vous avez raison, cette fille ne laisse pas filtrer grand-chose et Samy parle à sa place. Il va falloir l'interroger seule.

— Et son père ?

— Pourquoi pas. Il pourrait avoir des révélations à faire. Il ne les aime pas.

— Il pêche, lui aussi. Il doit connaître Peyo, notre marin…

— C'est une question à lui poser. J'aimerais savoir ce qu'il pense de ce danger public. Après tout, nous n'avons qu'un seul son de cloche.

— Leliège, je crois que nous allons nous rendre à Tarnos…

— Je vois, patron, vous voulez voir Laurine au taf, comme elle dit ?

— Si seulement elle pouvait être occupée avec nos raquettes…

— On va savoir où est stockée la corde à raquette… et si elle est accessible à des personnes extérieures.

Les enquêteurs avaient l'impression d'avancer à pas de géants, mais la culpabilité de Davy ne les satisfaisait pas entièrement. Il restait des zones d'ombre à éclaircir.

*

À Tarnos, Laurine était à son poste au rayon tennis de la grande surface. Elle parut étonnée et heureuse de les voir. L'accueil qu'elle leur réserva n'était pas celui d'une coupable.

Dubroc s'intéressa aussitôt à la machine à corder. Il s'agissait d'un modèle différent de celui du club de tennis d'Hossegor. Des accessoires reposaient sur une table à côté. Il saisit une paire de ciseaux.

— Ce sont des ciseaux spéciaux expliqua-t-elle. Pour couper le cordage.

— Vous le stockez où ?

— J'en ai toujours là, à portée de main.

Elle désignait un casier ouvert adossé au mur.

— Ça, c'est une pince de départ, là un outil pour vérifier la tension de la machine, le calibrator.

— Une pince plate…

— Oui, ici une à bec et une coupante…

La jeune fille paraissait enchantée de partager son savoir avec les deux gendarmes.

— Bon, je ne peux pas trop vous parler parce que ma chef n'est pas commode.

— Elle est par ici ?

— Là-bas, au rayon badminton… Pour vos raquettes ne vous inquiétez pas, vous les aurez demain sans faute. Je les donnerai à Samy ce soir. À demain, hein ? On compte sur vous. Ce sera un beau tournoi, il sera dédié à Sybille.

— On sera là, répondit Leliège.

— On va faire un tour avant de partir, proposa Dubroc au major.

Ils passèrent en revue les rayons puis louvoyèrent vers le rayon badminton où se trouvait toujours la supérieure de Laurine. De là où ils étaient, elle ne pouvait pas les voir. Dubroc agita sa carte d'OPJ et commença son interrogatoire.

— Pouvez-vous nous dire si quelqu'un a pu s'approcher de la machine à corder et prendre de la corde à l'insu de Laurine ?

— Quand ça ?

— N'importe quand. Il y a un mois, un an, hier ou aujourd'hui.

La jeune fille réfléchissait. Elle finit par se décider.

— C'est possible, oui.

— Vous savez qui ?

— À part son père, je ne vois pas. Il y a bien les deux jeunes, mais ils ne font que passer. Alors que son père est plutôt du genre à stagner.

— Stagner ?

— Oui, il tape l'incruste.

— Vous avez des vidéos du magasin ? demanda Leliège.

— Il faudrait voir ça avec les patrons…

— On vous suit…

Le visionnage fut long. Il ne se passait pas grand-chose autour de Laurine à part la valse des clients. Ils constatèrent une ou deux visites furtives de Samy et une fois celle de Davy. Mais sans qu'aucun d'eux ne s'approche du casier. Elle-même ne bougeait de son poste qu'à heures régulières.

— Là, elle prend sa pause, indiquait le patron. Là, elle va déjeuner, etc.

— Les employés sont au courant qu'ils sont filmés ?

— Il y a une note placardée dans les vestiaires. Mais je ne crois pas qu'ils sachent où se trouvent les caméras. Ou alors ils oublient qu'il y en a, parce que je vous assure qu'on voit de ces trucs !

Au bout d'une heure, Dubroc reconnut une silhouette.

— C'est qui, celui-là ? Elle semble bien le connaître…

— Son père. Il paraît qu'il est un peu lourdingue. Du genre, c'est moi qui arrive pour faire causette…

— On dirait le type qui est venu réparer notre portail, regardez major…

— Je ne l'ai pas vu. C'est vous qui l'avez reçu.

— Je suis sûr que c'est lui ! Qu'est-ce qu'ils se racontent ?

— Il n'y a pas encore le son… s'excusa le patron.

— Je sais bien, grogna Dubroc.

Sur la bande, le père de Laurine semblait tenter de la convaincre de quelque chose. Elle secouait la tête d'un air inquiet.

— Elle refuse d'obtempérer, c'est clair. Il veut quoi ?

— J'ai mon idée… murmura le capitaine.

— Je crois bien que je vous suis. Regardez, elle s'en va.

— Elle va où ? demanda Leliège.

À peine s'était-elle éloignée que son père saisit un paquet de cordage dans le casier et le mit dans le sac qu'il tenait à la main.

Les enquêteurs retinrent leurs exclamations. L'enquête n'était pas finie, la plus grande discrétion restait de mise.

Dans la voiture, Leliège explosa :

— C'est lui !

— Et Sybille ?

— Aussi.

— Pas sûr… Il n'a pas suivi le même mode opératoire. Quel motif il aurait eu ?

— Un différend, répondit le major. Sybille vendait des timbres surcotés. Elle faisait peut-être de même avec d'autres articles plus dangereux…

— Vous pensez à la dope ?

— Je ne pense à rien en particulier, mais elle se faisait des sous avec des timbres surévalués, alors je me dis pourquoi pas avec d'autres choses ?

— Son assassinat serait sans lien avec les autres affaires, c'est l'apparence qu'il donne ou veut donner.

— Vous débattez encore avec vous-même, patron !

— Toujours. Et je pense aussi à Davy…

— Innocent, ce loup solitaire ? Je ne crois pas, malgré les apparences qui tendraient à nous le faire croire.

— Moi, je le crois blanc comme neige. J'ai mon idée… Il faut interroger le père de Laurine. Vérifier son emploi du temps. Bousculer un peu sa fille… On va passer à la brigade. Et je voudrais lire le rapport d'audition de Davy. Rappelez-vous des étagères dans le garage de Samy. Si je me souviens bien, c'est le père de Laurine qui les a posées. Et chez Sybille, ça m'est revenu, celles de sa penderie portent la marque du même artisan soigneux.

— Il ne reste plus qu'à découvrir quelle raison il avait de tuer Sybille… À moins que vous ayez aussi une idée…

— Vous vous souvenez du jour où on est venu nous réparer le portillon ?

— Oui. Il faisait beau. On était au QG et vous vouliez me faire boire de l'eau gazeuse quand on a sonné.

— Nous étions près de la baie vitrée qui était… ?

— Ouverte.

— Si le père de Laurine avait entendu ce que nous disions, qu'aurait-il appris ?

Leliège réfléchissait.

— C'est vieux, tout ça, finit-il par dire. Au cours de l'enquête, on a plusieurs fois fait le point au même endroit.

— Souvenez-vous, à ce moment-là tout le monde était suspect à nos yeux. Même Laurine…

— Exact. J'ai même dit, je m'en souviens très bien, qu'elle pouvait être complice de l'assassin.

— Imaginez la réaction de son père ! Les vilains enquêteurs s'en prendraient à sa fille chérie !

— Oui. C'est possible. Mais quel rapport avec Sybille ?

— Aucun, Leliège, mais je ne vois pas quelqu'un tuer une femme pour une affaire qui tourne mal, pour quelques sous, alors je cherche. Ce meurtre est lié aux autres. Mais comment ?

La nuit allait tomber. Les derniers rougeoiements s'étaient éteints au couchant. Au bout du jardin, les lions rugissaient. Dans la savane, c'était l'heure où ils allaient boire. Leliège mettait la table. Il vérifiait l'alignement des couverts et des assiettes, la juste place des verres, l'angle de la serviette. Dubroc songeait que le naturel ne disparaissait jamais tout à fait, pas plus dans l'animal que dans l'humain.

24

ATTENTAT

Les joueurs et le public arrivaient par vagues, par petits groupes, à deux ou bien seuls… La journée s'annonçait superbe. Samy et Laurine, qui guettaient l'arrivée des enquêteurs, ne cachèrent pas leur satisfaction lorsqu'ils les virent consulter le tableau des matchs.

— Pour commencer, vous allez jouer les simples en même temps, sur des courts différents.

— Leliège, tâchez de perdre ! On a du pain sur la planche, glissa Dubroc à son adjoint.

— Entendu, patron.

— N'hésitez pas à tester le banana shot, hein ? Juste pour voir si vous en êtes capable. Ça intéresse beaucoup mon père.

— Il va bien votre père, au fait ?

Le capitaine lui tourna le dos et s'en alla vers le court qui lui était assigné, le plus éloigné du club-house, tout contre le stade de rugby…

L'adversaire de Dubroc était un grand type velu qui lui serra la main et se frappa la poitrine :

— Jean-Pierre Niedaldorff, de Guerstlinguen.

— Stéphane Dubroc, de Pau.

L'orang-outang éclata d'un rire sonore et lui tapa sur l'épaule d'un air complice.

— On y va?

Avait-il le choix?

— Service? demanda le grand singe en montrant le manche de sa raquette.

Impossible pour le capitaine de lui dire à quel point il s'en tapait.

Le sort désigna Dubroc pour le service. Il était ému comme un premier jour de classe... Son nouveau camarade de jeu oscillait comme un pro, là-bas, bien positionné, prêt à recevoir un skud.

Le capitaine fit et refit le simulacre d'un superbe service à la volée. Ses préparatifs n'en finissaient pas. L'autre devait commencer à se poser des questions. Jusqu'alors, il n'en avait rien laissé paraître et se balançait toujours d'un air sauvage. Mais tout à coup, il redressa un peu le buste, comme pour mieux voir ce que fabriquait Dubroc. Ce fut cet instant que saisit le capitaine pour frapper sa balle. Elle arriva dans l'angle sur la droite du carré, trop à droite pour celui qui avait relâché son attention et dont la prise s'était faite moins ferme.

— Oh! gueula-t-il.

— Quinze zéro, annonça Dubroc d'un ton triomphant.

Hélas, King Kong ne lui permit pas de réitérer son exploit. Il lui mit une raclée terrible, sans que le capitaine ait à bouger autrement qu'en changeant de côté. 6-0, 6-0.

Jean-Pierre lui offrit un verre que le commissaire refusa pour assister au match de Leliège.

Le major ferraillait avec un homme assez âgé, mais très véloce. Le public semblait partagé. Dubroc encouragea son poulain. Leliège lui fit un signe. À partir de cet instant, le public ne comprit pas... Alors que l'adversaire ne semblait pas au-dessus de ses moyens, Leliège implosait littéralement... 7-5, 6-1.

Ils filèrent à l'anglaise.

— On a rempli le contrat. Les choses sérieuses commencent.

— Je ne suis pas mécontent : si j'avais eu un peu de temps, je sais que j'aurais pu le battre. Je n'ai même pas pu tester le banana shot. Et vous, patron, ça s'est passé comment ?

— Bien. Mais il fallait en finir vite, Leliège. C'est pas grave, on se rattrapera avec le double.

— Vous l'avez testé, vous, le banana shot ?

— Oui, mais il n'est pas passé. Ne vous inquiétez pas, on va y arriver.

— Oui, je le sens, moi aussi. Samy est un bon coach. Et je me suis trouvé réactif et plus explosif, pas vous ?

— Pareil. Très explosif.

— Mon service l'a surp...

— Bon, ça va, on va pas passer la semaine là-dessus ! Je veux savoir ce que Davy a raconté aux gendarmes.

— Oui, bien sûr, moi le tennis, ça m'est égal ! C'est pour vous. Votre père va vous appeler, il faudra bien que vous lui disiez quelque chose...

*

Davy, le loup solitaire, avait craqué en garde à vue. Mais il ne savait rien. Un seul élément retint l'attention des enquêteurs : Davy évoquait une discussion avec le père de Laurine, au cours de laquelle ce dernier lui avait conseillé Peyo, le pêcheur alcoolique. Lorsqu'il avait appris le naufrage et le sauvetage in extremis des deux gendarmes, il s'était posé des questions sur la motivation du père de la jeune fille. À partir de là, il avait eu des doutes sur un autre sujet. Il avait en effet remarqué la disparition de nappes blanches dans la réserve de leur maison rue des Chardonnerets, ainsi que d'espadrilles. S'il avait tout d'abord soupçonné l'amie de son frère, il avait ensuite changé d'avis après la dramatique partie de pêche.

Malgré tout, il ne voulait rien confier de ses soupçons à son frère Samy. Lui suggérer que son beau-père était un voleur… il n'arrivait pas à s'y résoudre. Il s'était donc contenté de le surveiller lorsqu'il posait les étagères.

Quant à l'assassinat de Sybille, le jeune homme ignorait tout de son déroulement.

Sa fuite devant les enquêteurs n'était due qu'à la terreur de se trouver enfermé, prisonnier, lui, l'homme des grands espaces océans.

— Vous en pensez quoi, Leliège ?

— Il est innocent.

— Faites le nécessaire pour qu'il soit libre. Où en est notre demande de perquisition ?

— Elle suit son cours…

— On en profitera pour prélever son ADN. Et l'analyse des indices prélevés chez Sybille ?

— Vous avez reçu à l'instant les conclusions, patron…

— Alors ?

Leliège ne pipait mot. Conscient du choc que serait cette révélation sur Dubroc.

— C'est… le même ADN que celui prélevé sur les autres victimes.

Le capitaine se prit la tête dans les mains. Sa haine des tueurs en série reprenait possession de lui.

— Je vais l'écrabouiller, l'éviscérer, le…

Son téléphone sonna pile au moment où il se saisissait de la table du salon, pour l'envoyer probablement dans la baie vitrée…

Leliège lui tendit son portable.

— Mon père ? demanda le capitaine.

— En personne…

Dubroc reposa la table et respira profondément. Mâchoires serrées, il répondit d'une voix sèche :

— Bonjour papa… Non. J'ai perdu mon premier match en simple. Il a perdu lui aussi… Oui je sais… Tu rabâches, tu radotes, même… Comme tu voudras. C'est ça. Ciao.

Leliège, éberlué, regardait Dubroc s'étirer avec satisfaction.

— Ça fait du bien ! Qu'est-ce que ça fait du bien Leliège, vous n'imaginez pas ! Depuis le temps que j'en avais envie… Eh ben quoi ? Vous ne me demandez pas s'il est en forme ?

*

Le mandat de perquisition leur parvint avant la fin de l'après-midi. Ils partirent sur les chapeaux de roues pour le quartier du Gaillou, à la sortie de Capbreton, où vivaient Laurine et son père.

— C'est là ! Regardez, il est chez lui ! Il y a le fourgon devant la maison…

Leliège prit son arme de service dans la boîte à gants. Dubroc avait eu le temps de voir ses éternels paquets de bonbons…

— Vous avez recommencé ? Vous êtes vraiment un grand malade ! lui dit-il en tâtant sa poche et son propre Sig Sauer[1].

Ils prirent soin de ne pas claquer les portières. Dubroc ouvrit la marche. Il s'apprêtait à sonner lorsqu'un volet s'ouvrit à l'étage. Le père de Laurine lui parut vieilli et étrange.

— Ne bougez pas. J'arrive, leur dit-il seulement.

— Reculez jusque là-bas, major. Mettez-vous hors de portée, ordonna Dubroc.

— Et vous ? souffla Leliège.

Dubroc, le dos contre le mur, glissa sa main dans sa poche. Leliège, de l'autre côté de la porte, face au capitaine, tenait son arme braquée vers le sol.

On remuait à l'intérieur, des sons arrivaient jusqu'à eux.

— C'est quoi ces craquements ?

— Qu'est-ce qu'il fout ? marmonna Dubroc.

Un parfum de bois brûlé leur parvint en même temps qu'ils aperçurent des flammes s'élever à travers la vitre de la porte d'entrée.

— Nom de Dieu ! Il a foutu le feu ! Appelez les pompiers, vite !

— Trop tard, leur cria l'homme depuis la fenêtre. Tout va cramer et moi avec !

— Ouvrez, ne faites pas ça !

1. Arme de service réglementaire.

La vitre de la porte avait cédé sous les coups de crosse de Dubroc, mais les barreaux de fer forgé ne permettaient d'atteindre ni la serrure ni la poignée.

L'incendie se propageait à une allure folle. Le père de Laurine l'alimentait sans doute.

— Sautez, vous avez encore le temps !

— Non ! Je ne finirai pas en tôle. Je vais rejoindre ma femme. Je vais mourir comme elle.

— Faites pas le con ! Sautez !

— C'est moi qui les ai tuées.

— Vous serez jugé, vous ferez de la prison. Mais ensuite, vous sortirez et vous retrouverez votre fille, Laurine.

— Cette petite garce ? Une ingrate, voilà ce qu'elle est. Elle n'en a rien à faire, de son père. Y a plus que Samy qui compte !

— Qu'est-ce qu'elles vous ont fait Ingrid, Jessica et Amandine ? Et Sybille ?

Le forcené se mit à pleurer.

— Mais je l'aime, moi, ma petite fille… Tout le portrait de sa mère. Mais les cheveux, elle les avait courts, et Laurine elle ne veut pas. Elle ne veut pas.

— Qu'est-ce qu'elle ne veut pas ?

— Les couper ! Quand elle était petite, je les lui faisais couper court. Le portrait de sa mère.

Les sanglots l'étouffaient. La fumée qui commençait à envahir la maison le faisait tousser.

— Le portrait de sa maman, alors ? proposa Dubroc. Une vraie poupée, hein ?

— Oh oui… On dormait ensemble. Elle était douce comme sa mère. Elle m'aimait.

— Et elle a grandi…

L'homme s'énervait là-haut.

— Y a plus eu moyen de l'approcher ! Une vraie furie. Et elle est devenue cette traînée avec ces longs cheveux sur la figure. Pouah !

Il cracha et toussa par la fenêtre.

Dubroc craignit qu'il disparaisse à l'intérieur.

— Alors, vous vous êtes vengé sur les autres ? Elles étaient pareilles, les autres ?

— Encore pires. Ah ah ! Mais elles y sont passées et j'ai bien pris mon pied ! Elles étaient belles, hein ? Avec une robe blanche et les cheveux courts, c'était bien. Comme pour notre mariage.

Il pleurnichait, à présent. Accoudé tout à fait sur le rebord extérieur, il se mouchait dans sa manche, reniflait. De temps à autre il se tournait vers l'intérieur qui flambait comme une torche. Les voisins s'étaient groupés un peu à l'écart et profitaient du spectacle.

Le capitaine se disait que l'homme avait bu toute la journée. Peut-être avait-il compris que l'étau se resserrait ?

Il restait une question à lui poser, elle était difficile pour Dubroc qui redoutait la réponse du meurtrier. Elle était cependant nécessaire.

— Et Sybille ?

— Ah… celle-là, j'en voulais pas ! Elle était trop bavarde. Elle vous en a dit sur nous, hein ? Elle vous a dit que Laurine recordait les raquettes. J'ai eu peur… Et je vous ai entendus quand j'ai réparé le portail… Et aussi j'en avais marre de ses airs protecteurs. Elle disait du mal de moi à Laurine… Je lui ai cloué le bec, à cette folle. Elle voulait donner Laurine à Samy. Voilà ce qu'elle voulait ! Maquerelle !

— Vous l'avez attendue ?

— Ouais. Toute la nuit ! Je me suis caillé. Quand elle s'est garée, je lui ai dit que j'avais dû laisser un outil dans sa penderie. Elle s'est pas méfiée… Elle m'a toujours méprisé. On est allé dans sa chambre et puis je l'ai poussée sur le lit. Elle a eu l'air étonné et je l'ai étouffée avec l'oreiller. C'était pas difficile. Si on m'avait vu, j'aurais rien fait, c'était pas compliqué.

Dubroc subissait le martyre. Leliège prit la suite…

— Pourquoi avoir pris le sweat-shirt de Davy ?

— Au cas où on m'aurait vu. Ils sont tellement bordéliques ces deux-là ! Il ne s'en est même pas aperçu. Je peux pas le sacquer celui-là. Pire que son frère.

— C'est vous qui lui avez conseillé Peyo, le pêcheur ?

— Ah oui alors ! Et un peu plus, il vous envoyait par le fond, hein ? Vous avez bien failli y passer ! J'ai essayé. Je vous savais par là, un peu trop près de ma fille et surtout de Sybille.

Il se mit à rire et à tousser à s'en arracher les poumons.

— Il était encore trop bon, le Peyo, reprit-il.

— Vous avez pris du cordage à Tarnos ?

— Affirmatif. Laurine le savait pas.

— Vous l'avez tressé ?

— Oui.

Tout à coup, on entendit la sirène des camions de pompiers. L'homme s'affola.

— J'veux pas ! Ils me prendront pas ! Vous m'entendez ! Ils me prendront pas !

Et il disparut à l'intérieur. On entendit ses hurlements durant quelques secondes qui parurent des siècles aux spectateurs figés d'horreur. Leliège crut que Dubroc allait se précipiter, il se tenait prêt à l'en empêcher. Mais le capitaine ne bougea pas. Et même… le major crut voir un fin sourire sur son visage. Mais sans doute se trompait-il.

Lorsque les hurlements eurent enfin cessé, les crispations se relâchèrent. Et ce fut comme si le toit n'était plus soutenu. Alors il s'effondra, traversa l'étage avec un grand bruit et le souffle atteignit les enquêteurs qui pourtant s'étaient éloignés.

Les pompiers arrosèrent le brasier jusqu'au cœur de la nuit et au petit jour, on ne retrouva rien du cadavre de l'assassin dans les ruines fumantes.

À l'écart, Dubroc suivait des yeux la progression de cet anéantissement, tandis que Leliège avait sorti son bloc-notes et composait un poème dont il espérait beaucoup.

25

DOUBLE

— Par pitié, major, ne faites pas de pain grillé !

— Pourquoi ? Ah, oui, je n'y avais pas pensé…

Dubroc sentait toujours sur ses vêtements l'odeur prégnante de la fumée.

— Je l'ai dans le nez cette puanteur… Pas vous ?

— Oh, moi…

— Quoi, oh moi ?

— Cette odeur âcre ne m'a jamais quitté depuis l'incendie des…

— Stop !

— Il n'y a que lorsque je mange des bonbons qu'elle recule.

— Vous êtes incroyable, Leliège ! Vous ne me l'aviez jamais dit ! Je ne vous comprendrai jamais.

— Chaque fois qu'on parle de ce moment où vous m'avez extirpé des flammes, il faut que je me taise ! Dans ces conditions…

— C'est un peu facile ! rugit Dubroc. On voit bien que c'est pas vous, le sauveur ! Vous voyez comment ça finit les héros ? Le père de Laurine aussi en était un… Pas de ça pour moi !

— Vous oubliez qu'il a fallu qu'il choisisse. Il a sacrifié sa femme… pour sauver sa fille. C'est ça qui l'a rendu fou. Sans compter qu'il débloquait déjà avant.

— Vous croyez ?

— Absolument. Arrêtez-moi si je me trompe, mais si j'ai bien compris, il a abusé de sa fille quand elle était enfant ou alors il n'en était pas loin. Il avait des tendances…

— Oui, c'est ce qu'on peut déduire de ses aveux.

— Il a fait un transfert.

— Pauvre gosse.

Ils prenaient leur petit-déjeuner, assis sur la terrasse malgré la fraîcheur matinale. Un écureuil tournait autour du tronc d'un pin.

— Il est mignon comme tout ! Quel paradis cet endroit, patron.

— C'est vrai. Sybille nous a permis de découvrir ce coin fabuleux.

— Oh, mais je connaissais déjà Hossegor !

— Moi aussi. J'y étais venu avec mes parents deux ou trois fois.

— Et moi, j'y ai passé une année entière, riposta Leliège en souriant.

— Ah ? Et quand ça ?

— Quand j'étais gosse. Mes parents m'avaient confié à un couple sans enfant. Ils sont morts l'un après l'autre, il y a deux ans. Mon frère avait une maladie contagieuse, je ne sais plus laquelle, il fallait m'éloigner. Ça a été la plus belle année de mon existence.

— Vos amis de Soustons…

— Ils étaient en classe avec moi. Notre instituteur était formidable, il s'appelait Pierre Grocq. Il écrivait et c'était un passionné de faune et de flore. Je me souviens de ses cours de science naturelle autour de l'église Soorts, on étudiait les lézards. Tout était bon pour nous instruire. C'était la vraie vie !

— Je comprends mieux votre passion pour les plantes ! C'est dommage, vous ne parlez pas assez, Leliège. Et puisqu'on en est au stade des confidences, j'en profite pour vous remercier de ne pas m'avoir laissé seul dans la chambre de Sybille. J'avais perdu toute notion de la réalité. Plusieurs fois, j'ai trouvé votre comportement étrange. Pourtant je vous connais depuis longtemps. Je ne suis pas fier de moi.

Le major ne répondit pas. Ce n'était pas la peine. Dubroc avait tout dit.

— Vous êtes prêt pour notre premier double ?

— Bof. Je me suis un peu échauffé devant la maison.

— Vous avez fait vos squats ?

— À moitié. Et vous ?

— Non. Je fais confiance à ma condition physique qui n'est pas si mauvaise, affirma Dubroc.

— Je suis bien d'accord, on passe les tests physiques chaque année haut la main. Tractions, pompes, course à pied, self-défense, on est au top, patron !

— On accuse juste un déficit sur un point, à mon avis. Surtout vous !

— Moi ? Un déficit ? Et en quoi ?

— En eau gazeuse, Leliège…

*

Ils prirent leurs affaires et montèrent sur leurs vélos pour se rendre au club de tennis. Le lac, jamais tout à fait le même, menait sa propre existence au rythme des marées. Bientôt, les enquêteurs devraient s'arracher à ces lieux idylliques. Ils leur avaient rendu la sérénité qu'un seul homme avait mise à mal. Déjà ils éprouvaient de la nostalgie et Dubroc, lui, y laissait l'espoir d'une nouvelle vie. Il n'aurait pas d'autre amour. Il portait le deuil de cet échec en même temps que la culpabilité de la mort de Sybille. Son destin était de rester seul, il commençait à porter malheur.

Il devait se résigner.

Au club-house, les discussions techniques et les récits de hauts faits allaient bon train. Les joueurs et joueuses de tous les niveaux participaient à la grande fête du sport. De temps à autre, Dubroc percevait le nom de Sybille dans le brouhaha des conversations. Il manquait quelqu'un derrière le bar. Son sourire, sa disponibilité. Il ne trouvait pas le mot juste. Sans doute n'existait-il pas. Ce manque ne s'exprimait pas, parce qu'il n'était rien de plus que le vide, le néant.

Le capitaine supportait mal de se trouver là où celle qu'il avait aimée n'était plus. Leliège, urbain, toujours à l'aise et pourtant isolé dans sa bulle au-dessus du monde, partageait sa récente expérience de tennisman avec aplomb. Leliège ne lui était d'aucun secours. Un peu perdu, il tenta de se raccrocher aux paroles échangées près de lui :

— Il est excellent. Ses conseils sont super efficaces. Par exemple, il vaut mieux avoir plusieurs tactiques à mettre en œuvre pendant le match ! Je n'y avais pas pensé.

— Il me l'a dit aussi. Et tu as progressé ?

— Je fais moins de fautes directes en revers, par exemple. Et puis, maintenant, je slice presque tout le temps. Et parfois je fais le revers bombé. Et toi ?

— Moi aussi, il m'a donné de bons conseils. Des trucs tout bêtes, par exemple, si je joue contre quelqu'un qui me fait des balles sans intérêt, tu vois des balles un peu molles, eh ben, j'ai intérêt à les prendre plus tôt ! Du coup, soit je fais le point gagnant, soit il est débordé et fait une faute.

Plus loin, une fille interpellait Samy dont le regard disait le chagrin. Laurine était hospitalisée et il ne faisait guère qu'une apparition avant de retourner à son chevet :

— Pour mon match de championnat, j'ai gagné contre une 30/1, 6-2-6-2 !

— C'est quoi ton niveau ?

— 30/1.

— C'est bien, Magali. Tu peux encore progresser, j'en suis sûr.

— J'ai joué contre une fille qui avait un mauvais revers. J'ai joué des revers liftés sur le sien, avec des balles rebondissantes, très hautes. Ça a été efficace !

— Bien !

— J'ai un souci en ce moment, disait une autre. Mon premier service ne passe pas, du coup je fais le second slicé et c'est super ! Pas une seule double faute.

Les équipes se formaient. Un mouvement général annonça le début des rencontres.

— C'est à nous, patron. On est sur le court n° 5.

— On va faire le point en marchant, Leliège.

— Je me sens prêt.

— On va les écraser.

— Ah ? Ils sont si mauvais que ça ?

— On est plus fort, c'est tout ce que vous devez savoir !

— Tant mieux. Je préfère gagner, évidemment.

— Concentrez-vous Leliège. Prenez les points les uns après les autres. Chaque échange est important. Ne pensez qu'à celui que vous êtes en train de jouer. Pas à celui d'avant – que vous l'ayez raté ou réussi – ni à celui d'après.

— D'accord, approuva le major en serrant plus fort sa raquette.

— Et surtout, ne pensez pas à la fin du match. Si vous pensez à la fin du match, vous êtes fichu. Vous stresserez. Je vous connais. Le mental ne doit pas faiblir.

— C'est pas la guerre, quand même ! On ne joue pas nos vies.

— Si ! Et même encore davantage ! On joue notre honneur. Celui de la gendarmerie. Celui de la section de recherches.

— Oh là ! Je ne voyais pas ça comme ça.

— Donc, je résume : si vous pensez à la fin de la rencontre, vous aurez peur de perdre. Hors de question. Je vous l'interdis.

— D'accord. Pas de problème.

— Ne craignez pas l'adversaire.

— Non. Y a pas de raison, s'ils sont aussi mauvais que vous le dites.

— Rappelez-vous ce que vous m'avez dit…

— Quand ça ?

— L'autre jour, le philosophe Leliège a dit : « Perdre ou gagner, c'est tout l'intérêt du jeu. Sans le risque de perdre, la victoire ne vaut rien ! »

— Oh là là ! Vous allez me la sortir combien de fois cette phrase ? J'ai dit ça comme ça…

— C'est une phrase fulgurante! Tellement juste! D'une vérité puissante. Prenez des risques. Mais un seul à la fois.

— Vous êtes hyper motivé, patron!

— Appliquez-vous, Leliège. Faites-le pour Sybille.

— Comptez sur moi. Je m'accrocherai. Vous allez voir ça. On va les écrabouiller.

— Parfait… Donc vous me faites ce banana shot dès que vous pouvez, hein?

— Ah oui, j'avais oublié le banana shot…

— Ben quoi! C'est quand même pas difficile! Vous me le lobez sur le côté. Et rappelez-vous que le lift bien réalisé permet plus de contrôle. Et il y a moins de chances de finir dans le filet.

— Parfois, j'ai l'impression qu'on ne parle pas la même langue, patron…

Lorsqu'ils ouvrirent la porte grillagée, leurs adversaires cessèrent d'échanger des balles. Ils les accueillirent avec nonchalance, ce qui inquiéta un peu le major. Il les avait imaginés moins sûrs d'eux. Les présentations faites, Dubroc demanda à ce que soient tirées au sort leurs places par rapport au soleil.

— Comme ça, y a pas de lézard, approuva son adjoint.

Ce qui fit rire le capitaine.

Il se détendait enfin. Le soleil lui réchauffait l'âme et le corps. Il se rappelait les paroles de son père. Puisque vous participez, vous devez mettre toutes les chances de votre côté pour les écraser… Vous devez gagner!

La section de recherches n'eut pas à rougir du premier set. Les enquêteurs le remportèrent 6-4. Ils enchaînèrent en beauté. Ils étaient bien partis pour gagner le match puisqu'ils menaient 5-2 dans le second set malgré des échanges un peu trop longs pour leur condition physique, nettement moins bonne que celle de leurs adversaires. La fatigue et les récentes émotions qu'ils avaient vécues diminuaient sans doute aussi leurs capacités. Ceux d'en face gagnèrent leur service et Dubroc servit pour le match. Il ne voulut courir aucun risque et de l'autre côté, en réponse, hélas, on attaqua cette balle trop molle. Le premier point fut perdu. Ses autres services furent inégaux, il fit même une double faute. Puis à l'avantage-égalité, les enquêteurs finirent par perdre le jeu.

— On se reprend, ordonna Dubroc à Leliège lors de l'échange de côté. Je ne comprends pas pourquoi on n'y arrive plus !

— C'est vrai ça. Il ne reste plus qu'un seul jeu…

— On se remet dans le match.

Malheureusement, le capitaine ne fit qu'accumuler les erreurs. Des fautes qu'il ne s'expliquait pas. L'énervement le gagnait. Il lâchait des points, l'esprit occupé à contrôler une petite douleur au genou gauche, une douleur qu'il savait être due à la fatigue. Il pensait aussi à la manière dont ils allaient gagner. L'analyse obscurcissait son jeu, parasitait ses réflexes. Leliège, pour sa part, tenait honorablement son poste. Même si son partenaire mettait trop d'enjeu dans le match, il se devait de remplir la mission qui lui avait été confiée. Il attendait donc l'occasion de placer le banana shot.

Ils perdirent le deuxième set au tie-break. Lorsqu'ils entamèrent le troisième, leur soif de vaincre s'était un peu émoussée. Ils lâchèrent quatre jeux à la file avant de pouvoir en marquer un ! La fatigue les poussait à commettre beaucoup de fautes de filet. Et chacune d'elles abattait davantage leur moral.

Petit à petit, le public s'était groupé pour les voir jouer. Tout le monde savait désormais qui ils étaient. Mais eux ignoraient encore leur cote d'amour.

À 5-1, Leliège reprit tout à coup confiance. Il avait dépassé le stade du doute et jouait naturellement sans plus se poser de questions. Il retrouvait des sensations anciennes, des automatismes et sauva plusieurs balles de match. Les enquêteurs gagnèrent leur deuxième jeu du set grâce à lui. Le public enthousiaste applaudit ce revirement. Dubroc se sentit tout à coup porté par une foule immense ! Un regain d'énergie, la fameuse explosivité enseignée par Samy, lui permit de marquer une fois. Fort de ce succès, il poussa l'opposant à monter au filet du bon côté. Il joua alors son va-tout et exécuta le fameux banana shot que Leliège n'avait pas encore pu placer ! Ce fut une ovation. L'adversaire lui-même reconnut la beauté du coup.

— Oh ! s'exclama le public dans un chœur admiratif.

Portés par ce succès, les enquêteurs remportèrent un nouveau jeu. Hélas, il leur fut toutefois impossible de revenir au score malgré le coup de maître du capitaine ! Ils s'étaient repris bien trop tard, et ceux d'en face l'emportèrent sur le score de 4-6, 7-6, 6-3.

26

ÉPILOGUE

Tout était grand ouvert dans la maison du fond du lac. Le soleil se couchait. Samy était passé faire ses adieux. Plus rien ne serait pareil pour lui. Laurine était toujours à l'hôpital. Quant à Davy, il avait décidé de faire le chemin de Compostelle, seul, en une seule fois.

Le jeune coach devait faire face à cette nouvelle situation. Il l'affrontait avec courage, à la manière d'un sportif.

— Vous voyez, Leliège, il prend les choses les unes après les autres. Au fond, la vie, c'est un match. Une fois que vous avez défini votre but, il ne faut plus penser qu'à marquer des points chaque jour.

Leliège ne répondit pas. Le capitaine avait perdu les pédales pendant leur double. Il n'avait pas appliqué ces théories dont il se gargarisait.

Ils bouclaient leurs sacs et rangeaient la maison.

— Vous emportez votre panier d'aiguilles de pin ?

— Non. Je ne suis pas fétichiste, répondit le major.

— Heureusement ! Vous ne pouvez pas avoir tous les défauts, plaisanta Dubroc. Demain, on pourrait déjeuner à Hossegor avant de partir ? Vous passez dire au revoir à vos amis de Soustons ?

— Oui. Ils m'attendront pour déjeuner.

— Ah.

Chacun retournait à l'existence qu'il s'était bâtie. Le capitaine serait à nouveau seul à table. Sans parcimonie, il distribuerait sa mauvaise humeur à tous ceux qui l'approcheraient. Quant au major, il reprendrait sa vie de père de famille aimant et aimé, ses mœurs scrupuleuses, le fourbissement de l'argenterie et du cristal.

Leur dîner fut lugubre. Ils guettèrent toute la soirée le rugissement des lions qui ne se manifestèrent pas. Ils se couchèrent tôt, dormirent mal jusqu'à quatre heures du matin où leurs téléphones sonnèrent presque en même temps.

Ils partirent chacun au volant de sa voiture. Un homicide les réclamait. Le jour se lèverait encore une fois sur un cadavre pour les enquêteurs. Sur la route, Dubroc appela Leliège.

— Vous ne bouffez pas vos bonbons, j'espère ?

— Non. J'ai décidé d'arrêter.

— Excellent, ça, major ! Et vous allez compenser par quoi ?

— Je n'y ai pas encore réfléchi. Et vous, patron ?

— Quoi, moi ?

— Votre père ? Ça va ?

— Je l'ai eu en partant. Il était en pleine forme.

— Il ne vous en veut pas de lui avoir raccroché au nez ?

— Pas le moins du monde.

— Il a peut-être oublié ?

— C'est bien possible. Il veut que je lui rapporte des espadrilles d'Hossegor.

— Ah mince… Mais pas d'inquiétude, vous en trouverez partout, même à Bordeaux.

— Vous n'y êtes pas. Sybille lui a parlé d'une boutique… etc. Bref. Le cachet de la poche fera foi, comme on dit !

— Vous reviendrez bientôt à Hossegor ?

Comme le capitaine ne répondait pas, le major reprit :

— Il faut que je fasse le plein, patron. On se retrouve directement à Saint-Avit ?

— Au golf, entendu major. À tout à l'heure.

Dubroc alluma la radio.

— *… le sauvetage des Drus, deuxième volet…*

— Ah non, alors !

Il éteignit en souriant et rappela le major.

— Oui, patron ?

— Dites donc Leliège, vous jouez au golf ?

— Ah non, patron ! Pas ça !

— Si, Leliège. Ça existe aussi au golf, le banana shot…

FIN

DÉJÀ PARUS DANS LA COLLECTION SO NOIR

1

2

3

4

5

6

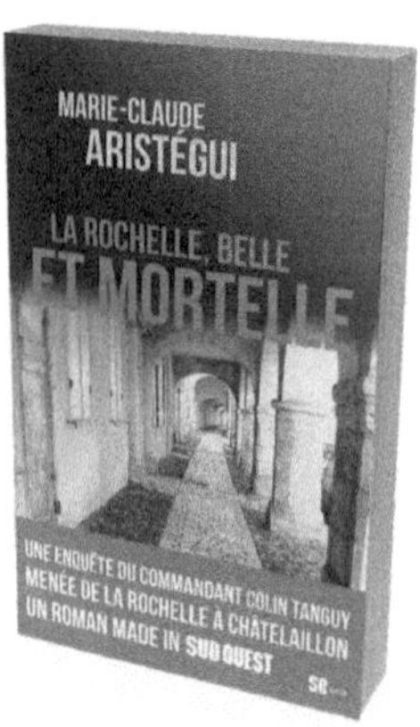

7

8

9

OFFRE EXCEPTIONNELLE

Vous souhaitez obtenir l'un de nos livres de la collection SO Noir ? Il vous suffit de remplir le bon de commande suivant, de libeller un chèque à l'ordre de « S2D », et de retourner le tout à :

S2D – commande SO Noir
40, quai de Brazza
33100 Bordeaux

Nom* : **Prénom* :**

Adresse* :

Téléphone (facultatif) :

** Les informations obligatoires sont indiquées par un astérisque.*

Les informations recueillies font l'objet d'un traitement informatisé par le responsable de traitement la société Editions Sud Ouest, 23 Quai des Queyries, 33100 Bordeaux. Elles sont traitées uniquement pour la gestion des commandes d'ouvrages Editions Sud Ouest. Le destinataire des données est la société Editions Sud Ouest ainsi que ses sous-traitants (notamment la société S2D). Conformément au règlement général européen sur la protection des données (RGPD) et à la loi «informatique et libertés» modifiée du 6 janvier 1978, vous bénéficiez d'un droit d'opposition, d'accès, de rectification et de portabilité aux informations qui vous concernent, que vous pouvez exercer en vous adressant par courrier à DPO, 23, quai de Queyries CS 20001, 33094 Bordeaux Cedex, ou en adressant un mail à dpo@sudouest.fr.

Numéros souhaités (entourez le numéro, et indiquez la quantité) :

1 – Os troubles sur le Bassin (17 €, 206 pages) :

2 – L'Affaire du Chapeau Rouge (17 €, 200 pages) :

3 – Les Bassins à flot et à sang (17 €, 206 pages) :

4 – La Veuve de la rue des Remparts (17 €, 215 pages) :

5 – Panique au Grand Hôtel (18 €, 251 pages) :

6 – Le Mystère du chai des farines (17,50 €, 232 pages) :

7 – La Rochelle, belle et mortelle (18,50 €, 270 pages) :

8 – L'Évadé de Saint-Martin (18,50 €, 264 pages) :

9 – L'Échappée basque (18,50 €, 277 pages) :

Sur présentation de ce bon, payez seulement 29,90 € pour deux volumes, et le troisième est offert ! Enfin, la livraison est gratuite !

(le volume offert sera le moins cher des trois choisis)

Imprimé en France par CPI
en juin 2020

Dépôt légal : juin 2020
N° d'impression : 158487